HEYNE <

Das Buch

Zsadist, das düsterste und geheimnisvollste Mitglied der Bruderschaft der BLACK DAGGER, hat in der Aristokratin Bella eine Frau gefunden, die durch seine finstere Maske hindurch blickt und den Mann liebt, der er wirklich ist. Doch die Vergangenheit lastet schwer auf dem Vampir, der von sich selbst glaubt, ihrer Gefühle nicht wert zu sein. Trotzdem bindet er sich während ihrer Triebigkeit an Bella und will sie von nun an um jeden Preis beschützen. Aber auch ein Mitglied der Gesellschaft der Lesser ist von der schönen Bella besessen – und als dieser sie tot glaubt, setzt er alles daran, Zsadist zu vernichten …

Die BLACK DAGGER-Serie:

Erster Roman: Nachtjagd
Zweiter Roman: Blutopfer
Dritter Roman: Ewige Liebe
Vierter Roman: Bruderkrieg
Fünfter Roman: Mondspur
Sechster Roman: Dunkles Erwachen
Siebter Roman: Menschenkind
Achter Roman: Vampirherz

Die Autorin

J. R. Ward begann bereits während ihres Studiums mit dem Schreiben. Nach ihrem Hochschulabschluss veröffentlichte sie die BLACK DAGGER-Serie, die in kürzester Zeit die amerikanischen Bestseller-Listen eroberte. Die Autorin lebt mit ihrem Mann und ihrem Golden Retriever in Kentucky und gilt seit dem überragenden Erfolg der Serie als neuer Star der romantischen Mystery.

Besuchen Sie J. R. Ward unter: www.jrward.com

J. R. Ward

Dunkles Erwachen

Ein BLACK DAGGER-Roman

WILHELM HEYNE VERLAG
MÜNCHEN

Titel der Originalausgabe
LOVER AWAKENED (PART 2)

Aus dem Amerikanischen übersetzt von Astrid Finke

Verlagsgruppe Random-House FSC-DEU-0100
Das für dieses Buch verwendete FSC-zertifizierte Papier
Holmen Book Cream liefert Holmen Paper, Hallstavik, Schweden.

2. Auflage
Deutsche Erstausgabe 6/08
Redaktion: Natalja Schmidt

www.heyne.de
Printed in Germany 2008
Umschlagbild: Dirk Schulz
Umschlaggestaltung: Animagic, Bielefeld
Autorenfoto © by John Rott
Satz: Buch-Werkstatt GmbH, Bad Aibling
Druck und Bindung: GGP Media GmbH, Pößneck

ISBN 978-3-453-53281-6

Gewidmet: Dir
Niemand kann dir je gleichen.
Für mich … bist du der Einzige.
Mir fehlen die Worte dafür …

Danksagung

Mit unendlicher Dankbarkeit den Lesern der Black Dagger und ein Hoch auf meine Cellies!

Ich danke euch so sehr:
Karen Solem, Kara Cesare, Claire Zion, Kara Welsh, Rose Hilliard.

Dank auch an die besten Zahnarztteams der Welt:
Dr. Robert N. Mann und Ann Blair
Dr. Scott A. Norton und Kelly Eichler
und ihre unvergleichlichen Mitarbeiter.

Und wie immer heißen Dank an meinen Exekutivausschuss:
Sue Grafton, Dr. Jessica Andersen, Betsey Vaughan.

In Liebe zu meiner Familie.

Glossar der Begriffe und Eigennamen

Bannung – Status, der einer Vampirin der Aristokratie auf Gesuch ihrer Familie durch den König auferlegt werden kann. Unterstellt die Vampirin der alleinigen Aufsicht ihres Hüters, üblicherweise der älteste Mann des Haushalts. Ihr Hüter besitzt damit das gesetzlich verbriefte Recht, sämtliche Aspekte ihres Lebens zu bestimmen und nach eigenem Gutdünken jeglichen Umgang zwischen ihr und der Außenwelt zu regulieren.

Die Bruderschaft der Black Dagger – Die Brüder des Schwarzen Dolches. Speziell ausgebildete Vampirkrieger, die ihre Spezies vor der Gesellschaft der *Lesser* beschützen. Infolge selektiver Züchtung innerhalb der Rasse besitzen die Brüder ungeheure physische und mentale Stärke sowie die Fähigkeit zur extrem raschen Heilung. Die meisten von ihnen sind keine leiblichen Geschwister; neue Anwärter werden von den anderen Brüdern vorgeschlagen und daraufhin in die Bruderschaft aufgenommen. Die Mitglieder der Bruderschaft sind Einzelgänger, aggressiv und verschlossen. Sie pflegen wenig Kontakt zu Menschen und anderen Vampiren, außer um Blut zu trinken. Viele Legenden ranken sich um diese Krieger, und sie werden von ihresgleichen mit höchster Ehrfurcht behandelt. Sie können getötet werden, aber nur durch sehr schwere Wunden, wie zum Beispiel eine Kugel oder einen Messerstich ins Herz.

Blutsklave – Männlicher oder weiblicher Vampir, der unterworfen wurde, um das Blutbedürfnis eines anderen zu stillen. Die Haltung von Blutsklaven ist heute zwar nicht mehr üblich, aber nicht ungesetzlich.

Die Auserwählten – Vampirinnen, deren Aufgabe es ist, der Jungfrau der Schrift zu dienen. Sie werden als Angehörige der Aristokratie betrachtet, obwohl sie eher spirituell als weltlich orientiert sind. Normalerweise pflegen sie wenig bis gar keinen Kontakt zu männlichen Vampiren; auf Weisung der Jungfrau der Schrift können sie sich aber mit einem Krieger vereinigen, um den Fortbestand ihres Standes zu sichern. Sie besitzen die Fähigkeit zur Prophezeiung. In der Vergangenheit dienten sie alleinstehenden Brüdern zum Stillen ihres Blutbedürfnisses, aber diese Praxis wurde von den Brüdern aufgegeben.

Doggen – Angehörige(r)der Dienerklasse innerhalb der Vampirwelt. *Doggen* pflegen im Dienst an ihrer Herrschaft altertümliche, konservative Sitten und folgen einem formellen Bekleidungs- und Verhaltenskodex. Sie können tagsüber aus dem Haus gehen, altern aber relativ rasch. Die Lebenserwartung liegt bei etwa fünfhundert Jahren.

Gesellschaft der **Lesser** – Orden von Vampirjägern, der von Omega zum Zwecke der Auslöschung der Vampirspezies gegründet wurde.

Glymera – Das soziale Herzstück der Aristokratie, sozusagen die »oberen Zehntausend« unter den Vampiren.

Gruft – Heiliges Gewölbe der Bruderschaft der Black Dagger. Sowohl Ort für zeremonielle Handlungen wie auch Aufbewahrungsort für die erbeuteten Kanopen der *Lesser*. Hier werden unter anderem Aufnahmerituale, Begräbnisse und Disziplinarmaßnahmen gegen Brüder durchgeführt. Niemand außer Angehörigen der Bruderschaft, der Jungfrau der Schrift und Aspiranten hat Zutritt zur Gruft.

Hellren – Männlicher Vampir, der eine Partnerschaft mit einer Vampirin eingegangen ist. Männliche Vampire können mehr als eine Vampirin als Partnerin nehmen.

Hohe Familie – König und Königin der Vampire sowie all ihre Kinder.

Hüter – Vormund eines Vampirs oder einer Vampirin. Hüter können unterschiedlich viel Autorität besitzen, die größte Macht übt der Hüter einer gebannten Vampirin aus.

Lielan – Ein Kosewort, frei übersetzt in etwa »mein Liebstes«.

Jungfrau der Schrift – Mystische Macht, die dem König als Beraterin dient sowie die Vampirarchive hütet und Privilegien erteilt. Existiert in einer jenseitigen Sphäre und besitzt umfangreiche Kräfte. Hatte die Befähigung zu einem einzigen Schöpfungsakt, den sie zur Erschaffung der Vampire nutzte.

Lesser – Ein seiner Seele beraubter Mensch, der als Mitglied der Gesellschaft der *Lesser* Jagd auf Vampire macht, um sie auszurotten. Die *Lesser* müssen durch einen Stich in die Brust getötet werden. Sie altern nicht, essen und trinken nicht und sind impotent. Im Laufe der Jahre verlieren ihre Haare, Haut und Iris ihre Pigmentierung, bis sie blond, bleich und weißäugig sind. Sie riechen nach Talkum. Aufgenommen in die Gesellschaft werden sie durch Omega. Daraufhin erhalten sie ihre Kanope, ein Keramikgefäß, in dem sie ihr aus der Brust entferntes Herz aufbewahren.

Mahmen – Mutter. Dient sowohl als Bezeichnung als auch als Anrede und Kosewort.

Nalla – Kosewort. In etwa »Geliebte«.

Omega – Unheilvolle mystische Gestalt, die sich aus Groll gegen die Jungfrau der Schrift die Ausrottung der Vampire zum Ziel gesetzt hat. Existiert in einer jenseitigen Sphäre und hat weitreichende Kräfte, wenn auch nicht die Kraft zur Schöpfung.

Princeps – Höchste Stufe der Vampiraristokratie, untergeben nur den Mitgliedern der Hohen Familie und den Auserwählten der Jungfrau der Schrift. Dieser Titel wird vererbt; er kann nicht verliehen werden.

Pyrokant – Bezeichnet die entscheidende Schwachstelle eines Individuums, sozusagen seine Achillesverse. Diese Schwachstelle kann innerlich sein, wie zum Beispiel eine Sucht, oder äußerlich, wie ein geliebter Mensch.

Rythos – Rituelle Prozedur, um verlorene Ehre wiederherzustellen. Der Rythos wird von dem Vampir gewährt, der einen anderen beleidigt hat. Wird er angenommen, wählt der Gekränkte eine Waffe und tritt damit dem unbewaffneten Beleidiger entgegen.

Schleier – Jenseitige Sphäre, in der die Toten wieder mit ihrer Familie und ihren Freunden zusammentreffen und die Ewigkeit verbringen.

Shellan – Vampirin, die eine Partnerschaft mit einem Vampir eingegangen ist. Vampirinnen nehmen sich in der Regel nicht mehr als einen Partner, da gebundene männliche Vampire ein ausgeprägtes Revierverhalten zeigen.

Symphath – Eigene Spezies innerhalb der Vampirrasse, deren Merkmale die Fähigkeit und das Verlangen sind, Gefühle in anderen zu manipulieren (zum Zwecke eines Energieaustauschs). Historisch wurden die Symphathen oft mit Misstrauen betrachtet und in bestimmten Epochen auch von den Vampiren gejagt. Sind heute nahezu ausgestorben.

Tahlly – Kosewort. Entspricht in etwa »Süße«.

Transition – Entscheidender Moment im Leben eines Vampirs, wenn er oder sie ins Erwachsenenleben eintritt. Ab diesem Punkt müssen sie das Blut des jeweils anderen Geschlechts trinken, um zu überleben und vertragen kein Sonnenlicht mehr. Findet normalerweise mit etwa Mitte zwanzig statt. Manche Vampire überleben ihre Transition nicht, vor allem männliche Vampire. Vor ihrem Transition sind Vampire von schwächlicher Konstitution und sexuell unreif und desinteressiert. Außerdem können sie sich noch nicht dematerialisieren.

Triebigkeit – Fruchtbare Phase einer Vampirin. Üblicherweise dauert sie zwei Tage und wird von heftigem sexuellem Verlangen begleitet. Zum ersten Mal tritt sie etwa fünf Jahre nach der Transition eines weiblichen Vampirs auf, danach im Abstand von etwa zehn Jahren. Alle männlichen Vampire reagieren bis zu einem gewissen Grad auf eine triebige Vampirin, deshalb ist dies eine gefährliche Zeit. Zwischen konkurrierenden männlichen Vampiren können Konflikte und Kämpfe ausbrechen, besonders wenn die Vampirin keinen Partner hat.

Vampir – Angehöriger einer gesonderten Spezies neben dem Homo sapiens. Vampire sind darauf angewiesen, das Blut des jeweils anderen Geschlechts zu trinken. Menschliches Blut kann ihnen zwar auch das Überleben sichern, aber die daraus gewonnene Kraft hält nicht lange vor. Nach ihrer Transition, die üblicherweise etwa mit Mitte zwanzig stattfindet, dürfen sie sich nicht mehr dem Sonnenlicht aussetzen und müssen sich in regelmäßigen Abständen aus der Vene ernähren. Entgegen einer weitverbreiteten Annahme können Vampire Menschen nicht durch einen Biss oder eine Blutübertragung »verwandeln«; in seltenen Fällen aber können sich die beiden Spezies zusammen fortpflanzen. Vampire können sich nach Belieben dematerialisieren, dazu müssen sie aber ganz ruhig werden und sich konzentrieren; außerdem dürfen sie nichts Schweres bei sich tragen. Sie können Menschen ihre Erinnerung nehmen, allerdings nur, solange diese Erinnerungen im Kurzzeitgedächtnis abgespeichert sind. Manche Vampire können auch Gedanken lesen. Die Lebenserwartung liegt bei über eintausend Jahren, in manchen Fällen auch höher.

Vergeltung – Akt tödlicher Rache, typischerweise ausgeführt von einem Mann im Dienste seiner Liebe.

Wanderer – Ein Verstorbener, der aus dem Schleier zu den Lebenden zurückgekehrt ist. Wanderern wird großer Respekt entgegengebracht und sie werden für das, was sie durchmachen mussten, verehrt.

Zwiestreit – Konflikt zwischen zwei männlichen Vampiren, die Rivalen um die Gunst einer Vampirin sind.

1

»Äpfel? Was, zum Henker, gehen mich Äpfel an?«, brüllte Mr O in sein Handy. Er war so wütend, dass er am liebsten ein paar Schädel zertrümmert hätte, und U nervte ihn mit beschissenem Obst? »Ich hab doch gerade gesagt, dass wir drei tote Betas haben. *Drei.*«

»Aber heute Nacht wurden acht Doppelzentner Äpfel bestellt, von vier unterschiedlichen …«

O wanderte jetzt mit Riesenschritten in der Blockhütte auf und ab. Ansonsten würde er sich leider U schnappen und zur Brust nehmen müssen, nur um Dampf abzulassen.

Sobald O von Omega zurückgekehrt war, hatte er sich auf den Weg zum Haus seiner Frau gemacht, nur um dort zwei versengte Stellen auf dem Rasen sowie die zerstörte Hintertür zu finden. Durch das Fenster hatte er drinnen überall schwarzes Blut und noch einen weiteren Brandfleck auf den Fliesen entdeckt.

Verfluchter Mist, dachte er, als er sich die Szenerie wieder vor Augen rief. Er wusste, dass es ein Bruder gewesen sein musste. In Anbetracht des Blutbads in der Küche war der *Lesser,* dem auf diesem Fußboden der Garaus gemacht worden war, vorher durch einen Schredder gezogen worden.

War seine Frau auch dabei gewesen? Oder hatte nur ihre Familie ihre Sachen abholen wollen, und der Bruder war zu ihrem Schutz dabei gewesen?

Diese verdammten Betas. Diese drei armseligen, schwanzlosen, unbrauchbaren Vollidioten hatten sich umbringen lassen, so dass er niemals Antworten bekommen würde. Und ob seine Frau nun dabei gewesen war oder nicht – dank des Kampfes, der stattgefunden hatte, würde sie mit Sicherheit nicht so bald dorthin zurückkehren, falls sie überhaupt noch am Leben war.

Us Gefasel drang wieder in sein Bewusstsein. »... kürzeste Tag des Jahres, der 21. Dezember, ist nächste Woche. Die Wintersonnenwende ist ...«

»Ich habe eine tolle Idee«, fauchte O. »Warum halten Sie nicht einfach die Klappe? Ich will, dass Sie sofort zu dem Bauernhaus fahren und den Ford Explorer abholen, den die drei Betas dort stehen gelassen haben. Und danach ...«

»Jetzt hören Sie mir doch mal zu. Äpfel werden bei der Wintersonnenwendzeremonie eingesetzt, um die Jungfrau der Schrift zu ehren.«

Diese beiden Wörtchen, *Jungfrau* und *Schrift,* erregten endlich Os Aufmerksamkeit. »Woher wissen Sie das?«

»Ich bin seit zweihundert Jahren dabei«, entgegnete U trocken. »Das Fest wurde seit ... Herrgott, ich weiß gar nicht mehr, seit einem Jahrhundert vielleicht schon nicht mehr abgehalten. Die Äpfel stehen für die Erwartung des Frühlings. Saat, Wachstum, dieser ganze Erneuerungsmist.«

»Was für eine Art von Fest soll das sein?«

»Früher versammelten sich die Vampire zu Hunderten, und ich schätze mal, sie haben ein bisschen gesungen und getanzt, rituelles Zeug eben. So genau weiß ich das auch nicht. Jedenfalls überwachen wir seit Jahren gewisse Kaufmuster zu speziellen Jahreszeiten auf dem lokalen Markt. Äpfel im Winter. Frisches Zuckerrohr im April. Inzwischen sind wir mehr aus Gewohnheit dabei geblieben, weil sich diese Vampire so verdammt still verhalten haben.«

O lehnte sich mit dem Rücken an die Tür der Hütte. »Aber nun hat ihr König den Thron bestiegen. Also sind sie wieder Feuer und Flamme für die alten Sitten.«

»Und dazu ist das Internet einfach unbezahlbar. Viel effektiver, als einfach nur rumzufragen, wie wir es früher immer machen mussten. Wie schon gesagt, eine Riesenmenge Granny-Smith wurde in verschiedenen Läden geordert. Als würden sie die Bestellungen großflächig verteilen.«

»Sie wollen mir also erzählen, dass ein Haufen Vampire sich an einem geheimen Ort trifft. Wo sie ein bisschen tanzen, singen und im Kreis herumhüpfen, um die Jungfrau der Schrift anzubeten.«

»Genau.«

»Essen sie dabei die Äpfel?«

»So habe ich das verstanden.«

O rieb sich den Nacken. Er war während seiner Session mit Omega zögerlich gewesen, das Thema auf seine Frau und ihre Verwandlung in einen *Lesser* zu lenken. Zuerst musste er herausfinden, ob sie noch lebte, und dann musste er das Konzept gründlich durchdenken und sich etwas überlegen. Das möglicherweise unüberwindliche Problem an der Sache war selbstverständlich, dass sie eine Vampirin war, und sein einziges Gegenargument war möglicherweise, dass sie die ultimative Geheimwaffe wäre. Eine Frau ihrer eigenen Spezies, darauf würde die Bruderschaft im Leben nicht kommen …

Wobei diese Begründung natürlich rein für Omega bestimmt war. Seine Frau würde *niemals* mit jemandem kämpfen. Außer mit ihm.

Natürlich würde der Vorschlag höllisch schwer zu verkaufen sein. Doch ein großes Plus für ihn war Omegas Empfänglichkeit für Schmeicheleien. Könnte nicht ein fettes, Aufsehen erregendes Opfer zu seinen Ehren Wunder wirken, um ihn zu erweichen?

U plapperte immer noch. »… dachte, ich könnte mal die Märkte checken …«

Während U ohne Pause weiterredete, dachte O über Gift nach. Eine Riesenmenge Gift. Ganze Fässer von dem Zeug.

Vergiftete Äpfel. Die Schneewittchen-Nummer.

»O? Sind Sie noch dran?«

»Ja.«

»Dann klappere ich also die Märkte ab und finde heraus, wann …«

»Nicht jetzt. Ich sage Ihnen, was Sie jetzt tun werden.«

Als Bella Wraths Arbeitszimmer verließ, bebte sie vor Zorn. Weder der König noch Tohr versuchten, sie aufzuhalten und zur Vernunft zu bringen. Was bewies, dass sie hochintelligente Männer waren.

Barfuß stapfte sie durch die Eingangshalle zu Zsadists Zimmer und knallte die Tür hinter sich zu. Dann schnappte sie sich das Telefon, als wäre das Gerät eine Waffe. Sie wählte die Handynummer ihres Bruders.

Rehvenge nahm ab und bellte: »Wer bist du, und woher hast du diese Nummer?«

»Wag es nicht, mir das anzutun.«

Eine lange Pause folgte. Dann: »Bella … ich – warte mal

kurz.« Durch den Hörer kam ein Rascheln; mit schneidender Stimme hörte sie ihn sagen: »Er bewegt sich besser auf der Stelle hierher. Kapiert? Wenn ich ihn selber holen muss, wird das kein Spaß für ihn.« Rehvenge räusperte sich und kam wieder ans Telefon. »Bella, wo bist du? Ich werde dich abholen. Oder einer der Krieger soll dich zu unserem Haus bringen, und wir treffen uns dort.«

»Glaubst du im Ernst, ich komme auch nur in deine *Nähe?«*

»Immer noch besser als die Alternative«, versetzte er grimmig.

»Und die wäre?«

»Dass die Brüder dich gewaltsam zu mir zurückbringen.«

»Warum tust du ...«

»Warum ich das tue?« Seine Stimme sank zu dem tiefen, herrischen Bass ab, an den sie so gewöhnt war. »Hast du die geringste Ahnung, wie die letzten sechs Wochen für mich waren? Zu wissen, dass du in der Hand dieser verfluchten Wesen warst? Zu wissen, dass ich meine Schwester ... die Tochter meiner Mutter ... in so eine Lage gebracht habe?«

»Es war nicht deine Schuld.«

»Du hättest zu Hause sein müssen!«

Wie immer erschütterte sie die Heftigkeit seiner Wut und erinnerte sie daran, dass sie ganz tief drinnen immer ein wenig Angst vor ihrem Bruder gehabt hatte.

Doch dann hörte sie ihn tief Luft holen. Und noch mal. Eine merkwürdige Verzweiflung schlich sich in seine Worte. »Lieber Himmel, Bella ... komm einfach heim. *Mahmen* und ich, wir brauchen dich hier. Wir vermissen dich. Wir ... ich muss dich mit eigenen Augen sehen um zu glauben, dass es dir tatsächlich gut geht.«

Genau ... und jetzt zeigte er seine andere Seite, die Seite, die sie wirklich liebte. Der Beschützer. Der gutherzige, schroffe Mann, der ihr immer alles gegeben hatte, was sie gebraucht hatte.

Die Versuchung, sich ihm zu unterwerfen, war groß. Doch dann stellte sie sich vor, niemals wieder aus dem Haus gelassen zu werden. Wozu er verdammt noch mal fähig wäre.

»Wirst du dein Gesuch auf Bannung zurückziehen?«

»Darüber reden wir, wenn du wieder in deinem eigenen Bett schläfst.«

Bella umklammerte den Hörer. »Das heißt nein, stimmt's?« Schweigen. »Hallo? Rehvenge?«

»Ich will dich nur zu Hause haben.«

»Ja oder nein, Rehvenge. Ich will es wissen.«

»Unsere Mutter kann so etwas nicht noch einmal durchstehen.«

»Glaubst du etwa, ich könnte es?«, fauchte sie zurück. »Entschuldige bitte, aber *Mahmen* war nicht diejenige, der ein *Lesser* seinen Namen in den Bauch geritzt hat!«

Im selben Augenblick, als die Worte ihren Mund verließen, fluchte sie unterdrückt. Wunderbar, genau diese Art von niedlichen kleinen Details würde ihn sicher umstimmen. *Bestens hingekriegt.*

»Rehvenge …«

Seine Stimme wurde eiskalt. »Du kommst nach Hause.«

»Ich komme gerade aus der Gefangenschaft, ich gehe nicht freiwillig wieder ins Gefängnis.«

»Und was genau gedenkst du dagegen zu unternehmen?«

»Wenn du mich weiter so herumkommandierst, wirst du es schon erleben.«

Ohne sich zu verabschieden knallte sie das Telefon auf den Nachtisch. *Zum Teufel mit ihm!*

Einem Impuls folgend, griff sie wieder nach dem Hörer und wirbelte herum, um ihn quer durch den Raum zu schleudern.

»Zsadist!«

Hektisch hantierte sie mit dem Gerät in ihrer Hand herum, konnte es gerade noch wieder auffangen und drückte es sich an die Brust.

Wortlos neben der Tür stand Zsadist in kurzer Hose und mit freiem Oberkörper ... und aus irgendeinem absurden Grund fiel ihr auch noch auf, dass er keine Schuhe trug.

»Wirf ruhig«, sagte er.

»Nein. Ich ... äh ... nein.« Sie wandte sich ab und steckte das Ding wieder in den Halter. Sie brauchte zwei Versuche, um es zu schaffen.

Bevor sie Zsadist wieder ins Gesicht sah, dachte sie daran, wie er über diesem *Lesser* gekniet hatte, ihn erschlagen hatte ... Doch dann fiel ihr wieder ein, wie er sie an seine Vene gelassen hatte, obwohl ihn diese Nähe an den Rand seiner Leidensfähigkeit brachte. Sie drehte sich um, völlig verstrickt in sein Netz, gefangen zwischen der Güte und der Grausamkeit.

Er brach das Schweigen. »Ich will nicht, dass du Hals über Kopf in die Nacht hinausstürzt wegen dem, was dein Bruder vorhat. Und erzähl mir nicht, dass du nicht mit dem Gedanken gespielt hast.«

Dumm war er nicht. »Aber weißt du auch, was er mir antun will?«

»Ja.«

»Und dem Gesetz nach muss die Bruderschaft mich ihm aushändigen, also kann ich nicht hierbleiben. Glaubst du, mir gefällt meine einzige Option?«

Nur – wohin sollte sie gehen?

»Was ist so schlimm daran, nach Hause zu gehen?«

Sie funkelte ihn an. »Klar, ich lasse mich gern behandeln wie eine Idiotin, wie ein Kind, wie … einen Gegenstand, den mein Bruder besitzt. Finde ich riesig. Absolut.«

Zsadist fuhr sich mit der Hand über die kurzen Stoppeln. Durch die Bewegung spannte sich sein Bizeps und wölbte sich. »Es leuchtet doch ein, dass es nützlich ist, Familien unter einem Dach zu versammeln. Es sind gefährliche Zeiten für Zivilisten.«

O Mann … Das Letzte, was sie jetzt gebrauchen konnte, war, dass er ihrem Bruder auch noch recht gab.

»Es sind auch gefährliche Zeiten für *Lesser«,* murmelte sie. »Nach dem, was du mit einem von ihnen heute Nacht gemacht hast.«

Zsadists Augen verengten sich. »Wenn du willst, dass ich mich dafür entschuldige – das werde ich nicht tun.«

»Natürlich nicht«, zischte sie. »Du entschuldigst dich ja nie.«

Langsam schüttelte er den Kopf. »Wenn du mit jemandem Streit anfangen willst, dann hast du dir den Falschen ausgesucht, Bella. Darauf lasse ich mich nicht ein.«

»Warum nicht? Du hältst doch den Weltmeistertitel in mieser Laune.«

Das darauffolgende Schweigen machte sie verrückt. Sie wollte ihn anschreien. Sie wollte, dass er wütend wurde. Gegenüber anderen war er doch so freigiebig mit seinem Zorn. Sie konnte nicht begreifen, warum zum Teufel er ausgerechnet ihr gegenüber Selbstbeherrschung zeigte.

Jetzt zog er eine Augenbraue hoch, als wüsste er, was sie dachte.

»Ach, verdammt«, schnaufte sie. »Ich gehe dir auf die Nerven, oder? Tut mir leid.«

Er zuckte die Achseln. »So eine ausweglose Situation würde jeden in den Wahnsinn treiben. Vergiss es einfach.«

Sie setzte sich auf das Bett. Die Vorstellung, allein wegzulaufen, war aberwitzig, doch sie weigerte sich, künftig unter Rehvenges Fuchtel zu leben.

»Hast du einen Vorschlag?«, fragte sie leise. Als sie den Blick hob, schaute Zsadist zu Boden.

Er wirkte so verschlossen, wie er da an der Wand lehnte. Sein magerer Körper sah aus wie ein Riss im Putz, ein Spalt, der sich in der Struktur des Raumes selbst aufgetan hatte.

»Gib mir fünf Minuten«, sagte er. Dann ging er hinaus, immer noch mit freiem Oberkörper.

Bella ließ sich auf die Matratze fallen. Fünf Minuten würden die Situation auch nicht besser machen. Was sie brauchte, war ein anderer Bruder.

Liebe, gute Jungfrau der Schrift … Dem *Lesser* zu entkommen hätte alles in Ordnung bringen sollen. Stattdessen war ihr Leben immer noch völlig außer Kontrolle.

Okay, immerhin konnte sie sich jetzt ihre Shampoomarke selbst aussuchen.

Sie hob den Kopf. Durch die Badezimmertür konnte sie die Dusche sehen und stellte sich den heißen Wasserstrahl vor. Das wäre gut. Erholsam. Belebend. Außerdem könnte sie sich ohne Peinlichkeit den Frust von der Seele heulen.

Sie stand auf, ging ins Bad und stellte das Wasser an. Das Geräusch der Tropfen auf dem Marmor war wohltuend, wie auch der warme Strahl, als sie darunter stieg. Sie weinte gar nicht. Senkte nur den Kopf und ließ das Wasser an ihrem Körper herabrinnen.

Als sie endlich wieder herauskam, bemerkte sie, dass die Tür zum Schlafzimmer geschlossen war.

Vermutlich war Zsadist zurück.

Sie wickelte sich ein Handtuch um. Sie hegte keinerlei Hoffnung, dass er eine Lösung gefunden hatte.

2

Als die Tür zum Badezimmer aufging, behielt Z seinen Fluch für sich. Bella war von Kopf bis Fuß rosig, das Haar hoch auf dem Kopf aufgetürmt. Sie roch nach der teuren französischen Seife, die Fritz unbedingt immer kaufen wollte. Und das Handtuch, das sie um ihren Körper gewickelt hatte, erinnerte ihn nur daran, wie leicht es wäre, sie nackt auszuziehen.

Nur ein kurzes Zupfen. Mehr bräuchte es nicht.

»Wrath hat eingewilligt, vorübergehend nicht erreichbar zu sein«, sagte er. »Was uns einen Aufschub von vielleicht achtundvierzig Stunden gibt. Sprich mit deinem Bruder. Vielleicht kannst du ihn umstimmen. Sonst muss Wrath reagieren, und Nein sagen kann er eigentlich nicht, bei deiner Blutlinie.«

Bella zog das Handtuch etwas höher. »Okay ... vielen Dank. Danke, dass du dich bemüht hast.«

Er nickte und schielte zur Tür. Das hieß wohl zurück zu Plan A: Sich die Seele aus dem Leib rennen.

Entweder das, oder Phury musste sich seiner annehmen.

Doch statt zu gehen, stützte er die Hände in die Hüften. »Es gibt da etwas, das mir leidtut.«

»Wie? Ach … was denn?«

»Ich bedauere es, dass du mit ansehen musstest, was ich mit dem *Lesser* gemacht habe.« Er hob die Hand und ließ sie wieder fallen. Mühsam widerstand er dem Drang, sich den Kopf wund zu reiben. »Als ich sagte, ich würde mich nicht dafür entschuldigen, meinte ich nur, dass ich niemals bereue, diese Dreckskerle zu töten. Aber ich wollte nicht … ich will nicht, dass du solche Bilder im Kopf haben musst. Ich würde sie dir abnehmen, wenn ich könnte. Ich würde dir all das hier abnehmen … es alles für dich tragen. Es … es tut mir so wahnsinnig leid, dass dir das passiert ist, Bella. Ja, die ganze Sache tut mir einfach leid, einschließlich … meines Verhaltens.«

Das war sein Abschied von ihr, wurde ihm bewusst. Und ihn verließ allmählich der Schwung, deshalb beeilte er sich mit seinen letzten Worten.

»Du bist eine außergewöhnliche Frau.« Er ließ den Kopf hängen. »Und ich weiß, dass du einen …«

Einen Partner finden wirst, beendete er den Satz in seinem Kopf. Ja, eine wundervolle Frau wie sie würde sicherlich einen Partner finden. Es gab sogar genau hier in diesem Haus einen, der sie nicht nur wollte, sondern auch der Richtige für sie wäre. Phury war direkt um die Ecke.

Z hob den Blick und wollte sich gerade schleunigst aus dem Staub machen – da schreckte er zurück und knallte rückwärts gegen die Tür.

Bella stand unmittelbar vor ihm. Als er ihren Duft aus nächster Nähe wahrnahm, schlug sein Herz Purzelbäume, es flatterte so sehr, dass ihm schwindlig wurde.

»Stimmt es, dass du mein Haus geputzt hast?«, fragte sie.

O Mann … Seine einzige Antwort auf die Frage war zu verräterisch.

»Stimmt es?«

»Ja, das war ich.«

»Ich werde dich jetzt umarmen.«

Z wurde ganz steif, doch noch ehe er flüchten konnte, schlang sie ihm die Arme um die Taille und legte ihm den Kopf auf die nackte Brust.

Er stand in ihrer Umarmung, ohne sich zu bewegen, ohne zu atmen, ohne sie zu erwidern … Er konnte nichts tun als ihren Körper zu spüren. Sie war eine große Frau, trotzdem überragte er sie um gute fünfzehn Zentimeter. Und obwohl er für einen Krieger dünn war, hatte er mindestens dreißig Kilo mehr auf den Rippen als sie. Dennoch überwältigte sie ihn.

Mein Gott, sie roch so gut.

Sie machte ein leises Geräusch, wie ein Seufzen, und kuschelte sich noch enger an ihn. Ihre Brüste pressten sich an seinen Oberkörper, und als er hinuntersah, war der Schwung ihres Nackens viel zu verführerisch. Und dann war da noch das *Es*-Problem. Das verwünschte Gerät wurde hart, schwoll an, verlängerte sich. Rasend schnell.

Er hob die Hände an ihre Schultern und ließ sie unmittelbar über ihrer Haut schweben. »Ja, also, Bella … ich muss dann mal los.«

»Warum?« Noch näher. Sie kam näher. Ihre Hüften schoben sich an seine heran, und er knirschte mit den Zähnen, als ihre Unterleiber sich berührten.

Jungfrau der Schrift, sie musste das Ding zwischen seinen Beinen spüren. Wie konnte sie das nicht bemerken? Die Latte bohrte sich in ihren Bauch, und seine alberne Shorts konnte seine Härte nicht im Mindesten verstecken.

»Warum musst du gehen?«, flüsterte sie. Ihr Atem strich über seine Brustmuskeln.

»Weil …«

Als er das Wort im Raum schweben ließ, murmelte sie: »Weißt du, ich mag die.«

»Magst was?«

Sie berührte einen seiner Nippelringe. »Die da.«

Er hüstelte. »Die, äh … die hab ich selbst gemacht.«

»Sie sehen an dir wunderschön aus.« Sie machte einen Schritt zurück und ließ das Handtuch fallen.

Z schwankte. Sie war so verdammt schön, die Brüste und der flache Bauch und diese Hüften … Und dann dieser anmutige kleine Schlitz zwischen ihren Beinen, den er mit erschütternder Klarheit erkennen konnte. Die wenigen Menschen, mit denen er zusammen gewesen war, hatten dort unten Haare gehabt. Aber sie war von seiner Art, also war sie vollkommen glatt, schmerzlich nackt.

»Ich muss jetzt wirklich gehen«, sagte er heiser.

»Lauf nicht weg.«

»Ich muss. Wenn ich bleibe …«

»Leg dich zu mir«, bat sie und drängte sich wieder näher an ihn heran. Sie zog das Band aus ihren Haaren, und dunkle Wellen ergossen sich über sie beide.

Er schloss die Augen und legte den Kopf in den Nacken, um nicht von ihrem Duft umhüllt zu werden. Mit spröder Stimme sagte er: »Willst du einfach nur gefickt werden, Bella? Denn mehr habe ich dir nicht zu bieten.«

»Du hast so viel mehr …«

»Nein, das stimmt nicht.«

»Du warst freundlich zu mir. Du hast dich um mich gekümmert, mich umsorgt. Du hast mich gewaschen und mich gehalten …«

»Du willst mich nicht in dir haben.«

»Das bist du doch schon, Zsadist. Dein Blut ist in mir.«

Lange Zeit schwiegen sie beide.

»Kennst du meinen Ruf?«, fragte er schließlich.

Sie runzelte die Stirn. »Das spielt doch gar keine Rolle.«

»Was erzählen die Leute über mich, Bella? Komm schon, ich will es von dir hören. Damit ich sicher bin, dass du es kapierst.« Ihre Verzweiflung war fast greifbar, als er sie so in die Ecke drängte, doch er musste sie aus ihrer merkwürdigen Trance aufrütteln. »Ich weiß, dass du von mir gehört haben musst. Klatsch und Tratsch erreichen sogar deine Gesellschaftsschicht. *Was erzählen sie sich über mich?«*

»Manche … manche glauben, du würdest Frauen aus Spaß töten. Aber ich glaube das nicht …«

»Weißt du, woher dieses Gerücht stammt?«

Bella bedeckte ihre Brüste und trat einen Schritt zurück. Dann schüttelte sie den Kopf. Er hob das Handtuch vom Boden auf und gab es ihr, dann zeigte er auf den Schädel in der Ecke.

»Ich habe diese Frau umgebracht. Und jetzt sag mir, ob du von einem Mann genommen werden willst, der so etwas tun kann. Wer könnte einer Frau so etwas antun? Willst du so einen Bastard auf dir liegen haben, ihn in deinen Körper stoßen lassen?«

»Das war sie«, flüsterte Bella. »Du bist zurückgegangen und hast deine Herrin getötet, stimmt's?«

Z lief ein Schauer über den Rücken. »Eine Zeit lang dachte ich, das könnte mich heilen.«

»Hat es aber nicht.«

»Das kann man wohl sagen.« Er rauschte an ihr vorbei und wanderte im Raum herum, der Druck baute sich immer weiter in ihm auf, bis er endlich den Mund öffnete und die Worte nur so aus ihm heraussprudelten. »Ein paar Jahre nach meiner Flucht hörte ich, dass sie … Scheiße, ich hörte, dass sie einen anderen Vampir in dieser Zelle hielt. Also bin ich zwei Tage dorthin gereist, ohne Unterbrechung, und habe mich kurz vor Morgengrauen eingeschlichen.« Z schüttelte den Kopf. Er wollte eigentlich gar nicht reden, ehrlich nicht, aber sein Mund bewegte sich einfach immer weiter. »Mein Gott … er war so jung, so *jung*, genau wie ich, als sie mich bekam. Und ich hatte gar nicht vor, sie zu töten, aber sie kam genau in dem Augenblick nach unten, als ich mit dem Sklaven verschwinden wollte. Als ich sie ansah … Ich wusste, wenn ich nicht schnell handelte, würde sie die Wachen rufen. Und ich wusste auch, dass sie sich irgendwann wieder einen Neuen holen würde und dort unten in Ketten legen und ihn … Ach, verflucht. Warum erzähle ich dir das alles überhaupt?«

»Ich liebe dich.«

Z kniff die Augen zusammen. »Sei nicht verrückt, Bella.«

Eilig lief er aus dem Zimmer, kam aber nicht weiter als fünf Meter.

Sie liebte ihn. *Sie liebte ihn?*

Blödsinn. Sie *glaubte,* ihn zu lieben. Und sobald sie in die reale Welt zurückkehrte, würde ihr das auch klar werden. Sie war gerade einer grauenhaften Lage entronnen und lebte hier auf dem Gelände in einer Seifenblase. Nichts von alldem hier gehörte zu ihrem Leben. Außerdem verbrachte sie viel zu viel Zeit mit ihm.

Und doch … du lieber Gott, er wollte mit ihr zusammen sein. Wollte neben ihr liegen und sie küssen. Wollte sogar noch viel mehr als das. Wollte … alles mit ihr machen, das Küssen und das Streicheln und das Saugen und das Lecken. Aber wo genau sollte das denn wohl hinführen? Selbst wenn er sich mit dem Gedanken anfreunden könnte, in sie einzudringen. Er wollte auf keinen Fall riskieren, in ihr zu kommen.

Was er übrigens noch nie bei einer Frau getan hatte. Er hatte überhaupt noch nie unter irgendwelchen Umständen ejakuliert. Als Blutsklave war er sowieso nie sexuell erregt gewesen. Und später bei den wenigen Huren, die er gekauft und gevögelt hatte, war es ihm nicht um einen Orgasmus gegangen. Diese anonymen Episoden waren nur Experimente gewesen, um herauszufinden, ob Sex noch so schlimm war, wie er es schon immer für ihn gewesen war.

Was die Masturbation betraf, so mochte er das Ding schon nicht anfassen, um zu pinkeln. Geschweige denn, wenn es zum Appell antrat. Und er hatte sich noch nie Erleichterung verschaffen wollen, war niemals so sehr erregt gewesen, selbst wenn er hart war.

Mann, dieser ganze Sexmist machte ihn so was von fertig. Als hätte er einen Kurzschluss im Gehirn.

Bei genauerer Betrachtung hatte er davon sogar eine ganze Menge, oder?

Er dachte an all die Hohlräume in ihm, die unausgefüllten Stellen, die Leere, in der andere etwas fühlten. Letzten Endes war er nicht mehr als eine Projektionsfläche ohne feste Substanz. Seine Emotionen trieben durch ihn hindurch, nur die Wut verfing sich und blieb hängen.

Aber auch das stimmte nicht ganz, oder? Bella ließ ihn etwas spüren. Als sie ihn auf dem Bett küsste, hatte er etwas empfunden … heiß und hungrig hatte er sich gefühlt. Sehr männlich. Sexuell aufgeladen, zum ersten Mal in seinem Leben.

Aus einer heftigen Verzweiflung heraus begann ein Echo dessen, was er gewesen war, bevor die Herrin ihn in ihre Finger bekommen hatte, zur Oberfläche zu drängen.

Er musste feststellen, dass er die Gefühle wieder erleben wollte, die Bella in ihm geweckt hatte. Und er wollte *sie* auch auf Touren bringen. Sie sollte keuchend und atemlos und sehnsüchtig sein.

Es war ihr gegenüber nicht fair ... aber er war nun mal ein mieser Scheißkerl, und er war gierig auf das, was sie ihm schon einmal gegeben hatte. Und sie würde bald weggehen. Er hatte nur diesen einen Tag.

Zsadist öffnete die Tür und ging wieder hinein.

Bella lag auf dem Bett, offensichtlich hatte sie nicht noch einmal mit ihm gerechnet. Als sie sich aufsetzte, brachte ihr Anblick einen Anflug von Anstand in ihm zurück. Wie zum Henker konnte er mit ihr zusammen sein? Sie war doch so ... schön, und er war so ekelhaft, ein widerlicher Dreckskerl.

Sein ganzer Elan verflog, und er verharrte mitten im Zimmer. *Jetzt kannst du beweisen, dass du kein Dreckskerl bist. Hau einfach ab,* dachte er. *Aber erklär dich erst.*

»Ich möchte mit dir zusammen sein, Bella, und nicht nur, um dich zu vögeln.« Als sie den Mund aufmachte, brachte er sie mit erhobener Hand zum Schweigen. »Bitte hör mir einfach nur zu. Ich möchte mit dir zusammen sein, aber ich glaube nicht, dass ich dir geben kann, was du brauchst. Ich bin nicht der richtige Mann für dich, und das ist definitiv der falsche Zeitpunkt.«

Er stieß hörbar Luft aus. Er war ja so ein Arschloch. Hier stand er und wies sie zurück und spielte den Gentleman ... während er gleichzeitig im Geiste die Bettdecke wegzerrte und sich auf sie warf.

Vor seiner Hüfte pochte es wie ein Presslufthammer.

Wie würde sie schmecken, überlegte er, an dieser weichen, süßen Stelle zwischen ihren Beinen?

»Komm her, Zsadist.« Sie schlug die Decke zurück und entblößte sich vor ihm. »Hör auf zu denken. Komm ins Bett.«

»Ich …« Worte, die er noch nie zu jemandem gesagt hatte, lagen ihm auf den Lippen, eine Art Geständnis, eine verräterische Enthüllung. Er wandte den Blick ab und ließ die Worte los, ohne genau zu wissen, warum. »Bella, als ich ein Sklave war … ähm, dort wurden … Sachen mit mir gemacht. Sex.« Er sollte lieber aufhören. Sofort. »Es gab Männer, Bella. Gegen meinen Willen haben mich Männer genommen.«

Er hörte ein leises Keuchen.

Das war gut, dachte er, obwohl er zusammenzuckte. Vielleicht konnte er sie dazu bringen, sich selbst zu retten, indem er sie abstieß. Denn welche Frau würde es ertragen, mit einem Mann zusammen zu sein, mit dem man solche Dinge getan hatte? Er war nicht gerade der Bilderbuchheld. Bei Weitem nicht.

Er räusperte sich und starrte ein Loch in den Boden. »Hör mal, es geht mir nicht darum … ich will nicht dein Mitleid erregen oder so. Es ist nur … ich bin völlig kaputt. Es ist so, als hätte ich lauter Fehlschaltungen, wenn es um diese ganze … du weißt schon … die Sache mit dem Sex geht. Ich will dich, aber das ist nicht richtig. Du solltest nicht mit mir zusammen sein. Du bist zu rein dafür.«

Stille. *Ach Mist.* Er musste sie einfach ansehen. Genau in dem Augenblick stand sie vom Bett auf, als hätte sie nur darauf gewartet, dass er den Kopf hob. Sie kam nackt auf ihn zu, nichts auf der Haut außer dem Kerzenschein des einzigen im Raum brennenden Dochts.

»Küss mich«, wisperte sie im Dämmerlicht. »Küss mich einfach.«

»Gott … was ist denn mit dir los?« Als sie zurückzuckte, fügte er eilig hinzu: »Ich meine, warum? Von allen Männern, die du haben könntest, warum ausgerechnet ich?«

»Ich will dich.« Sie legte ihm eine Hand auf die Brust. »Das ist eine natürliche, normale Reaktion auf das andere Geschlecht, oder etwa nicht?«

»Ich bin nicht normal.«

»Das weiß ich. Aber du bist nicht schmutzig oder verseucht oder unwürdig oder sonst etwas, das du dir einredest.« Sie legte sich seine zitternden Hände auf die Schultern.

Ihre Haut war so zart. Die Vorstellung, sie auf irgendeine Art und Weise zu beschädigen, ließ ihn erstarren. Genau wie das Bild von sich selbst, wie er in sie hineinstieß. Andererseits musste er die untere Hälfte seines Körpers ja gar nicht ins Spiel bringen, oder? Es könnte ja einfach nur um sie gehen.

Ja, genau, dachte er. Das hier könnte nur für sie sein.

Er drehte sie um und zog ihren Rücken an sich. Mit langsam kreisenden Bewegungen strich er ihr über die Taille und die Hüften. Als sie ihren Rücken durchbog und seufzte, konnte er die Spitzen ihrer Brüste über ihre Schultern sehen. Er wollte sie dort berühren … und merkte, dass er das auch konnte. Seine Finger fuhren über ihren Brustkorb, ertasteten das Muster der zierlichen Knochen, bis seine Hände ihre Brüste umschlossen. Ihr Kopf sank noch weiter nach hinten, und ihre Lippen teilten sich.

Als sie sich so für ihn öffnete, verspürte er das stürmischen Verlangen, in sie einzudringen, egal, wie. Reflexartig leckte er sich die Oberlippe, während er eine ihrer Brustwarzen zwischen Daumen und Zeigefinger rollte. Er stellte sich vor, seine Zunge in ihren Mund zu schieben, zwischen die Zähne und Fänge zu stoßen, sie auf diese Weise zu nehmen.

Als wüsste sie, was er dachte, versuchte sie sich umzudrehen, doch das war irgendwie zu nah … es war zu real, dass sie sich ihm hingab, dass sie jemanden wie ihn intime, erotische Dinge mit ihrem Körper tun ließ. Er hielt sie an den Hüften fest und zog sie fest an seine Oberschenkel. Ihr Hintern drängte gegen das steife Ding in seinen Shorts, und er biss die Zähne aufeinander.

»Zsadist … lass mich dich küssen.« Wieder wollte sie sich umdrehen, doch er ließ es nicht zu.

Obwohl sie sich wehrte, hielt er sie mit Leichtigkeit fest. »Für dich wird es so besser sein. Wenn du mich nicht sehen kannst, wird es besser sein.«

»Nein, das stimmt nicht.«

Er senkte den Kopf auf ihre Schulter. »Wenn ich dir einfach nur Phury holen dürfte … früher einmal sah ich aus wie er. Du könntest so tun, als wäre ich es.«

Nun entwand sie ihren Körper doch seinen Händen. »Aber du wärst es nicht. Und ich will nur dich.«

Als sie ihn mit weiblicher Erwartung anblickte, wurde ihm klar, dass sie auf dem besten Weg in das Bett da hinten waren. Und sie würden *es* tun. Aber, teure Jungfrau der Schrift … er hatte keine Ahnung, wie er ihr Lust bereiten sollte. Er hätte ebenso gut unschuldig sein können, so wenig Ahnung hatte er von Frauenkörpern.

Bei dieser fröhlichen kleinen Erkenntnis musste er an den anderen Mann denken, mit dem sie zusammen gewesen war. Diesen Aristokraten, der zweifelsohne so viel mehr über Sex wusste als er. Aus dem Nichts überfiel ihn das völlig irrationale Bedürfnis, ihren ehemaligen Liebhaber einzufangen und ihm den Hals umzudrehen.

Ach … Mist. Er schloss die Augen. *Scheiße.*

»Was denn?«, fragte sie.

Dieser besitzergreifende Impuls war typisch für einen gebundenen Vampir. Das Markenzeichen geradezu.

Z hob den Arm, legte die Nase an seinen Bizeps und atmete tief ein. Der Duft der Bindung entströmte seiner Haut. Er war schwach, wahrscheinlich nur für ihn wahrzunehmen, doch er war da.

Na toll. Und was sollte er jetzt machen?

Unglücklicherweise beantworteten seine Instinkte die Frage. Sein Körper brüllte auf, und er hob sie hoch und trug sie zum Bett.

3

Bella betrachtete Zsadists Gesicht, während er mit ihr auf den Armen quer durch den Raum ging. Seine schwarzen Augen waren zu Schlitzen verengt, eine dunkle, erotische Gier schimmerte darin. Als er sie auf das Bett legte und ihren Körper betrachtete, beschlich sie das unmissverständliche Gefühl, er würde sie mit Haut und Haaren verschlingen.

Doch er ragte nur über ihr auf.

»Drück deinen Rücken durch, Bella«, forderte er.

Okay … damit hatte sie jetzt nicht gerechnet.

»Drück den Rücken durch.«

Sie gehorchte und reckte ihren Körper von der Matratze, fühlte sich dabei seltsam entblößt. Durch die Bewegung erhaschte sie einen Blick auf die Vorderseite seiner Hose. Seine Erektion zuckte heftig, und die Vorstellung, dass sie bald in ihrem Körper wäre, half ihr, sich etwas zu lockern.

Mit dem Fingerknöchel strich er ihr über eine Brustwarze. »Ich möchte deinen Nippel in meinem Mund haben.«

Nun keimte auch in ihr eine köstliche Gier auf. »Dann küss …«

»Sch-sch.« Sein Knöchel fuhr zwischen ihren Brüsten hindurch zu ihrem Bauch. An ihrem Nabel hielt er an. Nahm den Zeigefinger und zeichnete einen kleinen Kreis um ihren Nabel. Wartete.

»Nicht aufhören«, stöhnte sie.

Er hörte nicht auf. Sein Finger wanderte weiter nach unten, bis er über den oberen Rand ihres Spalts streifte. Sie biss sich auf die Lippe und ließ den Blick auf seinem Körper ruhen, dieser riesigen Kriegerstatur mit all den nackten, harten Muskeln. *O Gott* … Sie war wirklich mehr als bereit für ihn.

»Zsadist …«

»Ich will dich lecken. Und ich werde mich nicht zügeln können.« Mit der freien Hand rieb er sich über die Lippen, als stellte er sich den Akt vor. »Wirst du mich das tun lassen?«

»Ja …«

Abwesend betastete er die verzerrte Seite seines Mundes, während er ihren Schlitz streichelte. »Ich wünschte, ich könnte dir etwas Schöneres bieten. Weil du dort unten vollkommen sein wirst. Das weiß ich.«

Die Scham, die unter seinem Stolz zum Vorschein kam, schmerzte sie. »Ich finde dich …«

»Das ist deine letzte Chance, *Nein* zu sagen, Bella. Wenn du jetzt nichts sagst, gibt es kein Zurück mehr. Und ich glaube nicht, dass ich dabei sanft bleiben kann.«

Sie streckte ihre Arme nach ihm aus. Er nickte einmal, als hätten sie eine Art Pakt geschlossen, dann rutschte er zum Fußende des Bettes.

»Spreiz deine Beine. Ich möchte dich ansehen.«

Eine Welle der Nervosität überschwappte sie.

Doch er schüttelte den Kopf. »Zu spät, Bella. Jetzt ... ist es zu spät. Zeig es mir.«

Langsam zog sie ein Knie hoch und öffnete sich seinem Blick.

Sein Gesicht schmolz dahin, alle Anspannung und Härte wichen daraus. »O ... Gott«, flüsterte er. »Du bist ... wunderschön.«

Auf die Arme gestützt zog er sich auf dem Bett zu ihr hoch, die Augen auf ihre geheime Stelle geheftet, als hätte er noch nie etwas Derartiges gesehen. Als er in Reichweite war, strich er mit seinen großen Händen zart über die Innenseiten ihrer Schenkel und öffnete sie noch weiter.

Doch dann runzelte er die Stirn und blickte zu ihr auf. »Moment mal. Ich muss dich eigentlich erst auf den Mund küssen, oder? Ich meine, normalerweise fangen die Männer oben an und arbeiten sich nach unten vor, oder?«

Was für eine seltsame Frage ... als hätte er das überhaupt noch nie getan?

Bevor sie noch antworten konnte, zog er sich wieder zurück. Also setzte sie sich auf und nahm sein Gesicht in ihre Hände.

»Du kannst anfangen, wo du willst.«

Seine Augen blitzten auf, und den Bruchteil einer Sekunde verharrte er genau so.

Dann machte er einen Satz und warf sie auf die Matratze. Seine Zunge schoss in ihren Mund, und seine Hände wühlten sich in ihre Haare, zogen sie vom Kissen hoch, umfingen ihren Kopf. Sein Hunger war grimmig, der unbezwingliche Drang eines Kriegers nach Sex. Er würde sie mit all seiner Kraft nehmen, und sie würde ganz wund sein, wenn er mit ihr fertig war. Wund und vollkommen selig. Sie konnte es kaum erwarten.

Plötzlich hielt er inne und zog den Kopf zurück. Er atmete tief, und seine Wangen waren gerötet, als er ihr in die Augen sah.

Und dann lächelte er sie an.

Sie war so verblüfft, dass sie nicht wusste, was sie tun sollte. Diesen Gesichtsausdruck hatte sie bei ihm noch nie gesehen. Durch das Heben der Mundwinkel war die Verzerrung der Lippe nicht mehr zu sehen, nur seine schimmernden Zähne und Fänge.

»Das gefällt mir«, sagte er. »Du unter mir … Du fühlst dich gut an. Weich und warm. Bin ich zu schwer? Warte, ich …«

Als er sich aufstützte, wurde seine Erregung in ihr Zentrum gedrückt, und sein Grinsen verschwand so schnell wie ein Blinzeln. Es war, als wäre ihm das Gefühl unangenehm, aber wie konnte das sein? Er war erregt. Sie konnte seine Erektion spüren.

Geschmeidig positionierte er sich um, bis ihre Beine geschlossen waren und seine Knie jeweils seitlich davon ruhten. Sie hatte keine Ahnung, was passiert war, aber was auch immer in seinem Kopf vorging, war nicht gut.

»Du bist genau richtig auf mir«, sagte sie versuchsweise, um ihn abzulenken. »Außer zwei winzigen Details.«

»Was denn?«

»Du hast aufgehört. Und zieh die Hose aus.«

Sofort senkte er sein Gewicht wieder auf sie herab und schob seinen Mund seitlich an ihren Hals. Als er an ihrer Haut knabberte, drückte sie den Kopf ins Kissen und bot ihm ihre Kehle dar. Die Hand fest um seinen Hinterkopf gelegt, drängte sie ihn an ihre Vene.

»O ja«, stöhnte sie. Sie wollte, dass er sich an ihr nährte.

Er machte ein Geräusch, das Nein bedeuten sollte,

doch noch ehe die Ablehnung sie erreichte, küsste er sich zu ihrem Schlüsselbein herunter.

»Ich will an deinen Nippeln saugen«, raunte er an ihrer Haut.

»Dann tu es.«

»Aber erst musst ich dir etwas sagen.«

»Was denn?«

Er hob den Kopf. »In der Nacht, als du hierhergekommen bist ... als ich dich gebadet habe, weißt du noch? Ich habe mir alle Mühe gegeben, nichts zu sehen. Ehrlich. Ich habe dich mit einem Handtuch zugedeckt, selbst als du im Wasser warst.«

»Das war sehr nett ...«

»Aber als ich dich aus der Wanne gehoben habe, da habe ich *die* gesehen.« Seine Hand umfasste eine ihrer Brüste. »Ich konnte nichts dafür, das schwöre ich dir. Ich habe versucht, dein Schamgefühl zu respektieren, aber du warst ... ich konnte meine Augen nicht abwenden. Deine Brustwarze war fest von der kühlen Luft. So klein und rosig. Wunderhübsch.«

Er rieb mit dem Daumen vor und zurück über ihre harte Spitze. In ihrem Kopf herrschte nur noch Chaos.

»Ist schon in Ordnung«, murmelte sie.

»Nein, ist es nicht. Du warst wehrlos, und es war falsch von mir, dich anzusehen.«

»Nein, du ...«

Er verlagerte sein Gewicht, und seine Erektion drückte in ihren Oberschenkel. »Das ist passiert.«

»Was ist – ach so, du warst erregt?«

Sein Mund wurde schmal. »Ja. Ich konnte nichts dagegen machen.«

Sie lächelte sanft. »Aber du hast nichts getan, oder?«

»Nein.«

»Dann ist es okay.« Wieder drückte sie den Oberkörper durch und beobachtete seinen Blick auf ihren Brüsten. »Küss mich, Zsadist. Genau dahin. Jetzt sofort.«

Seine Lippen teilten sich, und seine Zunge schob sich vor, als er den Kopf senkte. Sein Mund fühlte sich warm an auf ihrer Haut und so unendlich vorsichtig, als er sie küsste und dann ihre Brustwarze einsaugte. Er zog ein bisschen daran, dann zog er einen trägen Kreis darum, saugte wieder daran ... und die ganze Zeit streichelten seine Hände ihre Taille und ihre Hüften und ihre Beine.

Wie hatte er sich nur Sorgen machen können, dass er nicht sanft wäre? Er hatte nichts annähernd Brutales an sich, im Gegenteil, seine Liebkosungen waren geradezu ehrerbietig; die Wimpern lagen auf seinen Wangen, während er sie kostete, seine Miene war demütig und verzückt.

»Großer Gott«, murmelte er und wandte sich der anderen Brust zu. »Ich hatte keine Ahnung, dass es so sein würde.«

»Wie ... so?« *Lieber Himmel,* sein Mund ...

»Das könnte ich ewig machen.«

Sie packte seinen Kopf mit den Händen und zog ihn näher zu sich heran. Und es war zwar nicht ganz einfach, aber sie schaffte es, ein Bein unter ihm hervorzuwinden und auf die andere Seite zu schieben, so dass er nun beinahe in ihren Körper gebettet dalag. Sie sehnte sich danach, seine Erregung zu spüren, doch er schwebte weiter über ihr in der Luft.

Als er sich zurückzog, protestierte sie, aber dann wanderten seine Hände zu den Innenseiten ihrer Schenkel, und er schob sich an ihr herunter. Er spreizte ihre Beine und sofort begann die Matratze unter ihr zu beben.

Zsadists gesamter Körper zitterte, als er sie betrachtete. »Du bist so zart ... und du glitzerst.«

Beim ersten Streicheln seines Fingers über ihr Zentrum kam sie beinahe. Sie stieß ein heiseres Geräusch aus, woraufhin er ihr einen schnellen Blick zuwarf und unterdrückt fluchte. »Verdammt, ich weiß einfach nicht, was ich hier tue. Ich versuche, vorsichtig zu sein …«

Sie hielt seine Hand fest. »Mehr …«

Zweifelnd blickte er sie einen Moment lang an. Dann berührte er sie wieder. »Du bist einfach vollkommen. Und so unglaublich weich. Ich muss wissen …«

Damit beugte er sich nach unten, seine Schultern strafften sich. Sie spürte etwas Samtiges.

Seine Lippen.

Dieses Mal, als sie vom Bett hochzuckte und seinen Namen sagte, küsste er sie einfach noch einmal. Und dann war da das feuchte Streicheln seiner Zunge. Er hob den Kopf und schluckte, das ekstatische Knurren aus seiner Kehle ließ ihr Herz stillstehen. Ihre Blicke trafen sich.

»O mein Gott … du bist köstlich«, sagte er und tauchte wieder ab.

Er streckte sich auf dem Bett aus, schlang die Arme um ihre Knie, füllte den Raum zwischen ihren Schenkeln völlig aus. Sein Atem war heiß und gierig, der Mund war hungrig und verzweifelt. Er erforschte sie wie unter einem erotischen Zwang, leckte und erkundete sie mit der Zunge, saugte mit den Lippen an ihrer Spalte.

Als ihre Hüften sich aufbäumten, legte er ihr einen Arm über den Bauch und hielt sie fest. Wieder bog sie sich durch, und er hielt inne, ohne den Kopf zu heben.

»Ist alles in Ordnung?« Seine heisere Stimme war gedämpft, die Worte pulsierten in ihrem Zentrum.

»Bitte …« Etwas anderes fiel ihr nicht ein.

Er zog sich etwas zurück. Sie konnte den Blick nicht von seinen glänzenden Lippen abwenden und dachte daran, wo sie eben gewesen waren.

»Bella, ich glaube nicht, dass ich noch aufhören kann. In meinem Kopf ist ein Brüllen, das mir befiehlt, meinen Mund auf dir zu lassen. Wie kann ich das machen, so dass es schön für dich ist?«

»Bring mich … Mach es mir«, krächzte sie.

Er blinzelte, als hätte sie ihn damit überrascht. »Und was muss ich tun, damit du kommst?«

»Mach einfach genau das, was du bisher gemacht hast. Nur schneller.«

Er war ein gelehriger Schüler und bekam heraus, was sie richtig wild machte. Und endgültig erbarmungslos wurde er, als er entdeckte, wie er sie zum Orgasmus bringen konnte. Heftig bearbeitete er sie und sah ihr dabei zu, wie sie zum Höhepunkt kam, einmal, zweimal … viele Male. Es war, als nährte er sich an ihrer Lust und wäre unersättlich.

Als er endlich den Kopf hoch, war sie ermattet.

Ernst sah er sie an. »Danke.«

»Das sollte ich doch wohl eher sagen.«

Er schüttelte den Kopf. »Du hast ein Tier in den schönsten Teil deines Körpers gelassen. Ich bin es, der voller Dankbarkeit ist.«

Er schob sich von ihr weg, die erregte Röte immer noch auf den Wangen. Seine Erektion war immer noch unverändert.

Sie streckte ihre Arme nach ihm aus. »Wo willst du hin? Wir sind noch nicht fertig.«

Als er zögerte, fiel es ihr wieder ein. Sie drehte sich auf den Bauch und ging auf alle viere, ein schamloses Angebot. Er schloss die Augen wie im Schmerz, was sie verwirrte.

»Ich weiß doch, dass du es nur so machst«, sagte sie sanft. »Das hast du mir erzählt. Das ist okay für mich, ehrlich.« Schweigen. »Zsadist, ich möchte das zwischen uns zu Ende bringen. Ich möchte dich ... so kennenlernen.«

Er rieb sich über das Gesicht. Einen Augenblick dachte sie, er würde weggehen, doch dann schob er sich hinter sie. Seine Hände legten sich leicht auf ihre Hüften, und er schob sie auf die Seite und auf den Rücken.

»Aber du machst es doch nur ...«

»Nicht mit dir.« Seine Stimme klang rau. »Mit dir nicht.«

Sie öffnete die Beine, sie war bereit für ihn, doch er hockte sich nur auf seine Fersen.

Erschauernd stieß er die Luft aus. »Ich werde ein Kondom holen.«

»Warum? Ich bin nicht fruchtbar, also brauchst du keins. Und außerdem will ich, dass du ... in mir kommst.«

Seine Brauen senkten sich tief über die schwarzen Augen.

»Zsadist, das war mir noch nicht genug. Ich will mit dir zusammen sein.«

Gerade wollte sie ihn auf sich ziehen, als er auf die Knie ging und die Hände an den Bund der Hose legte. Er fummelte an der Schnur herum, dann zog er den Gummibund herunter und zeigte sich.

Bella musste schlucken.

Seine Erektion war riesig. Eine vollkommene, wunderschöne, steinharte Ausnahme der Natur.

Heiliger ... Joseph. Würde er überhaupt in sie reinpassen?

Seine Hände zitterten, als er die Hose bis unter das Gesäß herunterschob. Dann beugte er sich über ihren Körper und brachte sich in Position vor ihrem Zentrum.

Als sie die Hand nach ihm ausstreckte, zuckte er zurück. »Nein!« Sie erschrak, und er fluchte. »Entschuldige bitte ... Lass mich das einfach machen.«

Er schob seine Hüften vor, und sie konnte seine Spitze fühlen, rund und heiß. Seine Hand griff unter eines ihrer Knie und streckte das Bein nach oben; dann stieß er ein Stück in sie hinein, dann noch etwas weiter. Schweiß bedeckte seinen gesamten Körper, und mit ihm drang ein dunkler Duft in ihre Nase. Einen Augenblick überlegte sie …

Nein, er konnte sich nicht an sie gebunden haben. Das lag nicht in seiner Natur.

»Mein Gott, du bist so eng«, keuchte er. »Bella, ich will dich nicht zerreißen.«

»Mach einfach weiter. Ganz langsam.«

Ihr Körper wogte unter dem Druck und der Dehnung. Selbst so bereit für ihn, wie sie es war, konnte sie ihn kaum in sich aufnehmen. Doch sie fand es wunderbar, besonders, als sein Atem seine Brust stoßweise verließ, und er erschauerte. Als er ganz in ihr war, öffneten sich seine Lippen und die Fänge verlängerten sich von der Lust, die er empfand.

Sie strich ihm mit den Händen über die Schultern, spürte die Muskeln und die Wärme.

»Ist das okay?«, stieß er zwischen den Zähnen hervor.

Bella küsste seinen Hals und bewegte ihre Hüften hin und her. Er zischte.

»Liebe mich«, sagte sie.

Er stöhnte und begann, sich wie eine gigantische Woge auf ihr zu bewegen, während sein großer, harter Schwanz ihr Inneres liebkoste.

»O Mist …« Er ließ den Kopf auf ihren Hals fallen. Sein Rhythmus wurde schneller, sein Atem ging keuchend und rauschte in ihrem Ohr. »Bella … verdammt, ich habe Angst … aber ich kann nicht … aufhören …«

Aufseufzend stützte er sich auf die Arme und ließ seinen Hüften freien Lauf. Jeder Stoß hämmerte in sie hinein, schob sie weiter in die Laken. Sie hielt sich an seinen Handgelenken fest, um dem Ansturm standzuhalten. Sie spürte, wie sich die Spannung erneut in ihr aufbaute, und je schneller er pumpte, desto näher kam sie dem Höhepunkt.

Der Orgasmus traf sie hart in ihrem Zentrum und raste von da aus durch ihren gesamten Körper. Seine Wucht dehnte sie immer weiter aus. Das Gefühl dauerte ewig, die Kontraktionen ihrer inneren Muskeln umklammerten den Teil von ihm, der in sie eingedrungen war.

Als sie endlich wieder einigermaßen bei sich war, wurde ihr bewusst, dass er sich nicht rührte. Völlig erstarrt schwebte er über ihr. Ein paar Tränen wegblinzelnd sah sie in sein Gesicht. Die harten Konturen waren angespannt, wie auch der Rest seines Körpers.

»Habe ich dir wehgetan?«, fragte er nervös. »Du hast aufgeschrien. Laut.«

Sanft berührte sie sein Gesicht. »Nicht vor Schmerz.«

»Gott sei Dank.« Seine Schultern entspannten sich, als er ausatmete. »Ich könnte es nicht ertragen, dir so wehzutun.«

Er küsste sie zärtlich. Und dann zog er sich heraus und stand vom Bett auf, riss die Shorts hoch und ging ins Badezimmer. Er schloss die Tür.

Bella runzelte die Stirn. War er zum Ende gekommen? Er hatte nicht schlaff ausgesehen, als er sich zurückzog.

Sie rutschte vom Bett und sah an sich herunter. Da zwischen ihren Beinen kein Samen zu entdecken war, zog sie den Bademantel an und ging ihm nach, ohne auch nur anzuklopfen.

Zsadists Arme waren auf das Waschbecken gestützt, sein Kopf gesenkt. Er atmete unregelmäßig und wirkte fiebrig, die Haut war feucht, die Haltung unnatürlich steif.

»Was ist, *Nalla?«,* flüsterte er heiser.

Sie blieb stehen, hatte sie richtig gehört? Doch ja … *Geliebte.* Er hatte sie *Geliebte* genannt.

»Warum hast du nicht …« Sie bekam die restlichen Worte nicht über die Lippen. »Warum hast du aufgehört, bevor …«

Als er nur den Kopf schüttelte, ging sie zu ihm und drehte ihn zu sich um. Durch die kurze Hose konnte sie erkennen, dass seine Erektion immer noch pochte, schmerzlich steif. Sein ganzer Körper sah aus, als schmerze er.

»Lass mich dir Erleichterung geben.« Sie streckte die Hand aus.

Erschrocken presste er sich an die Marmorwand zwischen Dusche und Waschbecken. »Nein, nicht … Bella …«

Sie raffte den Bademantel und ging vor ihm auf die Knie.

»Nicht!« Er zerrte sie wieder hoch.

Doch sie blickte ihm direkt in die Augen und legte die Hände auf seinen Hosenbund. »Lass mich das für dich tun.«

Er packte ihre Hände und drückte die Gelenke, bis sie wehtaten.

»Ich will das tun, Zsadist«, sagte sie mit Nachdruck. »Lass einfach zu, dass ich mich um dich kümmere.«

Eine lange Stille breitete sich zwischen ihnen aus, während der sie den Kummer und die Begierde in seinen Augen gegeneinander abwog. Da fuhr ihr ein kalter Schauer über den Rücken. Sie war verwirrt von den Gedankensprüngen ihres Gehirns, aber plötzlich hatte sie die merkwürdige Ahnung, dass er sich noch nie einen Orgasmus gestattet hatte. Oder zog sie voreilige Schlüsse?

Ist ja auch egal. Sie würde ihn ganz bestimmt nicht fragen. Er stand kurz vor dem Durchdrehen, und wenn sie jetzt das Falsche sagte oder tat, würde er aus dem Raum stürmen.

»Zsadist, ich tu dir nicht weh. Und du kannst die Kontrolle behalten. Wir hören auf, wenn es sich nicht gut anfühlt. Du kannst mir vertrauen.«

Es dauerte lange, bis sich der Griff um ihre Handgelenke lockerte. Und dann endlich ließ er sie los und schob sie etwas von sich weg. Zögernd zog er die Hose herunter.

Unvermittelt schoss die Erektion in den Zwischenraum zwischen ihnen.

»Einfach ... festhalten«, brachte er mühsam hervor.

»Dich. Ich halte dich fest.«

Als sie die Hände um ihn schloss, stieß er ein Stöhnen aus, und sein Kopf fiel in den Nacken. Mein Gott, er war hart. Hart wie Stahl, und doch war die Haut so weich wie seine Lippen.

»Du bist ...«

»Sch-sch«, unterbrach er. »Nicht ... reden. Ich kann nicht ... nicht reden.«

Er fing an, sich zu bewegen, langsam erst und dann mit wachsendem Drängen. Er nahm ihr Gesicht in seine Hände und küsste sie, und dann ließ er sich endlich gehen und stieß wild zu. Er war nicht mehr zu bremsen, stieg immer höher und höher, seine Brust und seine Hüften waren wunderschön in dieser uralten, männlichen, stoßenden Bewegung. Schneller ... schneller ... vor und zurück ...

Doch dann erreichte er eine neue Ebene. Er strengte sich an, die Sehnen in seinem Hals stießen beinahe durch die Haut, sein Körper war über und über mit Schweiß bedeckt. Aber er konnte scheinbar nicht loslassen.

Keuchend hielt er inne. »Das kann nicht klappen.«

»Entspann dich. Lass es geschehen ...«

»Nein. Ich brauche …« Er nahm eine ihrer Hände und legte sie auf seine Hoden. »Drück zu. So fest du kannst.«

Bellas Blick huschte zu seinem Gesicht. »Was? Aber ich will dir nicht wehtun …«

Er umklammerte ihre Hand wie ein Schraubstock und drehte dann, bis er aufschrie. Dann nahm er ihre andere Hand und hielt sie auf seine Erektion gepresst. Sie wehrte sich, wollte den Schmerz beenden, den er sich selbst zufügte, doch er stieß wieder zu. Und je heftiger sie sich zu entziehen versuchte, desto fester drückte er ihre Hand um die empfindlichste Stelle eines Mannes. Ihre Augen wurden immer größer, sie blinzelte nicht mehr, er musste solche Schmerzen haben …

Zsadist brüllte, sein lautes Bellen hallte von dem Marmor wider, bis es jeder im ganzen Haus gehört haben musste. Dann spürte sie die mächtigen Zuckungen seines Höhepunkts, ein heißes Pulsieren benetzte ihre Hände und den Bademantel.

Kraftlos ließ er sich auf ihre Schultern sinken. Er keuchte wie eine Dampflok, die Muskeln flatterten, der riesige Körper erzitterte. Als er ihre Hand losließ, musste sie ihre Finger einzeln von seinen Hoden lösen.

Kälte durchdrang Bella bis auf die Knochen, während sie sein Gewicht stützte.

Etwas Hässliches war gerade zwischen ihnen entstanden, eine Art sexuelle Bösartigkeit, die den Unterschied zwischen Lust und Schmerz verschwimmen ließ. Und obwohl das grausam von ihr war, wollte sie von ihm weg. Sie wollte vor der erschütternden Erkenntnis weglaufen, dass sie ihm wehgetan hatte, weil er sie dazu gezwungen hatte, und dass er deshalb einen Orgasmus gehabt hatte.

Doch da verwandelte sich sein Keuchen zu einem Schluchzen. Zumindest kam es ihr so vor.

Sie hielt den Atem an, lauschte. Das leise Geräusch war wieder da, und sie fühlte seine Schultern beben.

O mein Gott. Er weinte …

Sie schlang die Arme um ihn. Er hatte ja nicht darum gebeten, so gequält zu werden, wie man ihn gequält hatte. Ebenso wenig wie um die Nachwirkungen.

Sie versuchte, seinen Kopf zu heben, um ihn zu küssen, doch er wehrte sich dagegen, zog sie fest an sich, versteckte sich in ihrem Haar. Also wiegte sie ihn, hielt ihn fest und tröstete ihn, während er sich bemühte, seine Tränen zu verbergen. Schließlich zog er den Kopf zurück und rieb sich mit den Händen über das Gesicht. Er wich ihrem Blick aus, streckte den Arm aus und stellte das Wasser in der Dusche an.

Mit einer raschen Bewegung riss er ihr den Bademantel herunter, zerknüllte ihn und warf ihn in den Müll.

»Moment, ich mag diesen …«

»Ich kaufe dir einen neuen.«

Er schob sie unter den Wasserstrahl. Sie wehrte sich zwar, doch er hob sie mühelos hoch und stellte sie in die Dusche, dann seifte er mit unverhohlener Panik ihre Hände ein.

»Zsadist, hör auf damit.« Sie entzog sich, aber er ließ nicht locker. »Ich bin nicht schmutzig – Zsadist, *hör auf*. Ich muss nicht gereinigt werden, weil du …«

Da schloss er die Augen.

»Bitte, ich muss das tun. Du kannst so nicht bleiben … mit diesem Zeug auf dir.«

»Zsadist«, fauchte sie. »Sieh mich an.« Als er gehorchte, sagte sie: »Das ist nicht nötig.«

»Ich weiß nicht, was ich sonst tun soll.«

»Komm wieder ins Bett mit mir.« Sie stellte das Wasser ab. »Halt mich im Arm. Lass mich dich im Arm halten. Das ist das Einzige, was du tun musst.«

Und um ehrlich zu sein, brauchte sie das auch. Ihre Nervenstärke war am Ende.

Sie wickelte sich ein Handtuch um und zog ihn ins Schlafzimmer. Als sie zusammen unter der Decke lagen, kuschelte sie sich an ihn, aber in ihrem Inneren war sie genauso verkrampft wie er. Sie hatte gedacht, die Nähe würde helfen. So war es aber nicht.

Nach einer kleinen Ewigkeit hörte sie seine Stimme in der Dunkelheit. »Wenn ich gewusst hätte, wie es sein muss, hätte ich das niemals geschehen lassen.«

Sie hob ihr Gesicht zu ihm. »War dies das erste Mal, dass du jemals gekommen bist?«

Sein Schweigen überraschte sie nicht. Dass er schließlich eine Antwort gab, schon.

»Ja.«

»Du hast dich niemals … selbst befriedigt?«, flüsterte sie, obwohl sie die Antwort schon kannte. *Du meine Güte* … Wie mussten diese Jahre als Blutsklave gewesen sein? Dieser Missbrauch, der Schmerz, die Scham. Sie wollte für ihn weinen, wusste aber, dass ihn das verlegen machen würde.

Er atmete aus. »Ich mag mich überhaupt nicht anfassen. Wenn ich ganz ehrlich bin, finde ich es furchtbar, dass ich in dir war. Am liebsten würde ich dich in eine Badewanne voller Desinfektionsmittel legen.«

»Ich bin so gerne mit dir zusammen. Ich bin froh, dass wir beieinandergelegen haben.«

Erst, was danach gekommen war, bereitete ihr Schwierigkeiten. »Aber was die Sache im Badezimmer betrifft …«

»Ich will nicht, dass du ein Teil davon bist. Ich will nicht, dass du das mit mir machst, damit ich … über dich spritze.«

»Es hat mir gefallen, dir beim Orgasmus zu helfen. Es

ist nur so … du bedeutest mir viel zu viel, um dir wehzutun. Vielleicht könnten wir versuchen …«

Er zog sich zurück. »Sorry … ich muss …ich muss zu V. Ich habe was zu erledigen.«

Sie hielt ihn am Arm fest. »Was, wenn ich dir sagen würde, dass du schön bist?«

»Dann würde ich sagen, dass du eine Mitleidsnummer abziehst und wäre sauer.«

»Ich habe kein Mitleid mit dir. Ich wünschte, du wärest in mir gekommen, und ich finde dich wunderbar, wenn du erregt bist. Er ist dick und lang, und ich wollte ihn unbedingt anfassen. Das will ich immer noch. Und ich will dich in den Mund nehmen. Was sagst du jetzt?«

Er entwand sich ihrem Griff und stand auf. Mit raschen, eckigen Bewegungen zog er sich an. »Wenn du den Sex in ein anderes Licht stellen musst, um damit klarzukommen, von mir aus. Aber du belügst dich selbst. Innerhalb kürzester Zeit wirst du aufwachen und feststellen, dass du immer noch eine wundervolle Frau bist. Und dann wirst du bitter bereuen, bei mir gelegen zu haben.«

»Das werde ich nicht.«

»Wart's ab.«

Noch bevor ihr eine passende Entgegnung einfiel, war er durch die Tür verschwunden.

Bella verschränkte die Arme vor der Brust und kochte vor Frust. Dann strampelte sie die Bettdecke weg. Mann, es war aber auch heiß hier im Zimmer. Oder vielleicht war sie so in Rage, dass ihre innere Chemie durcheinandergeraten war.

Sie konnte nicht im Bett bleiben, also zog sie sich an und ging durch den Flur mit den Statuen. Es war ihr egal, wo sie landen würde; sie musste einfach nur rauskommen und diese verfluchte Hitze abschütteln.

4

Im unterirdischen Tunnel auf halbem Weg zwischen dem Haupthaus und Vishous' und Butchs Wohnung blieb Zsadist stehen.

Er sah sich um. Vor ihm lag nichts als eine Reihe von Deckenlichtern, ein Streifen leuchtender Flecken, der kein Ende nahm. Die Tür, durch die er gekommen war, und die, durch die er wieder herausgehen würde, waren nicht zu sehen.

Wenn das keine perfekte Metapher für sein Leben war.

Er lehnte sich an die Stahlwand des Tunnels, er hatte das Gefühl, in der Falle zu sitzen, obwohl ihn nichts und niemand gefangen hielt.

Ach, aber das war doch Blödsinn. Bella war die Falle, in der er saß. Sie legte ihn in Ketten. Fesselte ihn mit ihrem wunderschönen Körper und ihrem Herzen und diesem Trugbild von Liebe, das in ihren Saphiraugen leuchtete. In der Falle … er saß in der Falle.

Völlig unvermittelt schwenkten seine Gedanken zu der Nacht, in der Phury ihn endlich aus der Sklaverei befreit hatte.

Als die Herrin wieder einmal mit einem anderen Mann aufgetaucht war, hatte der Sklave sich kaum darum gekümmert. Nach zehn Jahrzehnten machten ihm die Blicke anderer Männer nichts mehr aus, und die Vergewaltigungen und die Übergriffe hielten keine neuen Schrecken mehr für ihn bereit. Sein Dasein war eine gleichförmige Hölle, deren einzig wahre Qual in der Unendlichkeit seiner Gefangenschaft lag.

Doch dann hatte er etwas Merkwürdiges gespürt. Etwas … Ungewöhnliches. Er hatte den Kopf gedreht und den Fremden betrachtet. Sein erster Gedanke war, dass dieser Vampir riesengroß und außerdem kostspielig gekleidet war, weshalb er ein Krieger sein musste. Dann sah er, dass in den gelben Augen, die ihn anstarrten, eine erschütternde Traurigkeit lag. Wahrlich, der Fremde dort im Einlass war so bleich geworden, dass seine Haut schon wächsern aussah.

Als der Geruch der Salbe die Nase des Sklaven übermannte, blickte er wieder zur Decke. Das folgende Geschehen war ihm gleichgültig. Und doch – als seine Männlichkeit traktiert wurde, strömte eine Welle von Emotion durch den Raum. Wieder sah er den Vampir an, der am anderen Ende der Zelle stehen geblieben war. Der Sklave sah mit Verblüffung, dass der Krieger nach einem Dolch griff und die Herrin anblickte, als wollte er sie töten …

Da schwang die Türe auf, und einer der Höflinge sprach voller Furcht zu seiner Herrin. Plötzlich war die Zelle voller Wachen und Waffen und Wut. Die Herrin wurde von dem Mann an der Spitze der Gruppe grob gepackt und so fest geschlagen, dass sie gegen die Steinwand prallte. Dann stürzte sich der Mann auf den Sklaven und zog ein Messer. Der Sklave schrie, als er die Klinge auf sein Gesicht zusausen sah. Ein heißer Schmerz durchschnitt seine Stirn, seine Nase, seine Wange; dann gab es nur noch Schwärze.

Als der Sklave wieder zu Bewusstsein kam, hing er an seinem Hals, das Gewicht seiner eigenen Arme und Beine würgte ihm das Leben aus dem Leib. Es war, als hätte sein Körper gewusst, dass sein letzter Atemzug nahe war, und hätte auf gut Glück seinen Geist aufgeweckt, um doch noch Hilfe zu erhalten. Ein trauriger Rettungsversuch, dachte er sich.

Gütige Jungfrau, sollte er nicht Schmerz empfinden? Auch fragte er sich, ob ihn jemand mit Wasser übergossen hatte, da seine Haut nass war. Dann wurde ihm bewusst, dass etwas Dickflüssiges in seine Augen tropfte. Blut. Er war über und über mit seinem eigenen Blut überströmt.

Und woher kam all der Lärm? Wurde gekämpft?

Keuchend hob er den Blick, und den Bruchteil einer Sekunde lang spürte er die Erstickung nicht mehr. Das Meer. Er blickte hinaus auf die Weite des Meeres. Für einen Augenblick stieg Freude in ihm auf … und dann verschwamm ihm alles vor Augen, weil er keine Luft bekam. Seine Lider flatterten, und er sackte zusammen; wenn er auch dankbar war, dass er das Meer noch einmal gesehen hatte, bevor er starb. Wie im Nebel sann er darüber nach, ob der Schleier wohl so sein würde wie der unendliche Horizont, ein grenzenloser Raum, unfassbar und gleichzeitig ein Zuhause.

Gerade als er ein schimmerndes weißes Licht vor sich sah, ließ der Druck an seinem Hals nach, und sein Körper wurde unsanft angefasst. Da waren Schreie und ruckartige Bewegungen, dann ein harter, holpriger Ritt, der ein jähes Ende nahm. Und während der gesamten Zeit war sein ganzer Körper voller Schmerz, er drang ihm bis ins Mark, hämmerte mit dumpfen Fäusten auf ihn ein.

Zwei Schüsse. Schmerzenslaute, die nicht seine waren. Und dann ein Schrei und ein Windstoß an seinem Rücken. Fallen … er war in der Luft, er fiel …

O mein Gott, das Meer. Entsetzen kroch in ihm hoch. Das Salz … Er spürte das harte Polster des Wassers nur einen Moment lang, bevor das Gefühl der See auf seiner wunden Haut seinen Geist überwältigte. Er verlor das Bewusstsein.

Als er das nächste Mal zu sich kam, war sein Körper nichts weiter als eine Hülle, die durch Schmerz zusammengehalten wurde. Schemenhaft bemerkte er, dass er auf der einen Seite eiskalt, auf der anderen mäßig warm war, und er bewegte sich, um zu sehen, ob er das konnte. Sofort fühlte er die Wärme neben sich ebenfalls in Regung geraten … Er wurde umarmt. Ein Mann umfing ihn von hinten.

Der Sklave schob den harten Körper von sich fort und schleppte sich durch den Dreck. Sein verschwommener Blick zeigte ihm den Weg, zog einen Felsbrocken aus der Dunkelheit, gab ihm einen Platz, sich zu verstecken. Als er Schutz gefunden hatte, atmete er trotz seines gemarterten Leibes, roch den Salzduft des Meers und die Fäulnis toter Fische.

Und außerdem nahm er einen blechernen Geruch wahr. Einen scharfen, blechernen …

Vorsichtig warf er einen Blick um die Felskante herum. Obwohl seine Augen schwach waren, konnte er doch die Gestalt des Vampirs ausmachen, der mit der Herrin in seine Zelle gekommen war. Der Krieger hatte sich mit dem Rücken an die Wand gesetzt, das lange Haar hing ihm in Strähnen über die breiten Schultern. Seine teuren Kleider waren zerrissen, sein gelber Blick glühte vor Kummer.

Das war der andere Duft, dachte der Sklave. Diese Traurigkeit, die der Mann empfand, hatte einen Duft.

Als der Sklave wieder schnüffelte, spürte er ein seltsames Ziehen im Gesicht, und er hob die Fingerspitzen an die Wange. Da war eine Furche in seiner Haut … Er folgte ihr bis zur Stirn. Dann hinunter zur Lippe. Und erinnerte sich wieder an das Messer, das auf ihn zugeflogen war. Erinnerte sich daran, geschrien zu haben, als es ihn schnitt.

Der Sklave begann zu zittern und schlang die Arme um sich.

»Wir sollten einander wärmen«, sagte der Krieger. »Glaub mir, nur das habe ich getan. Ich habe keine … Absichten mit dir gehabt. Ich möchte dir nur Linderung verschaffen, wenn ich kann.«

Aber hatten nicht alle Männer der Herrin mit dem Sklaven zusammen sein wollen? Deshalb brachte sie sie doch zu ihm. Sie sah gern zu …

Dann jedoch fiel dem Sklaven wieder ein, wie der Krieger den Dolch erhoben hatte, als wollte er die Herrin ausweiden.

Der Sklave öffnete den Mund und fragte heiser: »Wer seid Ihr, Sire?«

Sein Mund verweigerte ihm den Gehorsam, und die Worte waren kaum verständlich. Er versuchte es erneut, doch der Krieger unterbrach ihn.

»Ich habe deine Frage verstanden.« Der blecherne Duft der Traurigkeit wurde stärker, bis er selbst den Fischgeruch überstieg. »Ich bin Phury. Ich bin … dein Bruder.«

»Nein.« Der Sklave schüttelte den Kopf. »Wahrlich, ich habe keine Familie. Sire.«

»Ich bin nicht …« Der andere räusperte sich. »Ich bin kein Sire für dich. Und du hattest immer eine Familie. Man hat dich uns weggenommen. Ich habe ein Jahrhundert lang nach dir gesucht.«

»Ich fürchte, Ihr irrt euch.«

Der Krieger machte Anstalten aufzustehen, und der Sklave schreckte zurück, ließ die Augen sinken und bedeckte den Kopf mit den Armen. Er konnte es nicht ertragen, wieder geschlagen zu werden, selbst wenn er es wegen seiner Aufsässigkeit verdient hatte.

Rasch sagte er mühsam mit seiner neuen, verzerrten Sprache: »Ich wollte Euch nicht beleidigen, Sire. Ich schulde Euch nur meine Ehrerbietung für Euren höheren Stand.«

»Süße Jungfrau im Schleier.« Ein erstickter Laut drang durch die Höhle. »Ich werde dich nicht schlagen. Du bist in Sicherheit … Bei mir bist du in Sicherheit. Du wurdest gefunden, mein Bruder.«

Wieder schüttelte der Sklave den Kopf, er wollte nichts davon hören. Denn unvermittelt wurde ihm bewusst, was bei Einbruch der Nacht geschehen würde, geschehen müsste. Er war Eigentum der Herrin und müsste ihr zurückgegeben werden.

»Ich flehe Euch an«, stöhnte er, »bringt mich nicht zu ihr zurück. Tötet mich jetzt … Aber liefert mich ihr nicht wieder aus.«

»Eher würde ich uns beide töten, als dich dorthin zurückkehren zu lassen.«

Der Sklave blickte auf. Die gelben Augen des Kriegers brannten in der Dunkelheit. Lange Zeit verlor sich der Blick des Sklaven in diesem Schein. Und dann erinnerte er sich an lang, lang vergangene Zeiten, als er aus seiner Transition in Gefangenschaft erwacht war. Die Herrin hatte ihm gesagt, sie liebe seine Augen … seine leuchtend gelben Augen.

Es gab nur sehr wenige seiner Art mit einer Iris aus hellem Gold.

Die Worte und Taten des Kriegers drangen langsam zu ihm durch. Warum sollte ein Fremder darum kämpfen, ihn zu befreien?

Der Krieger regte sich, zuckte und hob einen seiner Oberschenkel mit den Händen hoch.

Der Unterschenkel war nicht mehr da.

Die Augen des Sklaven weiteten sich beim Anblick des verlorenen Körperteils. Wie hatte der Krieger sie beide mit dieser Verletzung aus dem Wasser retten können? Er musste schon Mühe gehabt haben, sich selbst über Wasser zu halten. Warum hatte er den Sklaven nicht einfach losgelassen?

Nur ein Blutsband konnte eine solche Selbstlosigkeit hervorbringen.

»Ihr seid mein Bruder?«, murmelte der Sklave durch die zerstörte Lippe. »Ich bin wirklich und wahrhaftig von Eurem Blut?«

»Ja. Ich bin dein Zwillingsbruder.«

Plötzlich begann der Sklave wieder zu zittern. »Das ist unwahr.«

»Es ist wahr.«

Eine seltsame Furcht befiel den Sklaven und ließ ihn erschauern. Trotz der offenen Wunden an seinem ganzen Körper rollte er sich zusammen. Nie war ihm der Gedanke gekommen, er könne etwas anderes als ein Sklave sein, er könnte eine Möglichkeit gehabt haben, ein völlig anderes Leben zu führen … als Mann, nicht als Eigentum.

Vor und zurück schaukelte sich der Sklave dort im Staub. Als er damit aufhörte, sah er wieder den Krieger an. Was war mit seiner Familie? Warum war das geschehen? Wer war er? Und …

»Wisst Ihr, ob ich einen Namen hatte?«, flüsterte der Sklave. »Gab man mir einen Namen?«

Der Atem des Kriegers rasselte, als wäre jede einzelne seiner Rippen gebrochen.

»Dein Name ist Zsadist.« Sein Atem ging immer schwerer und schwerer, bis er die Worte hervorbrachte: »Du bist der Sohn des … Ahgony, eines großen Kriegers. Du bist der geliebte Sohn unserer … Mutter Naseen.«

Dann stieß der Krieger ein klägliches Schluchzen aus und ließ den Kopf in die Hände sinken.

Er weinte, und der Sklave sah zu.

Zsadist schüttelte den Kopf und dachte an die stillen Stunden, die darauf gefolgt waren. Phury und er hatten die meiste Zeit damit verbracht, einander schweigend zu betrachten. Beide waren sie in schlechter Verfassung gewesen, doch Phury war der stärkere von beiden, trotz des fehlenden Beins. Er hatte Treibholz und Seetang gesammelt und daraus notdürftig ein klappriges, wenig vertrauenswürdiges Floß gebaut. Als die Sonne untergegangen war, hatten sie sich aufs Meer geschleppt und waren an der Küste entlang in die Freiheit getrieben.

Freiheit.

Ja, klar. Er war nicht frei; er war nie frei gewesen. Die verlorenen Jahre waren bei ihm geblieben, die Wut über das, was man ihm gestohlen und was man ihm angetan hatte, war lebendiger als er selbst.

Er hörte Bella wieder sagen, dass sie ihn liebte. Und er wollte laut schreien.

Stattdessen machte er sich auf den Weg zur Höhle von Butch und Vishous. Er besaß nichts, was ihrer würdig war, außer seiner Rache. Also würde er sich verdammt noch mal wieder an die Arbeit machen. Alle *Lesser* würden zermalmt zu seinen Füßen liegen, aufgestapelt im Schnee wie Holzscheite, als Ausdruck der einzigen Gabe, die er ihr zu bieten hatte.

Und was den betraf, der sie mitgenommen hatte, den, der ihr wehgetan hatte: auf ihn wartete ein ganz besonderer Tod. Z hatte Bella keine Liebe zu geben. Doch sein Hass würde für sie strömen, bis der letzte Atemzug seine Brust verließ.

5

Phury zündete sich seinen roten Rauch an und beäugte misstrauisch die sechzehn Dosen *Aqua Net,* die auf dem Wohnzimmertisch aufgereiht standen. »Was habt ihr mit dem Haarspray vor? Wollt ihr in einen Transenschuppen zu 'ner Party?«

Butch hielt das PVC-Rohr hoch, in das er gerade ein Loch stanzte. »Kartoffelkanone, mein Junge. Ein Riesenspaß.«

»Wie bitte?«

»Warst du nie im Sommerlager?«

»Körbe flechten und Holzmännchen schnitzen ist was für Menschen. Nimm's mir nicht übel, aber wir haben unserem Nachwuchs Wichtigeres beizubringen.«

»Ha! Man hat doch nicht richtig gelebt, wenn man nicht mal bei einem mitternächtlichen Unterhosenbeutezug mitgemacht hat. Jedenfalls steckt man hier eine Kartoffel rein, füllt die Kammer mit Haarspray ...«

»Und dann zündet man es an«, ließ sich V aus seinem Zimmer vernehmen. Er kam im Bademantel heraus und rubbelte sich die Haare trocken. »Ein geiles Geräusch.«

»Geiles Geräusch«, echote Butch.

Phury sah seinen Bruder an. »V, hast du so was schon mal gemacht?«

»Ja, gestern Nacht. Aber die Kanone hat blockiert.«

Butch fluchte. »Die Kartoffel war zu groß. Verdammte Idaho-Zucht. Heute probieren wir es mal mit einer kleineren Sorte. Das wird großartig. Wobei natürlich die Flugbahn echt knifflig sein kann …«

»Aber im Prinzip ist es wie Golf«, sagte V und ließ das Handtuch auf einen Stuhl fallen. Er zog sich einen Handschuh über die rechte Hand, um die geweihten Tätowierungen zu verdecken, die sich von der Innenfläche bis zu den Fingerspitzen und über den gesamten Handrücken zogen. »Ich meine, man muss den Bogen in der Luft berechnen …«

Butch nickte eifrig. »Genau, wie Golf. Der Wind spielt auch eine große Rolle …«

»Ungeheuer.«

Phury rauchte weiter, während Butch und V noch ein paar Minuten lang die Sätze des jeweils anderen beendeten. Irgendwann fühlte er sich genötigt zu erwähnen: »Ihr zwei verbringt viel zu viel Zeit miteinander, wenn ihr versteht, was ich meine.«

V schüttelte den Kopf. »Der Bruder hier weiß diese Art von Dingen einfach nicht zu würdigen. Hat er noch nie.«

»Dann sollten wir in sein Zimmer gehen.«

»Stimmt auch wieder. Und es liegt zum Garten raus …«

»So dass uns nicht die Autos im Hof im Weg stehen. Ausgezeichnet.«

Die Tür zum Tunnel schwang auf, und alle drei drehten sich um.

Zsadist stand im Türrahmen ... und Bellas Geruch hing überall an ihm. Neben dem schwülen Aroma von Sex. Wie auch einem schwachen Hauch von Bindungsduft.

Phury erstarrte und sog die Luft tief ein. *O mein Gott ...* sie waren zusammen gewesen.

Mann, der Drang sofort zum Haus zu rennen und zu checken, ob sie noch atmete, war fast unwiderstehlich. Genau wie das Verlangen, sich die Brust zu reiben, bis das schmerzende Loch darin verschwunden war.

Sein Zwilling hatte genau das bekommen, wonach Phury sich sehnte.

»Hat sich dieser SUV bewegt?«, fragte Z Vishous.

V ging zu seinen Computern und tippte auf ein paar Tasten herum. »Nein.«

»Zeig es mir.«

Er ging um den Tisch herum und beugte sich vor, V deutete auf den Bildschirm. »Da ist er. Wenn er auf die Straße fährt, kann ich seiner Route folgen.«

»Kannst du in einen Explorer einbrechen, ohne dass die Alarmanlage losgeht?«

»Ich bitte dich. Es ist doch nur ein Auto. Wenn es bei Einbruch der Nacht noch dasteht, habe ich dich in null Komma nichts drin.«

Z richtete sich wieder auf. »Ich brauche ein neues Handy.«

Vishous zog eine Schublade auf, nahm eines heraus und überprüfte es noch einmal. »Bitte schön. Ich schicke allen eine SMS mit deiner neuen Nummer.«

»Ruf mich an, wenn sich das Ding bewegt.«

Als Zsadist ihnen den Rücken zuwandte, nahm Phury noch einen tiefen Zug und hielt den Atem an. Die Tür zum Tunnel fiel ins Schloss.

Ohne sich bewusst zu sein, was er tat, drückte Phury die Zigarette aus und lief seinem Zwilling nach.

Im Tunnel blieb Zsadist stehen, als er Schritte hinter sich hörte. Er wirbelte herum, das Licht von der Decke betonte noch die hohlen Wangen, den kantigen Kiefer und die Narbe.

»Was ist?« Seine tiefe Stimme hallte im Gang wider. Dann runzelte er die Stirn. »Lass mich raten. Es geht um Bella.«

Phury hielt an. »Vielleicht.«

»Eindeutig.« Z senkte den Blick zu Boden. »Du kannst sie an mir riechen, oder?«

In der ausgedehnten Stille zwischen ihnen wünschte sich Phury verzweifelt, eine Selbstgedrehte zwischen den Lippen zu haben.

»Ich muss nur wissen ... geht es ihr gut, nachdem du ... bei ihr gelegen hast?«

Z verschränkte die Arme vor der Brust. »Ja. Und keine Sorge, sie wird das nicht wiederholen wollen.«

O Gott. »Warum?«

»Ich habe sie gezwungen ...« Zs verzerrte Lippe wurde zu einem dünnen Strich. »Ist ja auch egal.«

»Was? Was hast du getan?«

»Ich habe sie gezwungen, mir wehzutun.« Als Phury zurückwich, lachte Z leise, traurig. »Ist ja gut, du musst nicht gleich deinen Beschützerinstinkt hochfahren. Sie wird mir nicht mehr zu nahe kommen wollen.«

»Wie ... was ist passiert?«

»Das Thema werden wir beide so was von nicht besprechen.«

Völlig ohne Vorwarnung richtete Z die Augen auf Phurys Gesicht. Die Eindringlichkeit dieses Blicks war überraschend, denn er sah selten jemandem in die Augen. »Kopf hoch, mein Bruder. Ich weiß, was du für sie empfindest, und ich … äh, ich hoffe darauf, dass sich die Dinge wieder ein bisschen normalisieren, und du vielleicht dann … mit ihr zusammen sein kannst oder so was.«

War er geisteskrank?, dachte Phury. War er verflucht noch mal *irre?*

»Wie zum Henker soll das denn funktionieren, Z? Du hast dich an sie gebunden.«

Zsadist rieb sich über den stoppeligen Schädel. »Nicht so richtig.«

»Blödsinn.«

»Es spielt keine Rolle, wie wär's damit? Ziemlich bald wird sie aus ihrem posttraumatischen Was-weiß-ich-was aufwachen, und dann wird sie sich einen echten Mann wünschen.«

Phury schüttelte den Kopf, er wusste sehr gut, dass ein gebundener Vampir seine Gefühle für eine Frau niemals aufgab. Nicht, bevor er starb.

»Z, du bist verrückt. Wie kannst du wollen, dass ich mit ihr zusammen bin? Das würde dich umbringen.«

Zsadists Miene veränderte sich, und der Ausdruck darin war ein Schock, selbst für seinen Bruder. *Solcher Kummer,* dachte Phury. Von einer Tiefe, die unmöglich schien.

Als Z die Hand hob, lag darin keine Wut oder Gewalt. Und als Phury die Finger seines Zwillings sanft auf seinem Gesicht spürte, konnte er sich nicht erinnern, wann Z ihn zuletzt zärtlich berührt hatte. Oder ihn überhaupt berührt hatte.

Zsadists Stimme war tief und ruhig, während sein Daumen über die unversehrte Wange seines Bruders strich.

»Du bist der Mann, der ich hätte sein können. Du bist die Möglichkeit, die ich hatte und verloren habe. Du bist die Ehre und die Stärke und die Güte, die sie braucht. Du wirst dich um sie kümmern. Ich will, dass du dich um sie kümmerst.« Zsadist ließ die Hand sinken. »Für sie wird es eine gute Verbindung sein. Mit dir als *Hellren* kann sie erhobenen Hauptes durch ihr Leben gehen. Sie kann stolz darauf sein, an deiner Seite gesehen zu werden. Sie wird gesellschaftlich unantastbar sein. Die *Glymera* wird ihr nichts anhaben können.«

Die Versuchung wirbelte umher, verdichtete sich und wurde raumgreifend in Phurys Innerem. Aber was war mit seinem Zwillingsbruder?

»Aber … Z. Wie könntest du es aushalten, wenn ich bei ihr wäre?«

Sofort war alle Sanftheit verschwunden. »Ob du oder ein anderer, der Schmerz ist derselbe. Abgesehen davon ist Schmerz nun wirklich nichts Neues für mich.« Z verzog die Lippen zu einem höhnischen Grinsen. »Für mich ist das der Normalzustand, mein Bruder.«

Phury dachte an Bella, und daran, wie sie sich geweigert hatte, seine Vene anzunehmen. »Aber findest du nicht, sie sollte auch ein Mitspracherecht dabei haben?«

»Der Groschen wird bei ihr schon noch fallen. Sie ist nicht dumm. Alles andere als das.« Z wandte sich um und marschierte los. Dann blieb er wieder stehen. Ohne sich umzudrehen, sagte er: »Es gibt noch einen Grund, warum du sie haben sollst.«

»Ist der dann wenigstens einleuchtend?«

»Du solltest glücklich sein.« Phury stockte der Atem, während Z murmelnd fortfuhr. »Du lebst weniger als ein halbes Leben. Das war schon immer so. Sie würde für dich sorgen, und das … wäre gut. Das würde ich mir für dich wünschen.«

Bevor Phury noch etwas sagen konnte, schnitt Z ihm das Wort ab. »Weißt du noch, damals in dieser Höhle, als du mich gerettet hattest? Der Tag, an dem wir dort saßen und auf den Sonnenuntergang gewartet haben?«

»Ja«, flüsterte er im Rücken seines Zwillings.

»Dort hat es grauenhaft gerochen, oder? Kannst du dich daran noch erinnern, an den Fisch?«

»Ich erinnere mich an alles.«

»Ich sehe dich noch vor mir, an die Höhlenwand gelehnt, dein Haar verfilzt, die Klamotten nass und voller Blut. Du sahst furchtbar aus.« Z lachte kurz auf. »Ich sah bestimmt noch viel schlimmer aus. Jedenfalls … hast du gesagt, du würdest mir Linderung verschaffen, wenn du könntest.«

»Ja.«

Lange Zeit sagte keiner von beiden etwas. Dann entströmte Z plötzlich ein eiskalter Hauch, und er blickte über die Schulter. Seine schwarzen Augen waren eisig, das Gesicht so dunkel wie die bodenlosen Schatten der Hölle.

»Ich bin jenseits von jeder Linderung. Für alle Zeit. Aber für dich gibt es Hoffnung, so viel ist sicher. Also nimm die Frau, die du so unbedingt haben willst. Nimm sie und bring sie zur Vernunft. Ich würde sie ja aus meinem Zimmer schmeißen, aber sie will einfach nicht gehen.«

Damit lief Z mit großen Schritten weg, und seine schweren Stiefel hämmerten dumpf auf den Boden.

Stunden später spazierte Bella im Haus herum. Sie hatte ein paar Stunden mit Beth und Mary verbracht, das hatte ihr gutgetan. Aber jetzt war alles still, denn die Brüder und alle anderen waren ins Bett gegangen. Nur sie und Boo streiften noch durch die Hallen, die Katze immer an ihrer Seite, als wüsste sie, dass sie Gesellschaft brauchen konnte.

Gott, sie war erschöpft. So müde, dass sie kaum noch gerade stehen konnte, und alles tat ihr weh. Das Blöde war nur, dass sie so eine Ruhelosigkeit in sich hatte; ihr innerer Motor weigerte sich, in den Leerlauf zu schalten.

Als sie eine Hitzewallung in sich fühlte, als würde jemand sie mit einem heißen Föhn anblasen, glaubte sie, dass sie wahrscheinlich krank würde. Allerdings wusste sie nicht, warum. Sie war sechs Wochen lang bei dem *Lesser* gewesen, und von ihm konnte sie sich ja schlecht einen Virus eingefangen haben. Und keiner der Brüder war krank, und ihre *Shellans* ebenfalls nicht. Vielleicht war es psychisch.

Glaubst du das wirklich?

Sie ging um eine Ecke und blieb stehen, wieder war sie beim Flur mit den Statuen gelandet. Sie fragte sich, ob Zsadist wohl wieder in seinem Zimmer war.

Und war enttäuscht, als sie die Tür aufmachte, und er nicht dort war.

Dieser Mann war wie eine Sucht, stellte sie fest. Nicht gut für sie, aber sie konnte einfach die Finger nicht von ihm lassen.

»Zeit zu schlafen, Boo.«

Der Kater miaute, als wären seine Begleiterpflichten damit erfüllt, und trottete dann den Flur hinunter, so still wie fallender Schnee und ebenso grazil.

Gerade, als Bella die Tür hinter sich schloss, hatte sie eine neuerliche Hitzeattacke. Sie riss sich den Pulli vom Leib und wollte ein Fenster aufreißen, doch natürlich waren alle Rollläden heruntergelassen: Es war zwei Uhr nachmittags. Sie musste sich unbedingt abkühlen, also ging sie unter die Dusche und stand endlos lange unter dem kalten Wasser. Als sie wieder herauskam, ging es ihr noch schlechter, ihre Haut kribbelte, und ihr Kopf war schwer.

Sie wickelte sich in ein Handtuch, ging zum Bett und strich die Decke glatt. Bevor sie sich hinlegte, schielte sie noch kurz zum Telefon und dachte daran, dass sie ihren Bruder anrufen sollte. Sie mussten sich persönlich treffen, und zwar bald, denn Wraths Schonfrist würde nicht lange andauern. Und da Rehv niemals schlief, wäre er sicher auf den Beinen.

Doch da überrollte sie die nächste Hitzewelle, und sie wusste, sie konnte ihrem Bruder jetzt nicht gegenübertreten. Sie würde bis zum Einbruch der Nacht warten, bis dahin hätte sie sich etwas ausgeruht. Wenn die Sonne unterging, würde sie Rehvenge anrufen und ihn an einem neutralen und öffentlichen Ort treffen. Und sie würde ihn überreden, den Quatsch mit der Bannung zu lassen.

Sie setzte sich auf die Matratzenkante und spürte einen merkwürdigen Druck zwischen den Beinen.

Der Sex mit Zsadist, dachte sie. Es war so lange her, seit sie einen Mann in sich aufgenommen hatte. Und ihr einziger anderer Liebhaber war nicht so gebaut gewesen. Hatte sich nicht so bewegt.

Das Bild von Zsadist über ihr, mit angestrengter, finsterer Miene und hartem, angespanntem Körper, sandte eine Erschütterung durch ihren gesamten Körper und ließ sie erzittern. Eine unvermittelte, heftige Empfindung durchbohrte ihr Zentrum genau so, als dränge er wieder in sie ein. Es war wie eine Mischung aus Honig und Säure, die durch ihre Adern floss.

Sie zog die Brauen zusammen und ließ das Handtuch fallen. Ihre Brüste wirkten größer als normal, die Spitzen hatten ein dunkleres Rot. Überbleibsel von Zsadists Mund? *Auf jeden Fall.*

Fluchend legte sie sich hin und zog die Decke hoch. Wieder wallte Hitze in ihr auf, und sie drehte sich auf den Bauch. Spreizte die Beine. Versuchte, sich zu beruhigen. Der Schmerz aber schien immer nur noch heftiger zu werden.

Als das Schneetreiben dichter wurde, und das Nachmittagslicht langsam schwand, fuhr O mit seinem Pick-up Richtung Süden auf der Route 22. Als er die richtige Stelle fand, hielt er an und drehte sich zu U um.

»Der Explorer steht hundert Meter von hier entfernt. Holen Sie das verfluchte Ding aus dem Wald raus. Und dann gehen Sie die Sachen kaufen, die wir brauchen, und kümmern sich um die Lieferdaten. Ich will wissen, wohin diese Äpfel gehen, und ich will, dass das Arsen bereitsteht.«

»Gut.« U löste den Sicherheitsgurt. »Aber Sie müssen eine Ansprache an die Gesellschaft halten. Es ist üblich, dass der Haupt-*Lesser* …«

»Ja, ja, schon gut.«

O beobachtete durch die Windschutzscheibe, wie die Scheibenwischer die Schneeflocken herumwirbelten. Jetzt, wo er U mit diesem Wintersonnwendmüll beschäftigt hatte, zermarterte er sich wieder das Hirn über sein Hauptproblem: Wie zum Teufel sollte er seine Frau finden?

»Aber der Haupt-*Lesser* spricht immer zu den Mitgliedern, wenn er das Kommando übernimmt.«

Herrgott noch mal, Us Stimme ging ihm langsam ernsthaft auf den Sack. Genau wie seine Beamtenmentalität.

»O, Sie müssen …«

»Jetzt halten Sie mal die Klappe, Mann. Ich habe kein Interesse an Versammlungen.«

»Okay.« U dehnte das Wort in die Länge, seine Missbilligung war überdeutlich. »Also, wo wollen Sie unsere Leute haben?«

»Was glauben Sie denn wohl? In der Innenstadt.«

»Wenn ein Eskadron zwischen den Kämpfen mit den Brüdern auf Zivilisten stößt, sollen dann auch Gefangene gemacht werden, oder sollen die Teams nur töten? Und werden wir ein neues Überzeugungszentrum aufbauen?«

»Ist mir egal.«

»Aber wir brauchen …«, jammerte U weiter.

Wie sollte er sie finden? Wo könnte sie …

»O.«

O sah ihn wütend an, er stand kurz vor der Explosion. *»Was?«*

U sah aus wie der berühmte Fisch auf dem Trockenen. Sein Mund klappte hektisch auf und zu. Auf. Zu. »Nichts.«

»Dann ist ja gut. Ich will nichts mehr hören. Und jetzt steigen Sie verdammt noch mal aus meinem Wagen aus und machen sich nützlich, statt mich vollzulabern.«

In der Sekunde, als Us Stiefel den Kies berührten, trat er aufs Gas. Aber er fuhr nicht weit. An der Abzweigung zum Bauernhaus bog er ab und kundschaftete das Haus seiner Frau aus.

Keine Spuren im frischen Schnee. Keine Lichter. Alles verlassen.

Diese verdammten Betas.

O wendete und fuhr in die Stadt. Seine Augen waren vor Müdigkeit wie ausgetrocknet, aber er würde sicher keine Nachtstunden darauf verschwenden, seine Akkus wieder aufzuladen. *Scheiß auf die Erschöpfung.*

O Mann … Wenn er heute Nacht nicht etwas töten könnte, dann würde er noch wahnsinnig.

6

Zsadist verbrachte den Tag im Trainingszentrum. Mit bloßen Händen bearbeitete er den Boxsack. Stemmte Gewichte. Rannte. Stemmte noch ein paar Gewichte mehr. Übte mit den Dolchen. Als er zurück ins große Haus kam, war es schon fast vier Uhr, und er war bereit für die Jagd.

Sobald er einen Fuß in die Eingangshalle setzte, blieb er stehen. Etwas stimmte nicht.

Er sah sich um. Blickte zur Balustrade im ersten Stock hoch. Lauschte. Als er die Luft schmeckte, konnte er nur das Frühstück riechen, das im Esszimmer serviert wurde. Also ging er dorthin, überzeugt, dass etwas nicht in Ordnung war, aber nicht in der Lage, den Finger darauf zu legen, was es war. Er fand die Brüder am Tisch und merkwürdig still vor, während Mary und Beth unbeschwert aßen und plauderten. Bella war nirgends zu sehen.

Zsadist hatte wenig Interesse an Nahrung, setzte sich

aber trotzdem auf den freien Platz neben Vishous. Sein Körper fühlte sich verspannt an, und er wusste, das kam von dem heftigen Training heute.

»Wurde der Explorer bewegt?«, fragte er seinen Bruder.

»Nicht, bis ich zum Essen gegangen bin. Ich überprüfe das, sobald ich fertig bin, aber mach dir keine Sorgen. Der Computer folgt der Route auch, wenn ich nicht dabei bin. Wir werden den Weg nachvollziehen können.«

»Sicher?«

Vishous zog eine Augenbraue hoch. »Klar bin ich sicher. Hab das Programm selbst geschrieben.«

Z nickte, dann legte er eine Hand unter sein Kinn und ließ den Nacken krachen. Mann, war er steif.

Eine Sekunde später kam Fritz mit zwei glänzenden Äpfeln und einem Messer herbeigeeilt. Z dankte dem Butler und machte sich über die Granny Smiths her. Beim Schälen der Früchte rutschte er schon unruhig auf dem Stuhl hin und her. Verdammt … seine Beine fühlten sich komisch an, genau wie sein Kreuz. Hatte er es übertrieben? Wieder verlagerte er sein Gewicht, dann konzentrierte er sich auf den Apfel, drehte ihn herum und herum, ohne die Klinge von dem Fruchtfleisch zu lösen. Er war fast fertig, als ihm bewusst wurde, dass er unter dem Tisch ununterbrochen ein Bein über das andere schlug und wieder zurück, wie eine Primaballerina.

Er musterte die anderen Männer. V ließ den Deckel seines Feuerzeugs auf und zu schnappen und klopfte mit der Fußspitze auf den Boden. Rhage massierte sich die Schultern. Phury schob seine Kaffeetasse im Kreis herum, kaute auf seiner Unterlippe herum und trommelte mit den Fingern. Wrath rollte den Kopf herum, links, rechts, vor, zurück, gespannt wie eine Hochspannungsleitung. Auch Butch wirkte nervös.

Keiner von ihnen, nicht einmal Rhage, hatte einen Bissen gegessen.

Doch Mary und Beth wirkten völlig normal, als sie aufstanden, um ihre Teller abzuräumen. Sie lachten und stritten sich mit Fritz, weil sie ihm beim Kaffeemachen helfen wollten.

Gerade als die Frauen den Raum verlassen hatten, rollte die erste Energiewelle durchs Haus. Das unsichtbare Beben fuhr ohne Umwege in das Ding zwischen Zsadists Beinen und machte es sofort hart. Er erstarrte und sah, dass die Brüder und Butch ebenfalls wie gelähmt waren, als fragte sich jeder von ihnen, ob er das träume.

Einen Moment später traf sie die zweite Welle. Zs Erektion wurde noch größer, und zwar so schnell, wie der Fluch seinen Mund verließ.

»Großer Gott«, stöhnte jemand.

»Das kann doch nicht wahr sein«, knurrte ein anderer.

Die Tür schwang auf, und Beth kam herein, ein Tablett mit aufgeschnittenem Obst in den Händen. »Mary kommt gleich mit noch mehr Kaffee …«

Wrath sprang so schnell auf, dass sein Stuhl umfiel und auf den Boden knallte. Er stapfte auf Beth zu, entriss ihr das Tablett und ließ es achtlos auf den Tisch fallen. Als Erdbeeren und Melonenstücke von dem Silberteller hüpften und auf der Mahagoniplatte landeten, warf sie ihm einen strengen Blick zu.

»Wrath, was zum …«

Er zog sie an sich und küsste sie leidenschaftlich und fest, bog ihren Rücken durch, als wollte er direkt vor der Bruderschaft in sie eindringen. Ohne seinen Mund von ihrem zu lösen, hob er sie an der Taille hoch und hielt sie am Hintern fest. Beth lachte leise und schlang ihm die Beine um die Hüften. Das Gesicht des Königs war in den Hals seiner *Lielan* vergraben, als er mit Riesenschritten aus dem Raum ging.

Ein weiteres Beben erschütterte das Haus und rüttelte an den männlichen Leibern im Raum. Zsadist umklammerte die Tischkante, und damit war er nicht allein. Vishous' Knöchel waren schon ganz weiß, so verkrampft hielt er sich am Holz fest.

Bella ... das war Bella. Sie *musste* es sein. Bellas Triebigkeit hatte eingesetzt.

Havers hatte ihn gewarnt, dachte Zsadist. Bei der Untersuchung hatte der Arzt festgestellt, dass sie offenbar kurz vor ihrer fruchtbaren Zeit stand.

Hölle und Granaten. Eine triebige Vampirin. In einem Haus mit sechs Männern.

Es war nur eine Frage der Zeit, bis den Brüdern die Nerven wegen ihrer sexuellen Instinkte durchgingen. Und die Gefahr für jeden Anwesenden sehr real wurde.

Als Mary durch die Tür kam, stürmte Rhage auf sie zu wie ein Güterzug, riss ihr die Kaffeekanne aus der Hand und ließ sie über das Sideboard rutschen. Der Kaffee spritzte heraus. Er drückte sie an die Wand und presste seinen Körper auf sie, den Kopf gesenkt, das erotische Schnurren so laut, dass das Kristall am Kronleuchter klirrte. Marys erschrockenes Keuchen wurde von einem sehr weiblichen Seufzen gefolgt.

Wie der Blitz hatte er sie auf den Arm gehoben und aus dem Zimmer getragen.

Butch schaute in seinen Schoß und dann zu den anderen am Tisch. »Hört mal, ich will ja nicht aufdringlich sein, aber haben alle hier ... äh ...«

»Ja«, quetschte V durch zusammengepresste Lippen hervor.

»Wollt ihr mir mal erklären, was zum Teufel hier los ist?«

»Bellas Triebigkeit hat eingesetzt.« V warf seine Serviette auf den Tisch. »Verdammt. Wie lange dauert es noch bis zum Einbruch der Dunkelheit?«

Phury sah auf die Uhr. »Fast zwei Stunden.«

»Bis dahin sind wir totale Wracks. Bitte sag mir, dass du noch roten Rauch hast.«

»Ja, reichlich.«

»Butch, tu dir selbst einen Gefallen und verzieh dich so schnell du kannst vom Gelände. Unsere Höhle wird nicht weit genug von ihr weg sein. Ich hätte nicht gedacht, dass Menschen darauf reagieren, aber da das bei dir der Fall ist, solltest du lieber abhauen, bevor du da auch noch mit hineingezogen wirst.«

Wieder stürmte eine Woge auf sie ein, und Z sank gegen die Lehne. Seine Hüften zuckten unwillkürlich. Er hörte das Stöhnen der anderen und wusste, dass sie tief in der Scheiße steckten. Egal, wie zivilisiert sie sich gern gaben, männliche Vampire reagierten heftig und instinktiv auf eine Frau in ihrer fruchtbaren Phase, und ihre sexuellen Triebe würden noch stärker werden, je länger es andauerte.

Wäre es nicht helllichter Tag, hätten sie einfach das Weite suchen können. Doch sie waren auf dem Anwesen gefangen, und bis es dunkel genug wäre, um das Haus zu verlassen, wäre es längst zu spät. Wenn ein Vampir diesem Trieb zu lange ausgesetzt war, würde er sich dagegen sperren, die Nähe der Frau aufzugeben. Egal, was sein Gehirn ihm befähle, sein Körper würde sich dagegen zur Wehr setzen; und falls er sich doch entfernte, wären die Entzugsqualen noch schlimmer als vorher sein Verlangen. Wrath und Rhage hatten ein Ventil für ihre körperliche Reaktion, doch der Rest der Brüder steckte schwer in der Klemme. Ihre einzige Hoffnung lag darin, sich bis zur Besinnungslosigkeit zu betäuben.

Und Bella ... *o Gott* ... Sie würde mehr Schmerzen als alle anderen zusammen haben.

V stand auf und stützte sich mühsam an seiner Stuhllehne ab. »Komm schon, Phury. Wir müssen rauchen. Jetzt sofort. Z, du gehst zu ihr, oder?«

Zsadist schloss die Augen.

»Z? Z, du wirst ihr doch dienen – *oder?*«

John sah vom Tisch auf, als das Telefon klingelte. Sal und Regin, die *Doggen* der Familie, waren zum Supermarkt gefahren. Er nahm den Anruf an.

»John, bist du das?« Es war Tohr, der vom Apparat im Kellergeschoss aus anrief.

John pfiff und steckte sich noch eine Gabel voll Reis mit Ingwersoße in den Mund.

»Hör mal, die Schule fällt heute aus. Ich rufe gerade alle Familien an.«

John ließ die Gabel sinken und pfiff eine höhere Note.

»Es gibt ... Komplikationen auf dem Gelände des Haupthauses. Aber morgen oder übermorgen sollte das wieder geregelt sein. Wir werden mal sehen. In Anbetracht dessen haben wir deinen Termin bei Havers verschoben. Butch kommt jetzt direkt und holt dich ab, okay?«

John pfiff zwei kurze, tiefere Töne.

»Gut. Er ist ein Mensch, aber echt in Ordnung. Ich vertraue ihm.« Es klingelte an der Tür. »Das ist er vermutlich schon – genau, das ist Butch. Ich kann ihn auf dem Monitor sehen. John, was diese Therapiesache betrifft: Du musst nicht noch mal hin, wenn es zu gruselig ist, okay? Ich sorge dafür, dass niemand dich zwingt.«

John seufzte in den Hörer und dachte, *Danke.*

Tohr lachte leise. »Ja, ich bin auch nicht der Typ für

diesen ganzen Gefühlsquatsch – aua! Wellsie, was soll denn das?«

Man hörte einen schnellen Schlagabtausch in der Alten Sprache.

»Wie dem auch sei«, kam nun Tohr wieder ans Telefon. »Du schickst mir eine SMS, wenn es vorbei ist, ja?«

John pfiff zweimal, legte auf und stellte seine Schüssel und die Gabel in den Geschirrspüler.

Therapie ... Training ... Keins von beiden waren so richtig tolle Aussichten, aber ihm wäre auf jeden Fall ein Seelenklempner noch allemal lieber als Lash. Zumindest würde der Termin mit dem Doc nicht länger als sechzig Minuten dauern. Mit Lash musste er sich stundenlang herumschlagen.

Auf dem Weg nach draußen nahm er seine Jacke und seinen Block mit. Er öffnete die Tür, und der große Mensch vor der Tür lächelte auf ihn herab.

»Hey, J-Man. Ich bin Butch. Butch O'Neal. Dein Taxi.«

Wow. Dieser Butch O'Neal war ... also zum einen war der Typ angezogen wie ein Model auf dem Cover der GQ. Unter einem schwarzen Kaschmirmantel trug er einen schicken Nadelstreifenanzug, eine fantastische rote Krawatte und ein leuchtend weißes Hemd. Sein dunkles Haar war auf diese lässige, ungekämmt wirkende Art aus der Stirn gestrichen, die total cool wirkte. Und diese Schuhe ... *Wahnsinn.* Gucci, echte Gucci. Schwarzes Leder, glänzendes Goldzeug.

Komisch, er sah nicht gut aus, nicht auf die Mr-Perfect-Art zumindest. Der Kerl hatte eine Nase, die eindeutig schon ein oder drei Mal gebrochen worden war, und der Ausdruck seiner haselnussbraunen Augen war zu durchdringend und zu erschöpft, um als attraktiv zu gelten. Doch er war wie eine Pistole mit gespanntem Hahn: Er hatte eine gefährliche Kraft an sich, die man respektieren musste.

»John? Alles klar bei dir?«

John pfiff und streckte den Arm aus. Sie schüttelten sich die Hände, und Butch lächelte wieder.

»Können wir dann?«, fragte er etwas sanfter. Als hätte man ihm gesagt, dass John zu Havers musste, um »mit jemandem zu reden«.

Meine Güte ... Würden es alle erfahren?

Bei dem Gedanken, dass die Jungs aus seiner Trainingsklasse herausfanden, warum er einen Seelenklempner besuchte, wollte er sich übergeben.

Er und Butch gingen zu einem schwarzen Escalade mit getönten Scheiben und viel Chrom an den Reifen. Im Wageninneren war es warm und roch nach Leder und Butchs Aftershave.

Sie fuhren los, und Butch machte Musik an. *Mystikal* wummerte durch das Auto. John betrachtete durch das Seitenfenster das Schneegestöber und das pfirsichfarbene Licht des Himmels und wünschte sich sehr, sie würden woandershin fahren. Außer zum Training natürlich.

»Also, John«, begann Butch, »ich will dir nichts vormachen. Ich weiß, warum du in die Klinik musst. Und ich möchte dir sagen, dass ich auch schon mal zu einem Therapiefuzzi musste.«

Als John ihn überrascht von der Seite ansah, nickte er. »Damals, als ich bei der Polizei war. Ich war zehn Jahre bei der Mordkommission, und da sieht man ganz schön kaputtes Zeug. Deshalb gab es da immer einen todernsten Typen mit Opabrille und Notizblock, der mich gedrängt hat, ihm alles Mögliche zu erzählen. Ich habe das gehasst.«

John atmete tief ein, es beruhigte ihn seltsamerweise, dass der Mann neben ihm die Erfahrung auch nicht mehr gemocht hatte, als er es würde.

»Das Komische daran war«, Butch hielt an einem Stoppschild und setzte den Blinker. Eine Sekunde später schoss er hinaus in den Straßenverkehr. »Das Komische war, dass ich heute glaube, es hat geholfen. Nicht in dem Augenblick, wenn ich Dr. Kummerkasten, dem Mir-kannst-du-alles-sagen-Helden, gegenübersaß. Um ehrlich zu sein, wollte ich immer nur weg, ich hatte totale Gänsehaut. Nur ... hinterher dachte ich immer über das nach, was wir besprochen hatten. Und weißt du, er lag nicht ganz falsch. Es hat mich relaxt, obwohl ich vorher gedacht hatte, es ginge mir gut. Also war es im Endeffekt in Ordnung.«

John legte den Kopf schief.

»Was ich gesehen habe?«, murmelte Butch. Er schwieg lange. Erst, als sie wieder in eine noble Gegend einbogen, antwortete er. »Nichts Besonderes, mein Junge. Nichts Besonderes.«

Butch fuhr in eine Auffahrt, hielt vor einem Tor und ließ das Fenster herunter. Nachdem er den Knopf einer Gegensprechanlage gedrückt und seinen Namen gesagt hatte, durften sie passieren.

Er parkte den Escalade hinter einer Stuckvilla von der Größe einer Schule, und John machte die Beifahrertür auf. Als er um das Auto herum zu Butch ging, bemerkte er, dass dieser eine Waffe gezogen hatte: Sie lag in seiner Hand auf Oberschenkelhöhe, kaum sichtbar.

Diesen Trick hatte John schon mal gesehen. Phury hatte sich ähnlich bewaffnet, als die beiden zusammen vor ein paar Nächten in die Klinik fuhren. Waren die Brüder hier etwa nicht sicher?

John blickte sich um. Alles wirkte völlig normal, zumindest für ein Superreichenanwesen.

Vielleicht waren die Brüder nirgendwo sicher.

Jetzt nahm Butch Johns Arm und lief schnell zu einer Stahltür, ohne die zehn Autos fassende Garage hinter dem Haus, die Eichen am Rande des Geländes oder die anderen beiden Wagen, die hinter einem Hintereingang geparkt standen, aus den Augen zu lassen. John musste in Trab fallen, um mitzuhalten.

Dann waren sie an der Tür, Butch hielt sein Gesicht in eine Kamera, und sie hörten klickende Geräusche. Die Stahlplatten glitten auf. Sie traten in ein Foyer, die Tür schloss sich hinter ihnen, und ein Lastenaufzug öffnete sich. Damit fuhren sie ein Stockwerk nach unten und stiegen aus.

Vor ihnen stand eine Krankenschwester, die John vom letzten Mal her kannte. Als sie lächelte und die Gäste willkommen hieß, steckte Butch die Waffe in das Holster unter dem linken Arm.

Die Schwester deutete mit der Hand einen Flur hinunter. »Petrilla wartet bereits.«

Seinen Block fest umklammert holte John tief Luft und folgte ihr. Er fühlte sich, als würde man ihn zum Galgen führen.

Vor seiner Zimmertür blieb Z stehen. Er würde nur kurz hineingehen, nach Bella sehen und sich danach schnurstracks zu Phury verkrümeln und sich ordentlich bedröhnen. Er hasste zwar jede Art von Drogen, aber alles war besser als dieser wütende Drang nach Sex.

Vorsichtig öffnete er die Tür einen Spalt und sackte sofort gegen den Pfosten. Der Duft im Raum war wie ein Garten in voller Blüte, das Wunderbarste, was ihm jemals in die Nase gestiegen war.

In seiner Hose hämmerte es, *Es* schrie danach, herausgelassen zu werden.

»Bella?«, forschte er in die Dunkelheit.

Als er ein Stöhnen hörte, ging er hinein und schloss die Tür hinter sich.

Gütige Jungfrau. Ihr Duft … Ein Knurren löste sich tief aus seiner Kehle, seine Finger krümmten sich zu Klauen. Seine Füße übernahmen das Kommando, marschierten zum Bett; der Verstand wurde dabei von den Instinkten einfach zurückgelassen.

Vollkommen in die Laken verwickelt, wand Bella sich auf der Matratze. Bei seinem Anblick schrie sie auf, fasste sich dann aber wieder, als zwänge sie sich selbst zur Ruhe.

»Alles in Ordnung bei mir.« Sie drehte sich auf den Bauch, die Oberschenkel rieben aneinander, als sie sich die Decke über den Körper zog. »Wirklich … alles … ich komm schon …«

Wieder entströmte ihr eine Druckwelle, so vehement, dass sie Zsadist nach hinten drückte. In einer fließenden Bewegung rollte Bella sich zu einem Ball zusammen.

»Geh weg«, ächzte sie. »Schlimmer … wenn du hier bist. O … Gott …«

Als sie einen heftigen Fluch ausstieß, taumelte Z rückwärts, obwohl sein Körper danach brüllte, zu bleiben.

Sich auf den Flur zu schleppen war so einfach, wie ein Raubtier von seiner Beute wegzuzerren. Er schaffte es schließlich dennoch, die Tür zu schließen, und raste zu Phurys Zimmer.

Den ganzen Statuenflur hinunter konnte er bereits den Rauch riechen, den sein Zwillingsbruder und V produzierten. Und als er durch die Tür gestürmt kam, war die Qualmwolke schon so dicht wie Nebel.

Vishous und Phury saßen auf dem Bett, jeder einen fetten Joint zwischen den Fingern, die Gesichtszüge verkrampft, die Körper aufs Äußerste angespannt.

»Was, zum Henker, machst du hier?«, verlangte V zu wissen.

»Gebt mir auch was.« Z deutete mit dem Kopf auf die Mahagonikiste zwischen den beiden.

»Warum hast du sie alleingelassen?« V zog fest an der Selbstgedrehten, die orangefarbene Spitze leuchtete hell auf. »Die Triebigkeit ist doch noch nicht vorüber.«

»Sie hat gesagt, es wäre schlimmer, wenn ich da bin.« Z beugte sich über seinen Zwilling und schnappte sich einen Joint. Seine Hände zitterten so stark, dass er es kaum schaffte, ihn anzuzünden.

»Wie kann das sein?«

»Sehe ich aus, als hätte ich Erfahrung damit?«

»Aber es heißt doch, dass es besser wird, wenn ein Mann bei ihr ist.« V rieb sich das Gesicht, dann sah er ungläubig zu Z hinüber. »Moment mal – du hast gar nicht bei ihr gelegen, oder? Z? Z, antworte gefälligst!«

»Nein, hab ich nicht«, fauchte er. Ihm war bewusst, dass Phury sehr, sehr still geworden war.

»Wie konntest du die arme Frau in ihrem Zustand im Stich lassen?«

»Sie hat gesagt, es wäre alles in Ordnung.«

»Kann ja sein, aber es fängt doch gerade erst an. Nichts ist in Ordnung. Die Schmerzen können nur dadurch gelindert werden, dass ein Mann in ihr zum Ende kommt, verstehst du mich? Du *darfst* sie nicht damit alleinlassen. Das ist grausam.«

Z wanderte unruhig zu einem der Fenster. Die Rollläden waren noch für den Tag heruntergelassen, und er dachte an die Sonne, diesen großen, hellen Gefängniswärter. O, wie sehr er sich wünschte, das Haus verlassen zu können. Er fühlte sich, als schnappte eine Falle zu, und der Drang wegzulaufen war beinahe so stark wie die Lust, die ihn völlig handlungsunfähig machte.

Er dachte an Phury, der den Blick gesenkt hielt und kein Wort sagte.

Das ist deine Chance, dachte Z. *Schick einfach deinen Zwillingsbruder zu ihr. Er soll ihr dienen.*

Mach schon. Sag ihm, er soll in dein Zimmer gehen, seine Kleider ausziehen und sie mit seinem Körper bedecken.

O … beim Schleier und der Ewigkeit …

Vishous' Stimme schnitt durch seine Selbstquälereien, klang durchdringend und vernünftig. »Zsadist, das ist nicht richtig, und das weißt du auch, hab ich recht? Du darfst ihr das nicht antun, sie ist …«

»Wie wär's, wenn du mir mal vom Leib bleibst, mein Bruder.«

Eine kurze Pause entstand. »Na gut, dann kümmere ich mich eben um sie.«

Zs Kopf wirbelte herum, als Vishous seinen Joint ausdrückte und aufstand. Er zog sich die Hose hoch, wobei seine Erregung unübersehbar war.

Zsadist warf sich so schnell durch den Raum, dass er seine Füße nicht einmal spürte. Er riss Vishous zu Boden und umklammerte den kräftigen Hals seines Bruders mit den Händen. Die Fänge schossen aus seinem Oberkiefer wie Messer, und er fletschte sie knurrend.

»Wenn du in ihre Nähe kommst, bringe ich dich um.«

Hinter sich hörte er ein hektisches Gemenge, zweifellos Phury, der sie trennen wollte, doch V durchkreuzte jeglichen Rettungsversuch.

»Nicht, Phury!« Mühsam rang V nach Atem. »Nur zwischen mir … und ihm.«

Vishous' Diamantaugen blickten scharf nach oben, und obwohl er kaum Luft bekam, war seine Stimme so kraftvoll wie immer.

»Komm wieder runter, Zsadist … du Vollidiot …« Er sog die Luft tief in seine Lungen. »Ich gehe nirgendwohin … wollte nur deine Aufmerksamkeit erregen. Jetzt … lass los.«

Z lockerte den Griff, blieb aber immer noch auf dem Bruder sitzen.

Gierig atmete Vishous ein. Mehrere Male. »Spürst du deine Vibes, Z? Spürst du diesen Revierinstinkt? Du hast dich an sie gebunden.«

Z wollte es einfach leugnen, doch das war nach der Rugbynummer, die er gerade abgezogen hatte, ein bisschen schwierig. Und angesichts der Tatsache, dass seine Hände immer noch um den Hals des anderen Vampirs lagen.

V senkte seine Stimme zu einem Flüstern herab. »Dein Pfad aus der Hölle heraus wartet auf dich. Sie ist am Ende des Flurs, Mann. Sei kein Dummkopf. Geh zu ihr. Es wird euch beiden einen Dienst erweisen.«

Z schwang sein Bein zur Seite und stieg von Vishous herab, dann rollte er sich auf den Boden.

Um nicht an Pfade aus der Hölle und Frauen und Sex denken zu müssen, überlegte er abwesend, was wohl mit dem Joint passiert war. Ein Blick zum Fenster sagte ihm, dass er immerhin den Anstand gehabt hatte, ihn auf der Fensterbank abzulegen, bevor er sich wie eine Rakete auf Vishous gestürzt hatte.

Er war eben ein echter Gentleman.

»Sie kann dich heilen«, sagte V.

»Ich will nicht geheilt werden. Außerdem will ich sie nicht schwängern, verstehst du mich? Was für ein Chaos gäbe das denn?«

»Ist es ihr erstes Mal?«

»Keine Ahnung.«

»Wenn ja, dann stehen die Chancen praktisch bei Null.«

»›Praktisch‹ reicht mir nicht. Wie kann man ihr sonst noch helfen?«

Vom Bett ließ sich Phury vernehmen. »Du hast doch noch das Morphium, oder? Du weißt schon, diese Spritze, die Havers hiergelassen hat. Nimm die. Ich habe gehört, dass Frauen ohne Partner das so machen.«

V setzte sich auf, die kräftigen Arme auf den Knien balancierend. Als er sich das Haar zurückstrich, blitzte das Tattoo an der rechten Schläfe auf. »Es wird das Problem nicht ganz beheben, aber immerhin ist es besser als nichts.«

Wieder eine Schockwelle durch die Luft. Alle drei stöhnten und waren vorübergehend außer Gefecht gesetzt, ihre Körper verspannten sich, zappelten, wollten dorthin gehen, wo sie gebraucht wurden, wo sie sich nützlich machen konnten, um den Schmerz einer Frau zu lindern.

Sobald Z wieder in der Lage dazu war, stand er auf. Als Z aus dem Zimmer ging, kletterte V wieder zu Phury aufs Bett und zündete sich einen neuen Joint an.

Am anderen Ende des Hauses atmete Z tief durch, bevor er sein Zimmer wieder betrat. Er öffnete die Tür, wagte aber nicht, einen Blick in ihre Richtung zu werfen, sondern zwang sich, zu seinem Schreibtisch zu gehen.

Er fand die Spritzen und nahm die eine in die Hand, die Phury schon aufgezogen hatte. Dann holte er tief Luft und drehte sich um. Das Bett war leer.

»Bella?« Er ging hinüber. »Bella, wo …«

Er fand sie zusammengekrümmt auf dem Boden, ein Kissen zwischen den Beinen, am ganzen Körper zitternd.

Als er sich neben sie kniete, fing sie an zu weinen. »Es tut weh …«

»O mein Gott … ich weiß, *Nalla.*« Er strich ihr das Haar aus der Stirn. »Ich kümmere mich um dich.«

»Bitte, es tut so weh.« Sie rollte sich auf den Rücken,

ihre Brüste waren ganz hart und hellrot an den Spitzen … wunderschön. Unwiderstehlich. »Es tut weh. Es tut so weh, Zsadist, es hört nicht auf. Es wird immer schlimmer. Es …«

Sie zuckte heftig und wand sich wild herum, ein Energiestoß entströmte ihrem Körper. Die Macht der Hormone, die sie ausstieß, machte ihn blind, und er wurde von der rabiaten Reaktion seines eigenen Körpers so überwältigt, dass er nichts spürte … selbst als sie seinen Unterarm so fest packte, als wollte sie ihm die Knochen brechen.

Als der Anfall sich abschwächte, überlegte er kurz, ob sie ihm das Handgelenk gebrochen hatte. Nicht, dass er sich um den Schmerz sorgte; er würde alles ertragen, was sie mit ihm tun musste. Aber wenn sie sich so verzweifelt an ihn klammerte, konnte er sich ungefähr vorstellen, was sie innerlich durchmachte.

Schaudernd bemerkte er, dass sie sich so fest auf die Unterlippe gebissen hatte, dass sie blutete. Er wischte das Blut mit dem Daumen ab. Dann musste er es an der Hose abstreifen, damit er es nicht ableckte und nach mehr verlangte.

»*Nalla* …« Er betrachtete die Spritze in seiner Hand.

Tu es, drängte er sich selbst. *Betäube sie. Nimm ihr den Schmerz.*

»Bella, ich muss etwas wissen.«

»Was denn?«, keuchte sie.

»Ist das dein erstes Mal?«

Sie nickte. »Ich hatte keine Ahnung, dass es so schlimm sein würde – *gütige Jungfrau.*«

Wieder verkrampfte ihr Körper, die Beine zerdrückten das Kissen.

Die Spritze mochte besser als nichts sein, aber das war nicht gut genug für sie. Gleichzeitig schien es ihm ein

Sakrileg zu sein, in ihr zu kommen. Sein Samenerguss war die schlimmere der beiden miserablen Optionen, die sie hatte; aber biologisch betrachtet konnte er mehr für sie tun, als ihr Morphium zu verabreichen.

Z legte die Spritze auf den Nachttisch. Dann stand er auf, schleuderte die Stiefel von sich und zog sich das Hemd über den Kopf. Er machte die Hose auf, entließ die schmerzhafte Erektion in die Freiheit und stieg aus der Lederhose.

Er brauchte offenbar Schmerz, um zum Orgasmus zu kommen, doch darum machte er sich jetzt keine Sorgen. Er konnte sich leicht selbst genug verletzen, um so weit zu kommen. Dazu hatte er doch Fänge, oder?

Bella krümmte sich vor Qual, als er sie aufhob und auf das Bett legte. Sie sah überwältigend aus, wie sie dort auf dem Kissen lag, die Wangen gerötet, die Lippen geöffnet, die Haut von der Triebigkeit schimmernd. Doch sie litt solche Schmerzen.

»Sch-sch … ganz ruhig«, besänftigte er sie und stieg auf die Matratze. Auf sie.

Als ihre nackte Haut sich berührte, stöhnte sie wieder und biss sich auf die Lippen. Dieses Mal beugte er sich hinunter und leckte das frische Blut ab. Der Geschmack, das elektrische Prickeln auf seiner Zunge, verzückte ihn. Machte ihm Angst. Erinnerte ihn daran, dass er sich seit über einem Jahrhundert nur von minderwertiger Kost genährt hatte.

Mit einem Fluch schob er seinen ganzen lästigen Ballast von sich weg und konzentrierte sich auf Bella. Ihre Beine strampelten unter ihm, er musste sie mit den Händen weit auseinander drücken und dann mit den Oberschenkeln festklemmen. Als er sie mit den Fingern an ihrem Zentrum berührte, war er geschockt. Sie war brennend heiß, triefend nass, angeschwollen. Sie schrie auf und der Orgasmus, der darauf folgte, linderte ihre Qual etwas, die Arme und Beine wurden ruhiger, die Atmung ging weniger rau.

Vielleicht wäre das leichter als erwartet. Vielleicht hatte Vishous Unrecht damit, dass sie einen Mann in sich brauchte. Vielleicht konnte er es ihr einfach wieder und wieder mit dem Mund machen. O Mann, das würde er liebend gern einen ganzen Tag lang machen. Das erste Mal, als er es getan hatte, hatte bei Weitem nicht lange genug gedauert.

Er schielte nach seinen Klamotten. Die hätte er wahrscheinlich besser anlassen sollen …

Die Wucht der Energie, die sie ausströmte, war so stark, dass er buchstäblich von ihrem Körper weggedrückt wurde, als hätten ihn unsichtbare Hände vor die Brust gestoßen. Sie schrie auf, während er mitten in der Luft über ihr schwebte. Als das Schlimmste vorbei war, ließ er sich wieder auf sie sinken. Der Orgasmus hatte die Sache ganz offensichtlich noch verschlimmert, und jetzt weinte sie so heftig, dass keine Tränen mehr aus ihren Augen rollten. Sie schluchzte nur und wand und krümmte sich unter ihm.

»Ganz ruhig, *Nalla*«, sagte er hektisch. »Lass mich in dich eindringen.«

Aber sie war so jenseits aller Anstrengung, dass sie ihn nicht hörte. Er musste sie mit aller Kraft festhalten, drückte ihre Schlüsselbeine mit einem Arm nach unten, während er ihre Beine zur Seite zwang. Dann versuchte er, seinen Ständer in die richtige Position zu bringen, doch er bekam den Winkel nicht richtig hin. Selbst unter seiner überlegenen Stärke und seinem Gewicht schaffte sie es noch, um sich zu schlagen.

Wild fluchend griff sich Z zwischen die Beine und fasste das Ding an, das er benutzen musste. Er führte den

Mistkerl an ihre Schwelle, stieß fest zu, drang tief in sie ein und vereinigte sie tief miteinander. Beide brüllten laut.

Und dann ließ er den Kopf nach hinten fallen und hielt sie, so fest er konnte, verlor sich in der Empfindung ihres engen, feuchten Geschlechts. Sein Körper übernahm die Kontrolle, die Hüften bewegten sich wie Kolben, der harte, erbitterte Rhythmus schuf gewaltigen Druck in seinen Hoden und ein Brennen in seinem Unterleib.

O Himmel … er kam zu einem Höhepunkt. Genau wie im Badezimmer, als sie ihn festgehalten hatte. Nur heißer. Wilder. Nicht aufzuhalten.

»Gütige Jungfrau«, stieß er donnernd hervor.

Ihre verschwitzten Körper trafen sich, und er konnte fast nichts mehr sehen, und der Bindungsgeruch brannte ihm in der Nase … und dann rief sie seinen Namen und bäumte sich unter ihm auf. Ihr Innerstes krampfte sich zuckend um ihn, molk ihn bis … *Verdammt, nein* …

Aus Reflex wollte er sich herausziehen, doch der Orgasmus überfiel ihn anfallsartig, schoss ihm die Wirbelsäule hinauf und drang wie ein Nagel in seinen Hinterkopf, genau als er die Erlösung aus seinem Körper in ihren schießen fühlte. Und es hörte nicht auf. Er kam in großen Wellen, ergoss sich in sie, erfüllte sie. Er konnte nichts gegen den Ausbruch tun, obwohl er genau wusste, was er da in sie verströmte.

Als ihn der letzte Schauer durchlief, hob er den Kopf. Bellas Augen waren geschlossen, ihre Atmung gleichmäßig, die tiefen Furchen in ihrem Gesicht verschwunden.

Ihre Hände strichen über seine Rippen und über seine Schultern, dann drückte sie ihr Gesicht in seinen Bizeps und seufzte. Die Stille im Raum, in ihrem Körper, war schrill. Ebenso wie die Tatsache, dass er in sie ejakuliert hatte, einfach nur, weil sie ihm … ein gutes Gefühl gegeben hatte.

Gut? Nein, das beschrieb es nicht annähernd. Er hatte sich lebendig gefühlt. *Erweckt.*

Z berührte ihr Haar, breitete die dunklen Wellen über das cremeweiße Kissen aus. Da war kein Schmerz für ihn gewesen, für seinen Körper. Nur Lust. Ein Wunder …

Leider fiel ihm in dem Augenblick die Nässe an der Stelle auf, wo sie miteinander verbunden waren.

Die Bedeutung dessen, was er in ihr getan hatte, machte ihn nervös, er konnte sich nicht gegen den Drang wehren, sie zu säubern. Also zog er *Es* heraus und ging rasch ins Badezimmer, um einen Waschlappen zu holen. Als er jedoch zum Bett zurückkam, hatte sie wieder angefangen, sich zu winden, das Verlangen in ihr verstärkte sich erneut. Er blickte an sich herunter und beobachtete, wie das Ding an seinen Leisten in Reaktion darauf schon wieder härter und länger wurde.

»Zsadist«, jammerte sie. »Es ist wieder da.«

Er legte den Waschlappen beiseite und bestieg sie wieder, doch bevor er in sie eindrang, sah er ihr in die glasigen Augen und bekam ein schlechtes Gewissen. Wie abartig war das eigentlich, dass er nach mehr lechzte, wenn doch die Folgen für sie so schlimm waren? Du meine Güte, er hatte sich in sie ergossen, das Zeug war überall auf ihren schönsten Körperteilen, auf der glatten Haut ihrer Oberschenkel und …

»Ich kann dich betäuben«, sagte er. »Ich kann dir den Schmerz nehmen, dann müsstest du mich nicht in dir haben. Ich kann dir helfen, ohne dir wehzutun.«

Er starrte sie an, auf eine Antwort wartend, gefangen zwischen ihrer Biologie und seiner Realität.

7

Butch war nervlich am Ende, als er sich aus dem Mantel schälte und im Wartezimmer Platz nahm.

Nur gut, dass es gerade erst dämmerte und jegliche Vampirklientel noch nicht unterwegs war. Er brauchte dringend etwas Zeit für sich. Zumindest, bis er sich einigermaßen wieder im Griff hatte.

Die Sache war die – diese niedliche kleine Klinik war im Kellergeschoss von Havers' Haus untergebracht. Was bedeutete, dass Butch sich genau in diesem Augenblick im selben Gebäude befand wie dessen Schwester. Ganz genau … Marissa, die Vampirin, nach der er sich mehr sehnte als nach jedem anderen Bewohner dieses Planeten, war unter demselben Dach.

Mann, diese Obsession war ein ganz neuer und fremder Alptraum. So schlimm hatte es ihn noch nie bei einer Frau erwischt, und er konnte das nicht ehrlich weiterempfehlen. So was ging einem ziemlich an die Nieren. Und ans Herz.

Als sie ihn damals im September hatte abblitzen lassen, ohne ihm auch nur persönlich gegenüberzutreten, hatte er sich geschworen, das ein für alle Mal abzuhaken. Und das hatte er auch. Also theoretisch. Die Abstecher mit dem Auto, diese erbärmlichen, jämmerlichen Ausflüge, wenn der Escalade von ganz allein den Weg zu diesem Haus zu nehmen schien, kümmerten sie ja nicht. Weil sie davon nichts wusste.

Er war ja so ein armseliger Verlierer. Aber solange sie keine Ahnung hatte, wie schlimm es um ihn stand, konnte er beinahe damit umgehen. Weshalb er auch heute Abend so fahrig war. Er wollte sich nicht in der Klinik erwischen lassen, damit sie bloß nicht glaubte, er steige ihr nach. Immerhin musste ein Mann sich seinen Stolz bewahren. Nach außen hin jedenfalls.

Er sah auf die Uhr. Fantastische dreizehn Minuten waren schon vergangen. Er ging davon aus, dass die Sitzung mit dem Seelenklempner eine Stunde dauern würde, also musste der große Zeiger seiner Patek Philippe noch siebenundvierzig Runden drehen, bevor er den Kleinen wieder ins Auto packen und hier abhauen konnte.

»Möchten Sie vielleicht einen Kaffee?«, fragte eine weibliche Stimme.

Er blickte auf. Eine Krankenschwester in weißer Uniform stand vor ihm. Sie sah jung aus, vor allem, als sie an einem ihrer Ärmel nestelte. Außerdem wollte sie offenbar unbedingt etwas tun.

»Ja, gern. Kaffee wäre toll.«

Sie lächelte breit und entblößte dabei ihre Fänge. »Wie trinken Sie ihn denn?«

»Schwarz. Einfach nur schwarz, danke.«

Das Flüstern ihrer weichen Sohlen entschwand, als sie den Korridor hinab verschwand.

Butch knöpfte sein zweireihiges Sakko auf und stützte

die Ellbogen auf die Knie. Der Anzug von Valentino, den er extra angezogen hatte, war einer seiner Favoriten. Genau wie die Hermès-Krawatte. Und die Gucci-Schuhe.

Falls er Marissa doch in die Arme laufen sollte, wollte er wenigstens so gut wie möglich aussehen.

»Soll ich dich betäuben?«

Bellas Blick fokussierte auf Zsadists Gesicht über sich. Seine schwarzen Augen waren schmale Schlitze und auf seinen ausgeprägten Wangenknochen lag eine wunderschöne Röte der Erregung. Er lag schwer auf ihr, und während sich das Verlangen in ihr wieder aufbaute, musste sie daran denken, wie er in ihr gekommen war. Sie hatte eine wundersame, kühlende Leichtigkeit gespürt, als es bei ihm losging – die erste Erleichterung, seit die Symptome ihrer Triebigkeit vor ein paar Stunden eingesetzt hatten.

Doch nun war der Trieb wieder da.

»Soll ich dich narkotisieren, Bella?«

Vielleicht wäre das besser. Das würde eine lange Nacht werden, und soweit sie wusste, würde es im Laufe der Stunden nur noch heftiger und stärker werden. Durfte sie ihn wirklich bitten, zu bleiben?

Sie spürte etwas Weiches auf ihrer Wange. Sein Daumen strich über ihre Haut.

»Ich lasse dich nicht allein«, sagte er. »Egal, wie lange, egal, wie oft. Ich werde dir dienen und dir meine Vene geben, bis es vorbei ist. Ich verlasse dich nicht.«

Sie sah es in seinem Gesicht, ohne ihn fragen zu müssen: Sie würden nur in dieser einen Nacht zusammen sein. In seinen Augen lag Entschlossenheit, unverkennbar.

Eine Nacht, mehr nicht.

Unvermittelt richtete er sich auf und beugte sich zum

Nachttischchen. Seine enorme Erektion stand senkrecht von seinen Hüften ab, und gerade, als er die Spritze in die Hand nahm, klammerte sie sich an sein hartes Fleisch.

Er zischte und schwankte, dann fing er sich, indem er eine Hand auf der Matratze abstützte.

»Dich«, wisperte sie. »Nicht die Droge. Ich will dich.«

Er ließ die Nadel zu Boden fallen und küsste sie, spreizte ihre Beine mit seinen Knien. Sie führte ihn in sich ein und empfand ein herrliches Rauschgefühl, als er sie erfüllte. In mächtigen Wogen baute sich die Lust in ihr auf und spaltete sich dann in zwei voneinander getrennte Begierden – nach seinem Geschlecht und nach seinem Blut. Ihre Fänge verlängerten sich, und sie schielte nach der kräftigen Vene seitlich an seinem Hals.

Als spürte er, was sie brauchte, drehte er seinen Körper so herum, dass sie ihn in sich behalten und gleichzeitig seinen Hals erreichen konnte.

»Trink«, sagte er heiser, pumpte in sie hinein und wurde wieder herausgezogen. »Nimm dir, was du brauchst.«

Ohne noch länger zu zögern, biss sie zu, bohrte sich direkt durch die Sklavenfessel, tief unter die Haut. Als sein Geschmack auf ihre Zunge traf, hörte sie ein Brüllen von ihm. Und dann wogten seine Kraft und seine Stärke über sie hinweg, durch sie hindurch.

O ließ von seinem Gefangenen ab, er traute seinen Ohren nicht.

Der Vampir, den er in der Innenstadt gefangen und in den Schuppen hinter seiner Blockhütte gebracht hatte, war auf den Tisch geschnallt, hilflos wie ein aufgespießtes Insekt.

Eigentlich hatte er den Mann nur mitgenommen, um seinen Frust abzubauen. Niemals hätte er damit gerechnet, er könnte etwas Nützliches erfahren.

»Wie war das?« O brachte sein Ohr näher an den Mund des Vampirs.

»Sie heißt … Bella. Die … Frau, die entführt wurde, ihr Name … ist Bella.«

O richtete sich auf, ein berauschendes Kribbeln überzog seine Haut. »Weißt du, ob sie noch am Leben ist?«

»Ich dachte, sie wäre tot.« Der Mann hustete mühsam. »Sie war so lange weg.«

»Wo wohnt ihre Familie?« Als er nicht sofort eine Antwort bekam, tat O etwas, das dem Mann garantiert die Zunge lösen würde. Nachdem der panische Schrei verebbt war, wiederholte O: »Wo wohnt ihre Familie?«

»Ich weiß es nicht. Ehrlich … ich weiß es nicht. Ihre Familie … kenne ich nicht … ich weiß nicht …«

Blablabla. Der Gefangene rutschte langsam in die Befragungsphase ab, in der nur noch verbale Diarrhö zu erwarten war, nichts Vernünftiges mehr.

O sorgte durch einen Hieb für Stille. »Adresse. Ich will eine Adresse.«

Als keine Reaktion kam, sorgte er wieder für eine kleine Aufmunterung. Der Vampir keuchte heftig und sprudelte dann hervor: »Formann Lane Siebenundzwanzig.«

Os Herz begann zu hämmern, doch er beugte sich wie beiläufig über den Mann. »Ich gehe jetzt sofort dahin. Wenn du die Wahrheit gesagt hast, lasse ich dich frei. Wenn nicht, töte ich dich ganz langsam, wenn ich zurückkomme. Möchtest du noch mal was an deiner Aussage ändern?«

Die Augen des Vampirs rollten nach hinten. Kamen wieder zurück.

»Hallo?«, drängte O. »Kannst du mich hören?«

Um die Sache zu beschleunigen, wandte er etwas Druck auf eine empfindliche Stelle an. Der Gefangene jaulte wie ein Hund.

»Na los«, sagte O sanft. »Dann lasse ich dich gehen. Das alles wird aufhören.«

Das Gesicht des Vampirs verzog sich, die Lippen entblößten zusammengebissene Zähne. Eine Träne kullerte die zerschlagene Wange herunter. Obwohl die Versuchung groß war, einen zusätzlichen Anreiz durch Schmerz zu schaffen, entschied sich O, den Kampf zwischen Gewissen und Selbsterhaltungstrieb für den Moment nicht zu stören.

»Thorne Siebenundzwanzig.«

»Thorne Avenue?«

»Ja.«

O wischte die Träne ab. Dann schlitzte er dem Gefangenen die Kehle weit auf.

»Du bist so ein Lügner«, sagte er, während der Vampir ausblutete.

O hielt sich nicht länger auf. Er schnappte sich seine Jacke mit den Waffen und fuhr los. Er war sich sicher, dass die Adresse nichts taugte. Das war das Problem mit der Überzeugungstechnik. Man konnte den Informationen einfach nicht trauen.

Er würde beide Straßen überprüfen, obwohl er eindeutig an der Nase herumgeführt worden war.

Verfluchte Zeitverschwendung.

8

Butch ließ den letzten Schluck Kaffee im Becher kreisen. Das Zeug sah aus wie Scotch. Als er den kalten Rest hinunterstürzte, wünschte er, es wäre ein kräftiger Lagavulin.

Er zuckte zusammen. Kein Wunder, dass Marissa ihn nicht sehen wollte. Er war einfach ein Wahnsinnstyp. Ein hochgradiger Alkoholiker, der in einer Welt lebte, die nicht seine war.

Super, ab zum Altar mit uns.

Schon wieder der Blick auf die Uhr. Sechs Minuten vor sieben. Gott, hoffentlich dauerte die Sitzung nur eine Stunde. Wenn alles glatt ging, könnte er John bei Tohr und Wellsie abliefern und rechtzeitig mit einem Glas Whisky auf seiner Couch sitzen, bevor *CSI* anfing.

Doch das Bild von sich selbst zu Hause wurde durch die Erinnerung an Vs Warnung gestört, sich vom Gelände fernzuhalten. Das Blöde daran war, dass es ebenfalls keine gute Idee war, jetzt allein auf der Straße oder in einer Bar herumzulungern. Nicht in seiner derzeitigen Stimmung. Seine Nerven lagen blitzblank.

Ein paar Minuten später drangen Stimmen durch den Flur herüber, und John kam mit einer älteren Frau um die Ecke. Der arme Junge sah aus, als hätte man ihn durch die Mangel gedreht. Seine Haare standen senkrecht nach oben, sein Blick klebte am Boden. Den Block hielt er so fest vor die Brust gepresst, als wäre er eine kugelsichere Weste.

»Also, John, dann reden wir über unseren nächsten Termin, wenn du darüber nachgedacht hast«, sagte die Frau sanft.

John reagierte nicht, und Butch vergaß sofort seine eigenen weinerlichen Gedanken. Was auch immer in diesem Büro ans Licht gekommen war, hing immer noch in der Luft, und der Junge brauchte jetzt einen Freund. Vorsichtig legte er ihm den Arm um die Schultern, und als John sich mit seinem ganzen Gewicht gegen ihn fallen ließ, erwachte Butchs Beschützerinstinkt lautstark zum Leben. Es war ihm egal, dass die Therapeutin aussah wie Mary Poppins; er wollte sie trotzdem anbrüllen, weil sie den armen kleinen Kerl so verstört hatte.

»John?«, wiederholte sie. »Meldest du dich dann bei mir wegen des nächsten …«

»Ja, wir rufen an«, murmelte Butch. *Mhm, klar.*

»Ich habe ihm gesagt, dass es keine Eile hat. Aber ich glaube schon, dass er wiederkommen sollte.«

Butch sah die Frau kurz an, er war wirklich ärgerlich … und erschrak zu Tode. Ihr Blick war so verdammt ernst, so nachdrücklich. Was zum Henker war da drin vor sich gegangen?

Butch wandte sich John zu. »Komm, wir machen uns auf den Weg, J-man.«

John rührte sich nicht, also gab Butch ihm einen kleinen Schubs und brachte ihn aus der Klinik, den Arm immer noch um seine schmalen Schultern gelegt. Als sie beim Auto ankamen, kletterte John auf den Beifahrersitz, legte aber den Sicherheitsgurt nicht an. Er starrte einfach nur geradeaus.

Butch zog die Fahrertür zu und verriegelte den Wagen. Dann drehte er sich zu John um.

»Ich werde gar nicht erst fragen, was los ist. Das Einzige, was ich wissen muss, ist, wo es hingehen soll. Wenn du nach Hause willst, fahre ich dich zu Tohr und Wellsie. Wenn du mit mir ein bisschen in der Höhle abhängen willst, geht es dahin. Wenn du einfach nur ein bisschen rumfahren willst, bringe ich dich nach Kanada und zurück. Ich bin zu allen Schandtaten bereit, also sag einfach Bescheid. Und wenn du dich jetzt noch nicht entscheiden kannst, dann gurke ich in der Stadt rum, bis du weißt, was du willst.«

Johns magere Brust dehnte sich aus und zog sich dann wieder zusammen. Er klappte seinen Block auf und holte den Stift heraus. Er zögerte kurz, dann schrieb er etwas auf und zeigte es Butch.

Seventh Street 1189.

Butch runzelte die Stirn. Das war ein ziemlich mieser Stadtteil.

Er wollte schon fragen, was das sollte, klappte aber seinen Mund wieder zu. Ganz offensichtlich hatte der Junge für heute genug Fragen beantworten müssen. Außerdem war Butch bewaffnet, und John wollte nun mal dorthin. *Versprochen ist versprochen.*

»Alles klar, Kumpel. Nächster Halt Seventh Street.«

Aber fahr erst noch eine Weile durch die Gegend, schrieb der Junge jetzt.

»Kein Problem. Wir chillen einfach ein bisschen.«

Butch ließ den Motor an. Gerade, als er den Rückwärtsgang einlegte, blitzte etwas hinter ihnen auf. Ein Wagen fuhr hinter dem Haus vor, ein sehr großer, teurer Bentley. Er trat auf die Bremse, um ihn vorbeizulassen und …

Vergaß das Atmen.

Marissa trat aus einem Seiteneingang. Ihr hüftlanges blondes Haar wehte im Wind, und sie kuschelte sich in ihren schwarzen, langen Mantel. Rasch lief sie über den hinteren Parkplatz, wich Schneeklumpen aus, sprang von Asphaltfleck zu Asphaltfleck.

Das Flutlicht beschien ihre edlen Gesichtszüge, das herrliche helle Haar und die vollkommene weiße Haut. Er erinnerte sich an das Gefühl, sie zu küssen, dieses eine Mal, und seine Brust schmerzte, als zerquetschte ihm jemand die Lungen. Völlig überwältigt wäre er am liebsten aus dem Auto gerannt, hätte sich vor ihr in den Matsch geworfen und gebettelt wie der Hund, der er war.

Doch sie ging auf den Bentley zu. Er sah, wie die Tür geöffnet wurde, als hätte sich der Fahrer über den Sitz gelehnt und sie aufgedrückt. Als das Licht im Wageninneren anging, konnte Butch nicht viel sehen, gerade genug um zu erkennen, dass es ein Mann war, oder ein Vampir, der da hinter dem Steuer saß. Solche breiten Schultern gehörten nicht zu Frauenkörpern.

Marissa raffte den Mantel zusammen und stieg ein, dann zog sie die Tür zu.

Das Innenlicht ging aus.

Vage nahm Butch ein Rascheln neben sich wahr und warf einen Blick auf John. Der Junge hatte sich so weit es ging ans Fenster gedrückt und sah ihn mit ängstlichen Blicken an. Erst da wurde Butch bewusst, dass er die Hand an seine Waffe gelegt hatte und knurrte wie ein verwundetes Tier.

Entsetzt von seiner geisteskranken Reaktion nahm er den Fuß von der Bremse und trat aufs Gaspedal.

»Mach dir keine Sorgen, mein Junge. Alles im Lot.«

Er wendete den Wagen, sah noch einmal in den Rückspiegel. Der Bentley drehte nun auch auf dem Parkplatz um. Mit einem grimmigen Fluch raste Butch die Auffahrt hinunter, die Hände umklammerten das Steuer so fest, dass ihm die Knöchel wehtaten.

Rehvenge zog die Augenbrauen zusammen, als Marissa in seinen Bentley einstieg. Mein Gott, er hatte ganz vergessen, wie wunderschön sie war. Und ihr Geruch war genauso betörend …

»Warum lässt du mich nicht zum Vordereingang kommen?«, fragte er. »Du hättest mich dich anständig abholen lassen sollen.«

»Du kennst doch Havers.« Die Tür schloss sich mit einem lauten Klicken. »Dann will er, dass wir uns vereinigen.«

»Das ist doch lächerlich.«

»Bist du nicht bei deiner Schwester ganz genauso?«

»Kein Kommentar.«

Während er darauf wartete, dass ein wartender Escalade vom Parkplatz fuhr, legte ihm Marissa eine Hand auf den Ärmel des Zobelmantels. »Ich weiß, dass ich das schon gesagt habe, aber es tut mir so leid, was mit Bella geschehen ist. Wie geht es ihr?«

Woher zum Teufel sollte er das wissen? »Ich möchte nicht so gern über sie sprechen. Nimm mir das nicht übel, aber ich bin einfach … Egal, ich möchte nicht darüber sprechen.«

»Rehv, wir müssen das heute nicht tun. Ich weiß, dass du viel durchgemacht hast, und ehrlich gesagt war ich überrascht, dass du mich überhaupt empfangen wolltest.«

»Sei nicht albern. Ich bin froh, dass du dich bei mir gemeldet hast.« Er drückte ihre Hand. Ihre Knochen waren so zart, dass er sich ermahnte, sehr sanft mit ihr zu sein. Sie war nicht gewohnt, woran er gewohnt war.

Auf der Fahrt in die Stadt konnte er ihre wachsende Nervosität spüren. »Es ist alles in bester Ordnung. Ich bin wirklich froh, dass du mich angerufen hast.«

»Mir ist es eigentlich ziemlich peinlich. Ich weiß einfach nicht, was ich machen soll.«

»Wir lassen es ganz langsam angehen.«

»Ich war doch immer nur mit Wrath zusammen.«

»Das weiß ich. Deshalb wollte ich dich auch mit dem Auto abholen. Ich dachte mir, du bist sicher zu aufgeregt, um dich zu dematerialisieren.«

»Das stimmt.«

Als sie an einer Ampel anhielten, lächelte er sie an. »Ich werde mich gut um dich kümmern.«

Ihre hellen blauen Augen musterten ihn. »Du bist ein guter Mann, Rehvenge.«

Auf diese Fehleinschätzung ging er nicht weiter ein, sondern konzentrierte sich auf den Verkehr.

Zwanzig Minuten später traten sie aus einem Hightechaufzug in sein Penthouse. Die Wohnung erstreckte sich über die Hälfte der Fläche eines einunddreißigstöckigen Gebäudes mit Blick über den Hudson River und die ganze Stadt. Wegen der riesigen Fensterfronten nutzte er das Apartment nie tagsüber. Aber für die Nacht war es perfekt.

Er dämpfte das Licht und wartete, bis Marissa sich umgesehen und die Einrichtung inspiziert hatte, die ein Innenausstatter für ihn gestaltet hatte. Ihm waren die Möbel und der Ausblick und die schicken Accessoires völlig egal. Was ihn interessierte, war der Freiraum von seiner Familie. Bella war noch nie hier gewesen, ebenso wenig wie seine Mutter. Keine von beiden wusste auch nur von dem Penthouse.

Als würde ihr plötzlich bewusst, dass sie Zeit vergeudete, wandte Marissa sich zu ihm um. In diesem Licht war ihre Schönheit absolut überwältigend, und er war dankbar für die Extraration Dopamin, die er sich vor etwa einer Stunde in den Organismus gepumpt hatte. Bei *Symphathen* hatte die Droge die gegenteilige Wirkung wie bei Menschen oder Vampiren. Die Chemikalie erhöhte eine bestimmte Neurotransmitter-Aktivität und -Rezeption, so dass der Symphath-Patient keine Lust, keinen Schmerz, einfach gar nichts empfinden konnte. Wenn Rehvs Tastsinn ausgeschaltet war, konnte sein Gehirn den Rest seiner Triebkräfte besser kontrollieren.

Was der einzige Grund dafür war, dass Marissa hier mit ihm allein sicher war, in Anbetracht dessen, was sie tun würden.

Rehv zog sich den Mantel aus, dann ging er zu ihr hinüber. Er musste sich noch stärker als üblich auf seinen Stock verlassen, weil er die Augen nicht von ihr abwenden konnte. Fest auf die Gehhilfe gestützt, löste er langsam die Knöpfe, die ihren Mantel zusammenhielten. Sie sah auf seine Hände, zitterte leicht, als er ihr den schwarzen Wollstoff von den Schultern strich. Lächelnd legte er ihn über einen Stuhl. Marissa trug genau die Art von Kleid, die seine Mutter tragen würde, und die er gerne öfter an seiner Schwester sähe: eine blassblaue Satinrobe, die perfekt saß. Von Dior. Sie musste von Dior sein.

»Komm her, Marissa.«

Er zog sie neben sich auf ein Ledersofa. Im Schein der Fenster schimmerte ihr blondes Haar wie ein Seidenschal, und er nahm eine Strähne zwischen die Finger. Ihr Hunger war so stark, dass er ihn deutlich spüren konnte.

»Du hast lange gewartet, nicht wahr?«

Sie nickte und blickte auf ihre Hände. Sie lagen ineinander verschränkt in ihrem Schoß, elfenbeinfarben gegen den hellblauen Satin.

»Wie lange?«

»Monate«, flüsterte sie.

»Dann wirst du viel brauchen, oder?« Als sie nur errötete, drängte er sie. »Oder, Marissa?«

»Ja«, hauchte sie. Man konnte sehen, dass ihr Hunger sie verlegen machte.

Rehv lächelte breit. Es war gut, bei einer Frau von Wert zu sein. Ihre Sittsamkeit und ihre Sanftmütigkeit waren verdammt reizvoll.

Er zog sein Jackett aus und lockerte die Krawatte. Eigentlich hatte er vorgehabt, ihr sein Handgelenk anzubieten, doch nun, da sie vor ihm saß, wollte er sie an seinem Hals. Es war Ewigkeiten her, seit er einer Frau gestattet hatte, sich von ihm zu nähren. Er war überrascht, wie aufgeregt er bei der Vorstellung war.

Dann knöpfte er den Kragen auf. Ungeduldig zerrte er das Hemd aus der Hose und öffnete es bis auf die Brust.

Ihre Augen wurden groß, als sie seine nackte Brust und die Tattoos betrachtete.

»Ich wusste nicht, dass du gekennzeichnet bist«, murmelte sie, die Stimme bebte im Gleichklang mit ihrem Körper.

Doch er lehnte sich zurück, breitete die Arme aus und legte ein Bein hoch. »Komm schon her, Marissa. Nimm dir, was du brauchst.«

Sie blickte auf sein Handgelenk, das noch im Ärmel steckte.

»Nein«, sagte er. »Du sollst es so machen. An meinem Hals. Das ist das Einzige, worum ich bitte.«

Da sie noch zögerte, wusste er, dass die Gerüchte über sie der Wahrheit entsprachen. Sie war tatsächlich noch unberührt von einem Mann. Und ihre Reinheit war … etwas, das ihr zu nehmen war.

Er schloss die Augen fest, als die Dunkelheit in ihm sich regte und atmete, eine Bestie in einem Käfig aus Medikamenten. Vielleicht war das hier doch keine so gute Idee.

Doch da spürte er sie an sich hochkriechen, sie roch so frisch wie der Ozean. Er öffnete die Augen einen Spalt, um in ihr Gesicht zu sehen, und wusste, er konnte das hier nicht stoppen. Und er wollte es sich auch nicht entgehen lassen; ein paar Empfindungen musste er an sich heranlassen. Er lockerte seine Selbstdisziplin und öffnete den Kanal zu seinem Tastsinn, der trotz der Droge gierig alle möglichen berauschenden Informationen empfing, die durch den Dopaminnebel drangen.

Der Satin ihrer Robe fühlte sich weich auf seiner Haut an, und er spürte die Wärme ihres Körpers sich mit seiner eigenen Hitze vermischen. Ihr zartes Gewicht ruhte auf seiner Schulter … und ja, ihr Knie lag zwischen seinen Oberschenkeln.

Nun öffneten sich ihre Lippen und entblößten ihre Fänge.

Den Bruchteil einer Sekunde lang heulte das Böse in ihm auf und panisch rief er seinen Verstand zu Hilfe. Der Jungfrau sei Dank drängte sich seine rationale Seite vor und legte die Instinkte in Ketten, besänftigte das sexuelle Verlangen, sie zu beherrschen.

Sie zitterte leicht, als sie sich zu seinem Hals vorbeugte, unsicher stützte sie sich ab.

»Leg dich auf mich«, sagte er kehlig. »Leg dich … auf mich drauf.«

Sie zuckte zurück, ließ aber dann die untere Hälfte ihres Körpers zwischen seine Hüften sinken. Ganz offensichtlich befürchtete sie, auf eine Erektion zu stoßen, und als sie nichts dergleichen bemerkte, warf sie einen Blick zwischen ihre beiden Körper, als hätte sie die falsche Stelle erwischt.

»Darüber musst du dir keine Sorgen machen«, murmelte er und fuhr ihr mit den Händen über die schlanken Arme. »Nicht bei mir.« Ihre Erleichterung war so unübersehbar, dass er gekränkt war. »Wäre bei mir zu liegen eine solche Überwindung?«

»O nein, Rehvenge. Nein.« Sie betrachtete die Muskeln in seiner Brust. »Du bist ... ganz wunderbar. Es ist nur ... es gibt einen anderen. Für mich gibt es nur einen anderen.«

»Du liebst Wrath immer noch.«

Sie schüttelte den Kopf. »Nein, aber ich kann nicht an den einen denken, den ich will. Nicht ... jetzt.«

Rehv hob ihr Kinn hoch. »Was für ein Dummkopf würde dich denn nicht nähren, wenn du es brauchst?«

»Bitte. Lass uns nicht mehr von solchen Dingen sprechen.« Abrupt richteten sich ihre Augen auf seinen Nacken und weiteten sich.

»Solch großer Hunger«, knurrte er, froh, benutzt zu werden. »Mach nur. Und mach dir keine Sorgen, du brauchst nicht sanft zu sein. Nimm mich. Je härter, desto besser.«

Marissa fletschte die Fänge und biss in seinen Hals. Die beiden scharfen Einstiche durchdrangen den Drogendunst, der süße Schmerz bohrte sich in seinen Körper. Er stöhnte und dachte, dass er noch nie zuvor dankbar für seine Impotenz gewesen war, aber jetzt war er es. Würde sein Schwanz auch nur annähernd funktionieren, hätte er jetzt dieses Kleid aus dem Weg geschoben, ihre Beine gespreizt und wäre tief in sie eingedrungen, während sie sich von ihm nährte.

Beinahe unmittelbar zog sie sich zurück und leckte sich die Lippen.

»Ich werde anders schmecken als Wrath.« Er zählte fest darauf, dass sie bisher nur von einem Mann getrunken hatte und deshalb nicht wissen würde, warum sein Blut ihr auf der Zunge merkwürdig vorkam. Genau ihre Unerfahrenheit war der einzige Grund gewesen, warum er ihr helfen konnte. Jede andere Vampirin, die sich ein bisschen auskannte, würde durch den Biss zu viel erfahren. »Komm schon, nimm noch mehr. Du wirst dich daran gewöhnen.«

Wieder sank ihr Kopf herunter, und er spürte das Prickeln eines weiteren Bisses.

Er schlang seine schweren Arme um ihren zarten Körper, zog sie fest an sich und schloss die Augen. Es war so lange her, dass er jemanden im Arm gehalten hatte, und wenn er es sich auch nicht erlauben konnte, sie zu nah an sich heranzulassen, fand er es doch köstlich.

Während sie an seiner Vene saugte, hatte er den absurden Drang, zu weinen.

O ging ein bisschen vom Gas und glitt an einer weiteren Steinmauer vorbei. Mannomann, die Häuser auf der Thorne Avenue mussten riesig sein. Nicht, dass man die Kästen von der Straße aus wirklich sehen konnte. Er vermutete einfach mal, dass die imposanten Hecken und Zäune keine Einfamilienhäuschen oder Bungalows verbargen.

Als sich in diesem speziellen Sicherheitswall eine Lücke auftat, die auf eine Zufahrtsstraße führte, trat er auf die Bremse. Links hing eine kleine Messingplakette mit der Aufschrift: Thorne Avenue 27. Er beugte sich vor, um besser sehen zu können, doch Auffahrt und Mauer verschwanden in der Dunkelheit. Er konnte nicht erkennen, was sich auf der anderen Seite befand.

Aus einer Laune heraus bog er ab und fuhr in die Zufahrtsstraße hinein. Gute hundert Meter von der Straße entfernt befand sich ein hohes, schwarzes Eisengitter, und er hielt an. Er bemerkte die oben am Tor befestigten Kameras, die Gegensprechanlage und die insgesamt wenig einladende Atmosphäre.

Das war ja mal interessant. Die andere Adresse war natürlich Unfug gewesen, einfach nur ein durchschnittliches Haus in einer durchschnittlichen Nachbarschaft, mit Menschen, die im Wohnzimmer vor dem Fernseher saßen.

Doch was auch immer sich hinter so einer Festungsmauer befand, war kein kleiner Fisch.

Jetzt war er doch neugierig.

Wobei ein Überwinden dieser Barrieren eine koordinierte Strategie und sorgfältige Ausführung erfordern würde. Was er dabei überhaupt nicht gebrauchen konnte, waren Unannehmlichkeiten mit der Polizei, nur weil er in die sauteure Hütte irgendeines Großkotzes eingebrochen war.

Aber warum sollte dieser Vampir ausgerechnet diese Adresse aus dem Ärmel zaubern, um sich selbst zu retten?

Dann entdeckte O etwas Merkwürdiges: Eine schwarze Schleife, die ans Tor gebunden worden war. Um genau zu sein, zwei davon, auf jeder Seite wehte eine im Wind.

Ein Zeichen der Trauer?

Starr vor Schreck stieg er aus dem Pick-up aus und ging mit knirschenden Schritten über das Eis zu der rechten Schleife. Sie war gut zwei Meter über dem Boden befestigt, er musste den Arm heben, um sie zu berühren.

»Bist du tot, meine Frau?«, flüsterte er. Dann ließ er die Hand sinken und starrte durch das Tor in die jenseits davon liegende schwarze Nacht.

Er ging zurück zum Wagen zurück und fuhr rückwärts wieder hinaus auf die Straße. Er musste den Pick-up irgendwo außerhalb der Mauer abstellen.

Fünf Minuten später fluchte er. Mist, auf der Thorne konnte man einfach nirgendwo einigermaßen unauffällig parken. Die Straße bestand praktisch nur aus Mauern, es gab kaum ein Stück Seitenstreifen. Die verdammten Reichen.

O stieg aufs Gaspedal und sah nach links. Rechts. Vielleicht könnte er den Truck unten am Hügel stehen lassen und von der Hauptstraße aus laufen. Es war ein knapper Kilometer Anstieg, aber die Entfernung könnte er rasch überwinden.

Die Straßenlaternen an der Strecke waren zwar ungünstig für ihn; aber andererseits konnte von den Bewohnern dieser Straße ohnehin niemand aus seinem Bunker herausschauen.

Da klingelte sein Handy, und er hob mit einem genervten »Was?« ab.

Us Stimme, die er allmählich zu hassen begann, klang angespannt. »Wir haben ein Problem. Zwei *Lesser* wurden von der Polizei verhaftet.«

O kniff die Augen zu. »Was zum Henker haben sie angestellt?«

»Sie hatten einen Vampir in der Mangel, als ein ziviler Streifenwagen vorbeikam. Zwei Polizisten hielten die Jäger fest, dann tauchten noch mehr Bullen auf. Die *Lesser* wurden in Gewahrsam genommen, und einer von ihnen hat mich gerade angerufen.«

»Dann holen Sie die Idioten auf Kaution raus«, fauchte O. »Warum rufen Sie mich deshalb an?«

Es entstand eine kurze Pause. Danach klang in Us Tonfall totales Unverständnis durch. »Weil Sie das erfahren müssen. Außerdem hatten die beiden haufenweise Waffen bei sich, und für keine davon einen Waffenschein. Alle wurden auf dem Schwarzmarkt gekauft und haben keine Seriennummer auf dem Lauf. Völlig ausgeschlossen, dass man sie auf Kaution entlässt. Kein Rechtsverdreher ist *so* gut. Sie müssen sie selbst rausholen.«

O blickte nach rechts und links, dann wendete er in einer Auffahrt von der Größe eines Fußballfelds. Nein, hier in der Gegend gab es definitiv keinen Platz zum Parken. Er musste wieder zurück zur Ecke Bellman Road und den Pick-up in dem Viertel unten am Hügel abstellen.

»O?«

»Ich habe etwas zu erledigen.«

U hustete, als müsste er eine ganze Wagenladung Ärger herunterschlucken. »Nichts für ungut, aber ich kann mir nicht vorstellen, dass irgendetwas wichtiger sein könnte als das hier. Was, wenn die Jäger sich in der Haftanstalt in eine Schlägerei verwickeln lassen? Möchten Sie, dass schwarzes Blut fließt, damit irgendein Rettungssanitäter herausbekommt, dass sie keine Menschen sind? Sie müssen Omega kontaktieren und ihn dazu bringen, die beiden nach Hause zu rufen.«

»Machen Sie das.« O beschleunigte noch, obwohl er bergab fuhr.

»Wie bitte?«

»Wenden Sie sich an Omega.« Er rollte am Ende der Thorne Avenue aus und bog links ab. An dieser Straße lagen lauter putzige, blitzblanke Scheißgeschäfte, und er parkte vor einem namens *Kitty's Attic.*

»Aber O … diese Art von Bitte muss vom Haupt-*Lesser* kommen, und das wissen Sie genau.«

O wartete kurz, bevor er den Motor abstellte.

Großartig. Genau so hatte er sich das vorgestellt. Noch mehr Freizeitgestaltung mit dem Arsch und Meister. Verflucht noch mal. Er hielt es nicht mehr länger aus, im Unklaren über das Schicksal seiner Frau zu sein. Er hatte keine Zeit für diesen *Lesser*-Quatsch.

»O?«

Er ließ den Kopf auf das Steuerrad sinken. Knallte ihn ein paar Mal dagegen.

Andererseits, wenn die Sache mit den Jägern auf der Polizeiwache nach hinten losging, dann würde ihn Omega suchen. Und was dann?

»In Ordnung. Ich besuche ihn jetzt gleich.« Fluchend legte er den Gang wieder ein. Bevor er losfuhr, blickte er noch einmal die Thorne Avenue hinauf.

»Und noch was, O. Ich mache mir Sorgen wegen der Mitglieder. Sie müssen ein Treffen anberaumen. Die Dinge drohen uns zu entgleiten.«

»Sie sind doch für die Anmeldungen zuständig.«

»Aber sie möchten *Sie* sehen. Sie stellen Ihre Führung infrage.«

»U, Sie wissen doch, was man über die Überbringer von schlechten Nachrichten sagt?«

»Wie bitte?«

»Zu viele davon sind tödlich für den Boten.« Er klappte das Handy zu. Dann trat er aufs Gas.

9

Phury saß auf dem Bett und war so ausgelaugt vom Verlangen nach Sex, dass er sich kaum noch den nächsten Wodka einschenken konnte. Die Flasche zitterte, das Glas zitterte. Die ganze blöde Matratze zitterte.

Er sah Vishous an, der sich neben ihm an das Kopfteil lehnte. Der Bruder fühlte sich vermutlich genauso zappelig und elend wie er selbst und nickte stumpf zu *The Massacre* von 50 Cent.

Fünf Stunden war es her, seit Bellas Triebigkeit begonnen hatte, und die beiden waren völlig am Ende. Der Körper bestand nur noch aus Trieben, der Kopf überwiegend aus Nebel. Der Zwang, im Haus zu bleiben konnte nicht überwunden werden, das Verlangen hielt sie fest, lähmte sie. *Gelobt sei Gott für den roten Rauch und Grey-Goose-Wodka.* Die Betäubung war eine große Hilfe.

Allerdings nicht bei allem. Phury versuchte, nicht daran zu denken, was in Zs Zimmer vor sich ging. Denn als sein Bruder nicht zurückkehrte, war ihm sonnenklar geworden, dass er seinen Körper einsetzte und nicht das Morphium.

Lieber Gott … die beiden. Zusammen. Immer und immer wieder …

»Wie geht's dir?«, fragte V.

»Ungefähr so wie dir, Mann.« Er nahm einen tiefen Schluck aus dem Glas, er schwamm, ertrank in den erotischen Empfindungen unter seiner Haut. Er schielte in Richtung des Badezimmers.

Gerade wollte er aufstehen und sich noch einmal zurückziehen, da begann Vishous: »Ich glaube, ich habe ein Problem.«

Phury musste lachen. »Das wird ja nicht ewig dauern.«

»Nein, ich meine … Ich glaube, da stimmt etwas nicht. Mit mir.«

Phury verengte die Augen. Die Miene seines Bruders wirkte angespannt, aber abgesehen davon wirkte er wie immer. Attraktive Gesichtszüge, Ziegenbärtchen um den Mund, wirbelnde Tätowierungen an der rechten Schläfe. Die Diamantaugen blickten scharf, nicht einmal der Grey Goose, der Rauch, das Verlangen hatten sie trüben können. In den pechschwarzen Pupillen schimmerte eine enorme Intelligenz, ein so mächtiger Schöpfergeist, dass es geradezu zermürbend war.

»Was für eine Art von Problem, V?«

»Ich, ähm …« Vishous räusperte sich. »Nur Butch weiß bisher davon. Du sagst es doch keinem, oder?«

»Keine Sorge.«

V strich sich über das Bärtchen. »Meine Visionen sind weg.«

»Du meinst, du siehst nicht mehr …«

»Was kommt. Genau. Ich bekomme nichts mehr rein. Das Letzte, was ich empfangen habe, war vor drei Tagen, kurz bevor Z Bella geholt hat. Ich habe die beiden zusammen gesehen. In dem Ford Taurus, auf dem Weg hierher. Danach … nichts mehr.«

»Ist dir so etwas schon mal passiert?«

»Nein, und ich höre auch keine Gedanken mehr. Es ist, als wäre ich völlig abgeschnitten.«

Urplötzlich schien die Anspannung des Bruders nichts mehr mit der Triebigkeit zu tun zu haben. Er war erstarrt vor … Angst. *Du lieber Himmel.* Vishous hatte Angst. Und das war schlichtweg grauenhaft. Von allen Brüdern war V derjenige, der sich niemals fürchtete. Es war, als wäre er ohne Angstrezeptoren im Gehirn auf die Welt gekommen.

»Vielleicht ist es nur vorübergehend«, meinte Phury. »Oder glaubst du, Havers könnte dir vielleicht helfen?«

»Es geht hier nicht um etwas Physiologisches.« V leerte sein Glas und streckte es Phury hin. »Nicht alles allein trinken, mein Bruder.«

Der Angesprochene schenkte ihm ein. »Vielleicht könntest du mit …«

Aber mit wem sollte er sprechen? Wohin könnte sich V, der doch alles wusste, wenden, um Antworten zu erhalten?

Vishous schüttelte den Kopf. »Ich will nicht … Ich will eigentlich nicht darüber sprechen. Vergiss, was ich gesagt habe.« Seine Miene wurde so verschlossen wie ein vernageltes Haus. »Es wird sicher zurückkommen. Auf jeden Fall.«

Er hielt die behandschuhte Hand hoch. »Immerhin leuchtet das gottverlassene Ding noch wie eine Lampe. Und solange ich dieses abgefahrene Notlicht noch habe, bin ich schätzungsweise einigermaßen normal. Also … normal für meine Verhältnisse.«

Sie schwiegen eine Zeit lang, Phury in sein Glas starrend, V in seins, der Rap im Hintergrund hämmernd und wummernd, jetzt *G-Unit.*

Dann räusperte sich Phury. »Kannst du mir etwas über sie sagen?«

»Über wen?«

»Bella. Bella und Zsadist.«

V fluchte. »Ich bin doch keine Kristallkugel. Und ich hasse es, wahrzusagen.«

»Ja, tut mir leid. Vergiss es.«

Nach einer langen Pause murmelte Vishous: »Ich weiß nicht, was mit ihnen passieren wird. Ich weiß es nicht, weil ich einfach … nichts mehr sehen kann.«

Butch stieg aus dem Escalade und sah an dem schäbigen Wohnblock hinauf. Wieder fragte er sich, warum zum Teufel John ausgerechnet hierher hatte kommen wollen. Die Seventh Street war eine üble und gefährliche Straße.

»Ist es hier?«

Als der Junge nickte, aktivierte Butch die Alarmanlage des SUV. Wobei er sich keine übermäßigen Sorgen machte, das Gerät könnte aufgebrochen werden, während sie weg waren. Die Leute hier in der Gegend würden davon ausgehen, dass einer ihrer Dealer im Auto saß. Oder jemand, der noch pedantischer mit seinem Eigentum und außerdem schwer bewaffnet war.

John lief zur Eingangstür der Mietskaserne und drückte dagegen. Quietschend gab sie nach. Nicht abgeschlossen. Was für eine Überraschung. Butch folgte ihm, die Hand unter den Mantel gesteckt, so dass er an seine Waffe käme, falls es nötig wurde.

John bog links in einen langen Korridor ein. Es roch nach kaltem Zigarettenrauch und Moder, und es war im Inneren beinahe so kalt wie draußen. Die Bewohner waren wie Ratten: nicht zu sehen, aber gut durch die dünnen Wände zu hören.

Am Ende des Flurs schob John eine Feuertür auf.

Rechts lag eine Treppe, deren Stufen bis auf die Spanplatten abgelaufen waren. Irgendwo ein paar Etagen höher tropfte Wasser.

Jetzt legte John die Hand auf das lose in die Wand geschraubte Geländer und ging langsam hinauf, bis er den Absatz zwischen dem zweiten und dritten Stock erreicht hatte. Das Neonlicht über ihnen zuckte im Todeskampf, die Röhren flackerten, als versuchten sie verzweifelt, noch ein wenig nützliches Leben aufrechtzuerhalten.

John starrte auf das rissige Linoleum auf dem Fußboden, dann zum verdreckten Fenster hoch. Es war übersät von Sprüngen, als hätte jemand mit Flaschen darauf eingetrommelt. Zerbrochen war es einzig und allein deshalb nicht, weil Maschendraht darin eingearbeitet war.

Aus dem Stockwerk über ihnen hörte man ein Prasseln von Flüchen, eine Art verbale Gewehrsalve, die zweifellos der Beginn einer Prügelei war. Butch wollte gerade vorschlagen, sich aus der Schusslinie zu bringen, als John von allein umdrehte und die Treppe hinunter lief.

Weniger als eineinhalb Minuten später saßen sie wieder im Escalade und ließen den miesen Teil der Stadt hinter sich.

An einer Ampel hielt Butch an. »Wohin?«

John schrieb etwas und hielt ihm den Block hin.

»Dann also nach Hause«, murmelte Butch. Er hatte immer noch keine Ahnung, was der Junge in dem Treppenhaus gesucht hatte.

John begrüßte Wellsie im Vorbeigehen, als er ins Haus kam, und ging dann auf sein Zimmer. Er war dankbar, dass sie zu begreifen schien, dass er allein sein wollte. Allein sein *musste*. Nachdem er die Tür hinter sich zugezogen hatte, ließ er den Block aufs Bett fallen und ging schnurstracks unter die Dusche. Erst als er unter dem warmen Wasserstrahl stand, hörte er auf zu zittern.

Hinterher zog er sich ein T-Shirt und eine Jogginghose über, dann beäugte er den Laptop auf dem Schreibtisch. Er setzte sich davor, vielleicht sollte er etwas schreiben. Das hatte die Therapeutin vorgeschlagen.

Mein Gott ... Mit ihr über das, was ihm passiert war, zu sprechen, war fast so schlimm gewesen, wie die Situation zu erleben. Und er hatte eigentlich gar nicht vorgehabt, so offen zu sein. Es war nur ... nach zwanzig Minuten etwa war er zusammengebrochen, und seine Hand hatte hektisch angefangen zu schreiben und nicht mehr aufhören können.

Er schloss die Augen und versuchte, sich an das Aussehen des Mannes zu erinnern, der ihn bedrängt hatte. Nur ein schemenhaftes Bild stand ihm vor Augen, doch an das Messer erinnerte er sich ganz deutlich. Es war ein zweischneidiges Klappmesser gewesen, mit einer fünfzehn Zentimeter langen Klinge, so spitz wie ein Schrei.

Er strich mit dem Finger über das Touchpad des Laptops und der Bildschirmschoner verschwand. In seinem Email-Account war eine neue Nachricht. Von Sarelle. Er las sie dreimal, bevor er zu antworten versuchte.

Am Ende schrieb er zurück: »Hey, Sarelle, morgen Abend klappt bei mir leider nicht. Tut mir sehr leid. Ich melde mich bei dir. Bis bald, John.«

Er wollte ... sie wirklich nicht wiedersehen. Erst mal zumindest.

Er wollte überhaupt keine Frauen sehen außer Wellsie und Mary und Beth und Bella. In seinem Leben würde es nichts auch nur annähernd Erotisches geben, bis er das verarbeitet hatte, was man ihm vor einem Jahr angetan hatte.

Er loggte sich aus Hotmail aus und öffnete ein neues Dokument in Word.

Seine Finger lagen nur einen kurzen Moment ruhig auf der Tastatur. Dann begannen sie zu fliegen.

10

Zsadist hob mühsam den Kopf und sah auf die Uhr. Zehn Uhr morgens. Zehn ... zehn Uhr. Wie viele Stunden? Sechzehn ...

Erschöpft schloss er die Augen, er konnte kaum noch atmen. Er lag flach auf dem Rücken, die Beine gespreizt, die Arme abgewinkelt. So lag er da, seit er vor vielleicht einer Stunde von Bella heruntergerollt war.

Es kam ihm vor wie ein ganzes Jahr, seit er am Abend zuvor zurück in sein Zimmer gekommen war. Sein Hals und die Handgelenke brannten von den vielen Malen, die sie sich an ihm genährt hatte. Das Ding zwischen seinen Beinen war wund. Um sie herum war die Luft gesättigt vom Bindungsduft, und das Laken war nass von seinem Blut und der anderen Flüssigkeit, die sie von ihm gebraucht hatte.

Keinen einzigen Augenblick davon wollte er missen.

Er schloss die Augen und überlegte, ob er jetzt wohl schlafen könnte. Er war so ausgehungert nach Nahrung und Blut, dass selbst seine Neigung, sich immer bis zum Äußersten zu treiben, das Verlangen nicht abtöten konnte.

Aber er konnte sich nicht bewegen.

Als er eine Hand auf seinem Unterleib spürte, öffnete er seine Lider zu einem Schlitz und sah Bella an. Die Hormone meldeten sich wieder in ihr, und die Reaktion, die sie von ihm brauchte, antwortete. Er wurde wieder hart.

Er versuchte, sich umzudrehen und dahin zu schleppen, wo er gebraucht wurde, doch er war zu schwach. Bella schmiegte sich an ihn, aber er konnte sich nicht aufrichten, sein Kopf wog tausend Kilo.

Also nahm er ihren Arm und zog sie auf sich. Als ihre Schenkel sich über seinen Hüften öffneten, blickte sie ihn entsetzt an und wollte herunterkrabbeln.

»Schon okay«, krächzte er. Er räusperte sich, doch das half auch nichts. »Ich weiß ja, dass du es bist.«

Ihre Lippen kamen auf ihn zu, und er erwiderte ihren Kuss, obwohl er den Arm nicht heben konnte, um sie festzuhalten. Wie er es liebte, sie zu küssen. Er liebte es, ihren Mund auf seinem zu spüren, liebte es, sie so nah an seinem Gesicht zu haben, liebte ihren Atem in seinen Lungen, liebte … *sie?* War es das, was in der Nacht geschehen war? Hatte er sich verliebt?

Der Bindungsduft auf ihnen beiden gab ihm die Antwort. Und die Erkenntnis hätte ihn erschrecken sollen, aber er war zu müde, um dagegen anzukämpfen.

Bella setzte sich auf ihn und nahm ihn in sich auf. So fertig er war, stöhnte er doch in Ekstase auf. Er konnte einfach nicht genug davon bekommen, sie zu spüren. Und das lag nicht nur an ihrer Triebigkeit, so viel war klar.

Sie ritt ihn, pflanzte ihm die Hände auf die Brust und

fand einen Rhythmus mit ihren Hüften, da er mit seinen nicht mehr zustoßen konnte. Er fühlte, wie sich eine neue Explosion in ihm aufbaute, besonders als er ihre Brüste zu ihren Bewegungen hin und her schwingen sah.

»Du bist so wunderschön«, sagte er mit heiserer Stimme.

Sie hielt kurz inne und küsste ihn wieder, ihr dunkles Haar fiel über ihn, verschleierte ihn sanft. Als sie sich wieder aufrichtete, staunte er über ihren Anblick. Sie leuchtete vor Gesundheit und Lebendigkeit dank all dem, was er ihr gegeben hatte, eine strahlende Frau, die er ...

Liebte. Ja, liebte.

Das war der Gedanke, der ihm durch den Kopf schoss, als er wieder in ihr kam.

Bella sank auf ihm zusammen, atmete erschauernd aus und urplötzlich war die Triebigkeit vorüber. Die tosende weibliche Energie wehte einfach aus dem Zimmer, ein Sturm, der vorübergezogen war. Vor Erleichterung aufseufzend, stieg sie von ihm herunter, löste ihr hinreißendes Geschlecht von ihm. Als *Es* leblos auf seinen Bauch fiel, spürte er die Kälte des Raums darauf, wenig gefällig im Vergleich zu ihrer Wärme.

»Geht es dir gut?«, fragte er.

»Ja ...«, flüsterte sie und drehte sich auf die Seite. Sie schlief schon halb. »Ja, Zsadist ... ja.«

Sie würde Essen brauchen, dachte er. Er musste ihr etwas zu essen besorgen.

Er nahm seinen ganzen Willen zusammen, holte tief Luft, noch einmal und noch einmal ... und zwang schließlich seinen Oberkörper vom Bett. In seinem Kopf drehte sich alles, die Möbel und der Fußboden und die Wände wirbelten herum, tauschten die Plätze, bis er nicht mehr sicher war, ob er an der Decke hing oder nicht.

Der Schwindel wurde noch schlimmer, als er die Beine von der Matratze hob, und als er aufstand, verließ ihn das Gleichgewicht komplett. Er taumelte unsanft gegen die Wand und musste sich an den Vorhängen festhalten, um auf den Beinen zu bleiben.

Als er endlich wieder freihändig stehen konnte, ließ er los und beugte sich zu ihr herunter. Sie hochzuheben war ein Kampf, aber sein Bedürfnis, für sie zu sorgen war stärker als die Erschöpfung. Er trug sie zu seinem Deckenlager auf dem Fußboden, dann deckte er sie mit der Steppdecke zu, die sie schon vor Ewigkeiten vom Bett gestrampelt hatten. Gerade drehte er sich um, da hielt sie seinen Arm fest.

»Du musst dich nähren«, sagte sie und wollte ihn an sich heranziehen.

O Gott, er war in Versuchung.

»Ich bin gleich zurück.« Er kam auf die Füße, stolperte zum Schrank und zog sich eine Boxershorts an. Dann zog er die Bettwäsche ab und ging.

Phury schlug die Augen auf und stellte fest, dass er keine Luft bekam.

Was durchaus einleuchtend war. Sein Gesicht war in ein Bündel Decken gepresst. Er befreite Mund und Nase aus dem Knäuel und bemühte sich, den Blick klar zu bekommen. Das Erste, was er sah, war ein Aschenbecher voller Jointkippen fünfzehn Zentimeter von seinem Kopf entfernt. Auf dem Fußboden.

Was zum Henker? Ach so … Er hing über dem Fußende der Matratze.

Als er ein Stöhnen hörte, stützte er sich mühsam auf, drehte den Kopf … und hatte direkt vor seiner Nase einen von Vishous' Füßen. Hinter Schuhgröße 50 lag Butchs Oberschenkel.

Phury musste lachen, was wiederum das zerknautschte Gesicht des Polizisten aus einem Kissen riss. Der Mensch sah an sich selbst herunter, dann an Phury. Er blinzelte ein paar Mal, als hoffte er, noch einmal richtig aufzuwachen.

»O Mann«, sagte er krächzend. Dann blickte er zu Vishous, der besinnungslos neben ihm lag. »O … Mann, das ist einfach zu abgefahren.«

»Krieg dich wieder ein, Bulle. So attraktiv bist du auch wieder nicht.«

»Wenn du es sagst.« Er rubbelte sich das Gesicht. »Aber das heißt nicht, dass ich drauf stehe, neben zwei Kerlen aufzuwachen.«

»V hat dir doch gesagt, du sollst nicht zurückkommen.«

»Stimmt. Das war eine Fehlentscheidung von mir.«

Es war eine lange Nacht gewesen. Irgendwann, als selbst das Gefühl von Klamotten auf der Haut zu viel geworden war, hatten sie jegliches Schamgefühl aufgegeben. Es war einfach nur darum gegangen, die Zeit der Not zu überstehen: einen Joint nach dem anderen anzuzünden, Scotch oder Wodka runterzukippen, allein ins Badezimmer zu schleichen, um sich Abhilfe zu schaffen.

»Also ist es vorbei?«, fragte Butch. »Bitt sag, dass es vorbei ist.«

Phury krabbelte vom Bett. »Ja. Ich glaube schon.«

Er hob ein Laken auf und warf es zu Butch, der sich und Vishous damit bedeckte. V zuckte nicht mal. Er schlief wie ein Toter auf dem Bauch, die Augen fest zusammengekniffen, ein leises Schnarchen auf den Lippen.

Der Cop fluchte, warf ein Kissen an das Kopfteil des Bettes und lehnte sich zurück. Er rubbelte sich die Haare, bis sie senkrecht vom Kopf abstanden, und gähnte so herzhaft, dass Phury seinen Kiefer knacken hörte.

»Verdammt noch mal, Vampir. Ich hab nicht geglaubt, dass ich das jemals sagen würde, aber ich habe absolut keinen Bock auf Sex. Gott sei Dank.«

Phury zog sich eine Trainingshose an. »Willst du was zu essen? Ich werde mal der Küche einen Besuch abstatten.«

Butchs Augen leuchteten selig. »Du würdest tatsächlich Essen hierherbringen? Im Sinne von, *ich muss mich nicht bewegen?*«

»Dafür schuldest du mir dann einen echt großen Gefallen, aber ja, ich bin bereit zu liefern.«

»Du bist ein Gott.«

Phury zog sich ein T-Shirt über. »Was willst du?«

»Was da ist. Wenn du es echt gut meinst, dann schleifst du einfach den ganzen Kühlschrank hier rauf. Ich bin kurz vorm Verhungern.«

Phury ging nach unten in die Küche und wollte gerade auf Beutezug gehen, als er Geräusche aus der Waschküche hörte. Er ging hinüber und drückte die Tür auf.

Zsadist stopfte Bettwäsche in die Maschine.

Und – gütige Jungfrau im Schleier –, er sah furchtbar aus. Sein Magen war regelrecht eingefallen; die Hüftknochen stachen durch die Haut wie Zeltstangen; sein Brustkorb sah aus wie ein gepflügter Acker. Er musste über Nacht mindestens fünf Kilo abgenommen haben. Und sein Hals und die Handgelenke waren völlig zerbissen. Aber … er roch nach wunderbaren, dunklen Gewürzen, und ihn umgab ein Frieden, so tief und unwahrscheinlich, dass Phury seinen eigenen Sinnen nicht traute.

»Mein Bruder?«, sagte er.

Z blickte nicht auf. »Weißt du, wie das Ding hier funktioniert?«

»Äh, ja. Du tust was von dem blauen Pulver in das Fach hier, und dann drehst du den Knopf herum – komm, ich helfe dir.«

Z trat zurück, die Augen immer noch auf den Boden geheftet. Als das Wasser in die Maschine lief, murmelte Z einen Dank und machte sich auf den Weg zur Küche.

Phury ging ihm nach, er hatte einen Kloß im Hals. Er wollte fragen, ob alles in Ordnung war, und nicht nur mit Bella.

Noch suchte er die richtigen Worte, da holte Z einen gebratenen Truthahn aus dem Kühlschrank, riss ein Bein ab und biss hinein. Er kaute verzweifelt, knabberte den Knochen ab, so schnell er konnte, und sobald er fertig war, riss er die andere Keule ab und machte weiter.

Gott im Himmel … Der Bruder aß sonst nie Fleisch. Aber er hatte auch noch nie eine Nacht wie die vergangene überstanden. Keiner von ihnen hatte das.

Z konnte Phurys Blick auf sich spüren und hätte aufgehört zu essen, wenn er gekonnt hätte. Er hasste es, wenn man ihn ansah, besonders, wenn er gerade kaute. Aber er bekam das Essen einfach nicht schnell genug in sich hinein.

Immer weiter schob er sich Truthahnstücke in den Mund, nahm ein Messer und schnitt dünne Scheiben Brustfleisch herunter. Für Bella nahm er nur die besten Stücke. Die weniger guten Teile aß er selbst.

Was würde sie sonst noch brauchen? Er wollte kalorienreiche Sachen für sie. Und Getränke – er sollte ihr etwas zu trinken mitbringen. Also ging er wieder zum Kühlschrank und türmte einen Teller mit Vorräten auf, um ihn dann sorgfältig zu durchforsten. Er würde ihr nur bringen, was ihrer Zunge würdig war.

»Zsadist?«

Mein Gott, er hatte ganz vergessen, dass Phury noch da stand.

»Ja?« Er öffnete eine Tupperdose.

Der Kartoffelbrei darin sah gut aus, obwohl er ihr wirklich lieber einen gebracht hätte, den er selbst gemacht hatte. Nicht, dass er wüsste, wie das ging. Er konnte nicht lesen, konnte keine Waschmaschine bedienen, konnte nicht kochen.

Er musste sie gehen lassen, damit sie sich einen Mann suchen konnte, der halbwegs Grips hatte.

»Ich will ja nicht neugierig sein«, begann Phury.

»Bist du aber.« Er nahm einen Laib von Fritz' selbst gebackenem Sauerteigbrot aus dem Schrank und quetschte es mit den Fingern zusammen. Es war weich, aber er schnüffelte trotzdem daran. Gut, es war frisch genug für sie.

»Geht es ihr gut? Und … dir?«

»Uns geht's gut.«

»Wie war es?« Phury hüstelte. »Ich meine, ich will das nicht nur wissen, weil es um Bella geht. Es ist nur … ich habe so viele Gerüchte gehört, und ich weiß nicht, was ich glauben soll.«

Z füllte etwas Kartoffelbrei zu der Truthahnbrust auf dem Teller; dann löffelte er wilden Reis daneben und bedeckte das Ganze mit einer anständigen Portion Soße. Dann steckte er den vollen Teller in die Mikrowelle, froh, dass er wenigstens dieses Gerät bedienen konnte.

Während er dem Essen beim Kreiseln zusah, dachte er über die Frage seines Zwillingsbruders nach und erinnerte sich an das Gefühl, wie Bella sich auf seine Hüften gesetzt hatte. Diese Verbindung, von den Dutzenden, die sie während der Nacht erlebt hatten, stach für ihn am meisten hervor. Es war so irrsinnig gewesen, sie auf sich zu haben, besonders, als sie ihn geküsst hatte …

Ihre gesamte Triebigkeit hindurch, aber vor allem während dieser letzten Vereinigung, hatte sie an den Mauern der Vergangenheit geschabt, hatte ihm etwas *Gutes* gegeben. Er würde die Wärme, die sie ihm geschenkt hatte, bis ans Ende seiner Tage in seinem Innersten hüten.

Die Mikrowelle klingelte, und er stellte fest, dass Phury immer noch auf eine Antwort wartete.

Z stellte den Teller auf ein Tablett und legte Besteck dazu, um sie gepflegt füttern zu können.

Als er sich umwandte und aus dem Raum ging, murmelte er: »Sie ist so schön, dass ich es nicht in Worte fassen kann.« Dann hob er den Blick und sah Phury an. »Und letzte Nacht war ich über alle Maßen gesegnet, ihr dienen zu dürfen.«

Aus irgendeinem Grund wich sein Bruder erschrocken zurück und streckte die Hand aus. »Zsadist, deine ...«

»Ich muss meiner *Nalla* ihr Essen bringen. Bis später.«

»Warte! Zsadist! Deine ...«

Z schüttelte nur den Kopf und ging weiter.

11

»Warum hast du mir das nicht sofort gezeigt?«, fragte Rehvenge seinen *Doggen*. Als der Diener vor Schreck und Scham errötete, tat ihm der arme Mann sofort leid. »Schon gut. Ist egal.«

»Herr, ich bin sofort zu Euch gekommen, als ich bemerkte, dass Ihr zurückgekehrt seid. Aber Ihr habt endlich einmal geschlafen. Ich war nicht sicher, was das auf dem Bild war, und ich wollte Euch nicht stören. Ihr ruht sonst niemals.«

Ja, Marissa zu nähren hatte ihn ausgeknipst wie eine Lampe. Das war das erste Mal, dass er die Augen geschlossen und das Bewusstsein verloren hatte seit … er wusste selbst nicht, seit wann. Aber jetzt hatte er ein Problem.

Rehv setzte sich vor den Computerbildschirm und spielte das Band noch einmal ab. Es war wie beim ersten Mal: Ein Mann mit dunklem Haar und schwarzen Kleidern hielt vor dem Tor. Stieg aus dem Pick-up aus. Trat vor, um die Trauerschleifen zu berühren, die an die Eisenstangen gebunden waren.

Rehv zoomte näher heran, bis er das Gesicht des Mannes klar und deutlich erkennen konnte. Unauffällig, weder gut aussehend noch hässlich. Doch der dazugehörige Körper war riesig. Und die Jacke sah aus, als wäre sie entweder gepolstert, oder als ob darunter diverse Waffen verborgen wären.

Rehv machte ein Standbild und prüfte Datum und Uhrzeit in der rechten unteren Bildecke. Dann wechselte er den Bildschirm und rief die Daten der anderen Kamera auf, die am Tor montiert war, der wärmeempfindlichen. Mit raschen Handgriffen fand er die passende Stelle mit genau derselben Uhrzeit.

Na, wer hätte das gedacht. Die Körpertemperatur dieses »Mannes« lag bei etwa zehn Grad Celsius. Ein *Lesser.*

Rehv wechselte wieder zum ersten Bildschirm und ging ganz nah an das Gesicht des Jägers heran, als der die Schleife betrachtete. Trauer, Furcht ... Wut. Keine davon eine anonyme Emotion; alle an etwas Persönliches geknüpft. Etwas Verlorenes.

Das war also der Dreckskerl, der Bella entführt hatte. Und er war zurückgekommen.

Rehv war nicht erstaunt, dass der *Lesser* ihr Haus gefunden hatte. Bellas Gefangenschaft hatte sich herumgesprochen, und die Adresse der Familie war nie geheim gewesen. Da seine *Mahmen* eine spirituelle Anlaufstelle war, war die Adresse in der Thorne Avenue sogar wohlbekannt. Es bräuchte bloß einen Vampir zu fangen, der wusste, wo sie wohnten.

Die eigentliche Frage war: Warum war der *Lesser* nicht durch das Tor gekommen?

Lieber Gott. Wie spät war es? Vier Uhr nachmittags. Scheiße.

»Das ist ein *Lesser«*, sagte Rehv, stampfte mit dem Stock auf und erhob sich eilig. »Wir evakuieren das Haus auf der Stelle. Such sofort Lahni und sag ihr, die Herrin muss angekleidet werden. Dann bringst du beide durch den Tunnel und fährst sie mit dem Wagen zu unserem geheimen Unterschlupf.«

Der *Doggen* erbleichte. »Herr, ich hatte ja keine Ahnung, dass das ein …«

Rehv legte dem Diener eine Hand auf die Schulter, um seine aufsteigende Panik zu besänftigen. »Du hast alles richtig gemacht. Aber jetzt beeil dich. Hol Lahni.«

So schnell er konnte, lief Rehv zum Schlafzimmer seiner Mutter.

»Mahmen?«, rief er leise, als er die Tür öffnete. *»Mahmen,* wach auf.«

Seine Mutter setzte sich in ihrem seidenen Bettzeug auf, das Haar für den Tag unter einer Haube versteckt. »Aber es … es ist noch Nachmittag. Warum …«

»Lahni kommt und hilft dir beim Anziehen.«

»Gütige Jungfrau, Rehvenge. Was ist denn?«

»Du verlässt das Haus.«

»Was …«

»Sofort, *Mahmen*. Ich erkläre es dir später.« Er küsste sie auf beide Wangen, als auch schon das Dienstmädchen hereinkam. »Ah, sehr gut, Lahni. Du musst deine Herrin rasch ankleiden.«

»Ja, Herr.« Sie verbeugte sich.

»Rehvenge! Was ist …«

»Mach schnell. Fahr mit den *Doggen*. Ich rufe dich an.«

Seine Mutter rief wieder seinen Namen, doch er ging hinunter in seine Räumlichkeiten und schloss die Tür hinter sich, damit er sie nicht mehr hören musste. Er nahm den Hörer ab und wählte die Nummer der Bruderschaft. Er verabscheute das, was er nun tun musste. Aber

Bellas Sicherheit kam an erster Stelle. Nachdem er eine Nachricht hinterlassen hatte, die ihm im Hals brannte, ging er zu seinem Schrank.

Im Augenblick war das Haus noch für die Tagesstunden gesichert, so dass kein *Lesser* hereinkommen konnte. Die Läden vor den Fenstern waren kugel- und feuerfest, das Haus aus sechzig Zentimeter dicken Steinmauern gebaut. Darüber hinaus waren genug Kameras montiert, so dass er Bescheid wüsste, wenn jemand auch nur auf seinem Grundstück nieste. Aber er wollte seine *Mahmen* trotzdem nicht hier haben.

Zudem würde er, sobald es dunkel wurde, das Eisentor weit aufreißen und den roten Teppich ausrollen. Er wollte diesen *Lesser* hier herein locken.

Rehv zog seinen Umhang aus und eine schwarze Hose und einen dicken Rollkragenpullover an. Die Waffen würde er erst herausholen, wenn seine Mutter weg war. Falls sie nicht schon völlig hysterisch war, würde sie es mit Sicherheit werden, wenn sie ihn von Kopf bis Fuß mit Metall behängt sah.

Bevor er wieder hinausging, um nach seiner Mutter zu sehen, warf er noch einen Blick auf den kleinen Tresor in seinem Schrank. Es wurde Zeit für seine nachmittägliche Dopamindosis. Einfach perfekt.

Lächelnd verließ er sein Zimmer, ohne sich eine Injektion gesetzt zu haben. Er war bereit, all seine Sinne zum Spielen herauszulassen.

Als die Rollläden für die Nacht hochgezogen wurden, lag Zsadist auf der Seite neben Bella und sah ihr beim Schlafen zu. Sie lag in seine Armbeuge gekuschelt da, den Kopf auf Höhe seiner Brust. Kein Laken bedeckte ihren nackten Körper, da sie immer noch als Folge ihrer Triebigkeit eine ziemliche Hitze abstrahlte.

Vorhin, als er aus der Küche zurückgekommen war, hatte sie aus seiner Hand gegessen und dann gedöst, während er das Bett frisch bezog. Seitdem lagen sie zusammen im Stockdunklen.

Er strich mit seiner Hand von ihrem Oberschenkel zur Unterseite ihrer Brust und mit dem Zeigefinger über ihre Brustwarze. Das ging seit Stunden so, er liebkoste sie, summte für sie. Obwohl er so müde war, dass seine Lider auf Halbmast hingen, war die Ruhe zwischen ihnen besser als jede Erholung, die er mit geschlossenen Augen bekommen könnte.

Als sie sich etwas bewegte, streifte ihre Hüfte seine. Überrascht stellte er fest, dass der Drang sie zu nehmen, wieder in ihm aufstieg. Er hätte erwartet, dass er mit dem Thema für eine Weile durch wäre.

Er lehnte sich zurück und blickte an seinem Körper herunter. Durch den Schlitz in seinen Boxershorts hatte sich die Spitze seines Geräts ins Freie gemogelt, und je länger der Schaft wurde, desto weiter schob sich der Kopf hinaus.

Mit dem Gefühl, eine Art Gesetz zu brechen, stupste er mit dem Finger, mit dem er Kreise um Bellas Nippel gezogen hatte, die Erektion an. Sie schnellte sofort wieder hoch.

Er schloss die Augen und umschloss zögerlich seine Erregung mit der Handfläche. Als er auf und ab strich, war er verblüfft, wie die weiche Haut über den harten Kern glitt. Und das Gefühl war seltsam. Nicht unangenehm, eigentlich. Es erinnerte ihn sogar ein bisschen daran, wie es war, in Bella zu sein, nur nicht so gut. Bei Weitem nicht.

Himmel, er war so ein Weichei. Hatte Angst vor seinem eigenen … Schwanz. Pimmel? Penis? Wie zum Teufel sollte er ihn denn nennen? Wie nannten normale Männer ihn? Okay, *Johannes* kam nicht infrage. Aber er *wollte* keine Angst mehr vor ihm haben.

Jetzt, da sie sich sozusagen die Hände geschüttelt hatten. Er ließ das Ding los und steckte die Hand unter den Bund der Boxershorts. Er war ausgelaugt und nervös, aber er konnte diese Entdeckungsreise genauso gut jetzt gleich zu Ende bringen. Wer wusste schon, wann er das nächste Mal den Mut dazu aufbrächte.

Er lagerte seinen ...Schwanz, nennen wir ihn doch einfach mal Schwanz ... um, so dass er in der Hose, aber aus dem Weg war, dann berührte er die Eier darunter. Er spürte eine Art Stromschlag durch den Schaft seiner Erektion rasen, die Spitze kribbelte.

Das fühlte sich ganz gut an.

Er runzelte die Stirn, während er zum ersten Mal erforschte, was die gute Jungfrau ihm gegeben hatte. Komisch, dass all das schon so lange zu ihm gehörte, und er doch nie das getan hatte, was junge Vampire nach ihrer Transition zweifellos tagelang machten.

Als er wieder über die Eier strich, zogen sie sich fester zusammen, und der Schwanz wurde noch härter. Empfindungen kochten in seinem Unterleib hoch, und Bilder von Bella schoben sich vor sein geistiges Auge, Bilder von ihnen beiden beim Sex; von ihm, wie er ihre Beine hoch streckte und tief in sie eindrang. Mit schmerzlicher Deutlichkeit erinnerte er sich daran, wie sie sich unter ihm angefühlt hatte, wie eng sie war ...

Die ganze Sache verselbstständigte sich. Die Bilder in seinem Kopf, die Energiewellen, die von der Stelle ausstrahlten, an der seine Hand lag. Sein Atem ging schneller. Sein Mund öffnete sich. Sein Körper bäumte sich irgendwie auf, die Hüften sprangen vor. Aus Reflex drehte er sich auf den Rücken und schob die Hose nach unten.

Und dann wurde ihm bewusst, was er da tat. Holte er

sich etwa einen runter? Direkt neben Bella? Mein Gott, er war wirklich ein mieser Dreckskerl.

Von sich selbst angewidert, ließ er los und riss hektisch die Hose wieder hoch …

»Hör nicht auf«, sagte Bella leise.

Ein eiskalter Schauer jagte Z über den Rücken. *Ertappt.*

Seine Augen suchten ihre, das Blut stieg ihm ins Gesicht.

Doch sie lächelte ihn nur an und streichelte seinen Arm. »Du bist so schön. Wie du dich gerade aufgebäumt hast. Bring es zu Ende, Zsadist. Ich weiß, dass du das tun willst, und es gibt nichts, was dir peinlich sein muss. Du bist wunderschön, wenn du dich selbst anfasst.«

Sie küsste ihn auf den Bizeps, ihr Blick wanderte zu dem Zelt seiner Unterhose. »Bring es zu Ende«, flüsterte sie. »Lass mich zusehen, wie du es zu Ende bringst.«

Obwohl er sich wie ein totaler Volltrottel vorkam, konnte er sich seltsamerweise nicht bremsen, richtete sich auf und zog sich nackt aus.

Bella stieß ein anerkennendes Geräusch aus, als er sich wieder hinlegte. Ihre Anwesenheit gab ihm Kraft, und so ließ er langsam seine Hand über seinen Bauch gleiten, spürte die Muskelstränge und die glatte, haarlose Haut darüber. Er hätte nicht gedacht, dass er weitermachen könnte …

Gerechte Jungfrau der Schrift. Das Ding war so hart, dass er seinen Herzschlag darin pochen fühlte.

Er sah in Bellas tiefblaue Augen, während er die Hand auf und ab bewegte. Kaskaden der Lust durchströmten seinen Körper. Mein Gott … sie dabei zusehen zu lassen, fühlte sich großartig an, obwohl es das eigentlich nicht dürfte. Wenn man ihn früher beobachtet hatte …

Nein, die Vergangenheit hatte hier nichts zu suchen.

Wenn er sich mit dem aufhielt, was vor einem Jahrhundert passiert war, würde er diesen Augenblick mit Bella verlieren.

Er knallte im Geiste die Tür zu seinen Erinnerungen an all das zu, was man mit ihm vor Zuschauern getan hatte. *Bellas Augen ... sieh sie an. Verlier dich darin. Ertrink darin.*

Ihr Blick war so wundervoll, er schimmerte vor Wärme, hielt ihn fest, als läge er in ihren Armen. Dann betrachtete er ihre Lippen. Die Brüste. Den Bauch ... Das wachsende Verlangen in seinem Blut machte einen Satz und explodierte, so dass er in jedem Zentimeter seines Körpers eine erotische Spannung fühlte.

Bellas Augen wanderten nach unten. Als sie ihm dabei zusah, nahm sie die Unterlippe zwischen die Zähne. Ihre Fänge waren wie zwei kleine weiße Dolche, und er wollte sie wieder in seiner Haut spüren. Er wollte, dass sie an ihm saugte.

»Bella ...«, stöhnte er. Scheiße, er kam hier echt in Fahrt.

Er stellte ein Bein hoch und keuchte tief in der Kehle, während er seine Hand schneller und schneller bewegte, und die Berührung dann auf die Spitze konzentrierte. Eine Sekunde später war es so weit. Er schrie auf, sein Kopf drückte sich in das Kissen, und seine Wirbelsäule bog sich zur Decke empor. Ein warmer, weißer Strahl traf auf seine Brust und seinen Bauch. Das rhythmische Pulsieren ging noch eine Zeit lang weiter, während er es zu Ende brachte. Endlich hörte er auf, als die Spitze zu empfindlich für jede Berührung geworden war.

Er atmete schwer, und ihm war wahnsinnig schwindlig, als er sich zur Seite drehte und sie küsste. Er zog den Kopf wieder zurück; in ihren Augen las er, wie gut sie wusste, was in ihm vorging. Sie wusste, dass sie ihm durch dieses erste Mal geholfen hatte. Und doch lag kein Mitleid in ihrem Blick. Es schien ihr gleichgültig zu sein, dass er so ein Verlierer war, der es bis jetzt nie ertragen hatte, sich selbst anzufassen.

Er machte den Mund auf. »Ich l-«

Ein Klopfen schnitt seine Erklärung ab.

»Mach bloß nicht die Tür auf«, bellte er. Dann wischte er sich mit den Boxershorts ab, küsste Bella und zog ihr ein Laken über, bevor er zur Tür ging.

Er stemmte die Schulter gegen die Tür, als könnte wer auch immer draußen stand direkt ins Zimmer gestürmt kommen. Es war ein alberner Reflex, aber es kam überhaupt nicht infrage, dass jemand Bella noch leuchtend von ihrer Triebigkeit zu Gesicht bekam. Dieser Anblick gehörte nur ihm allein.

»Was«, brummte er.

Phurys Stimme klang gedämpft. »Der Explorer, unter den du dein Handy geklebt hast, hat sich letzte Nacht bewegt. Ist zu den Läden gefahren, wo Wellsie die Äpfel für das Wintersonnwendfest gekauft hat. Wir haben die Bestellungen storniert, aber wir müssen die Lage neu besprechen. Die Bruderschaft trifft sich in zehn Minuten in Wraths Büro.«

Z schloss die Augen und lehnte die Stirn an die Tür. Das wirkliche Leben war zurück.

»Zsadist? Hast du mich gehört?«

Er warf einen Blick auf Bella. Ihre gemeinsame Zeit war vorbei. Und so wie sie das Laken ans Kinn zog, als wäre ihr kalt, wusste sie es auch.

Gott … das tut weh, dachte er. Er konnte es tatsächlich körperlich spüren … Schmerz.

»Bin gleich da«, sagte er.

Dann ließ er den Blick von Bella sinken und ging in die Dusche.

12

Während die Nacht hereinbrach, marschierte O wütend in seiner Blockhütte auf und ab und sammelte die nötige Munition zusammen. Er war erst vor einer halben Stunde zurückgekehrt, und der vergangene Tag war völlig für die Katz gewesen. Zuerst war er zu Omega gegangen, der ihn sich ordentlich zur Brust genommen hatte. Buchstäblich. Der Meister war stinksauer wegen der beiden verhafteten *Lesser* gewesen, als wäre es allein Os Schuld, dass diese beiden Nichtskönner eingelocht worden waren.

Nachdem Omega mit seiner ersten Runde fertig gewesen war, hatte der Arsch und Meister die Jäger aus der Menschenwelt abgezogen wie Hunde an einer Leine. Interessanterweise war das nicht leicht für ihn gewesen. Mitglieder der Gesellschaft nach Hause zu rufen war kein Kinderspiel, und diese Schwäche wollte O sich merken.

Nicht, dass dieser geschwächte Zustand länger vorgehalten hätte. Mann, O hatte keinen Zweifel daran, dass die beiden *Lesser* den Tag verwünschten, an dem sie ihre Seele eingetauscht hatten. Omega hatte sich sofort an die Arbeit gemacht, und sehr rasch war eine Szenerie entstanden, die direkt aus einem Clive-Barker-Film hätte stammen können. Und da die *Lesser* untot waren, konnte die Bestrafung endlos weitergehen, bis Omega die Lust verlor.

Er hatte noch immer hochkonzentriert gewirkt, als O abgehauen war.

Die Rückkehr in die irdische Welt war dann der absolute Stimmungskiller gewesen. In Os Abwesenheit hatte es einen Aufstand der Betas gegeben. Ein ganzes Eskadron von vier Männern hatte sich gelangweilt und beschlossen, ein paar andere *Lesser* anzugreifen, eine Art Treibjagd, die eine Reihe von Todesopfern zur Folge gehabt hatte. Us immer panischere Nachrichten auf der Mailbox, die im Verlauf von sechs Stunden eingetrudelt waren, klangen ziemlich wahnsinnig.

Verflucht. U war eine totale Niete als Stellvertreter. Er war nicht in der Lage gewesen, die Schlachten der Betas zu unterbinden, und zu allem Überfluss war ein Mensch während der Ausschreitungen zu Tode gekommen. Der Tote an sich interessierte O nicht die Bohne, aber worüber er sich Sorgen machte, war die Leiche. Das Letzte, was er gebrauchen konnte, war, dass sich die Polizei einschaltete. Schon wieder.

Also hatte sich O selbst der Angelegenheit angenommen und sich die Hände schmutzig gemacht, um die blöde Leiche loszuwerden; dann hatte er ein paar Stunden damit vergeudet, die aufsässigen Betas zu identifizieren und jedem von ihnen einen Besuch abzustatten. Er hätte sie am liebsten getötet, aber wenn sich noch mehr Lücken in den Reihen der Gesellschaft auftaten, würde er ein weiteres Problem mit dem Meister bekommen.

Als er endlich damit fertig war, das Idiotenquartett windelweich zu prügeln – vor einer halben Stunde –, war er auf hundertachtzig gewesen. Und in dem Augenblick kam der großartige Anruf von U, dass alle Apfelbestellungen für das Wintersonnwendfest rückgängig gemacht worden waren. Und warum wohl? Weil die Vampire irgendwie rausgekriegt hatten, dass sie unter Beobachtung standen.

So viel zu Us Unauffälligkeit.

Das Massenmordgeschenk an Omega war also geplatzt. Also besaß O jetzt kein Mittel mehr, um dem Meister um den Bart zu gehen. Wenn demnach seine Frau noch am Leben war, würde es noch schwieriger werden, sie zu einem *Lesser* zu machen.

An diesem Punkt war O ausgerastet. Er hatte U am Telefon angebrüllt. Alle möglichen Obszönitäten ausgestoßen. Und U hatte die verbale Auspeitschung über sich ergehen lassen wie ein echter Schlappschwanz, war immer stiller geworden, in Deckung gegangen. Das Schweigen hatte O in den Irrsinn getrieben, doch er hatte es ja immer schon gehasst, wenn Leute sich nicht wehrten.

Mist. Er hatte gedacht, U wäre gefestigt, aber der Kerl war schwach, und O hatte es satt. Er wusste, er musste U ein Messer in die Brust stoßen, und er würde es auch tun. Aber fürs Erste brauchte er keine weiteren Ablenkungen.

Scheiß auf die Gesellschaft und U und die Betas und auf Omega. Er hatte wichtigere Dinge zu erledigen.

Also schnappte O sich die Schlüssel für den Pick-up und verließ die Hütte. Er würde auf direktem Weg in die Thorne Avenue 27 fahren, und er würde in das Haus eindringen. Vielleicht war das die pure Verzweiflung, aber er war sicher, dass die Antwort, die er suchte, hinter diesem Eisentor lag.

Endlich würde er herausfinden, wo seine Frau war.

O war beinahe bei seinem Wagen, als sein Nacken zu summen begann, bestimmt von all der Schreierei am Telefon. Er schenkte dem Gefühl keine Beachtung und setzte sich ans Steuer. Als er auf die Straße bog, zerrte er an seinem Kragen, dann hustete er ein paar Mal, um seine Kehle zu lockern. Verdammt. Das fühlte sich komisch an.

Einen Kilometer weiter rang O bereits nach Atem. Er griff nach seinem Hals und keuchte, dann riss er das Steuer nach rechts und trat auf die Bremse. Er drückte die Tür auf und taumelte hinaus. Die kalte Luft brachte ein oder zwei Sekunden lang Erleichterung, dann war das Erstickungsgefühl wieder da.

O ging auf die Knie. Als er mit dem Gesicht zuerst in den Schnee fiel, flackerte sein Bewusstsein immer wieder kurz auf wie eine kaputte Lampe. Und dann verschwand es.

Als Zsadist über den Flur zu Wraths Büro lief, war sein Verstand ebenso wach wie sein Körper langsam. Der Rest der Brüder war bereits versammelt. Alle wurden still, als er eintrat. Ohne sie zu beachten, hielt er den Blick auf den Boden gerichtet und ging in seine übliche Ecke. Er hörte, wie jemand sich räusperte. Vermutlich Wrath.

Tohrment erhob das Wort. »Bellas Bruder hat angerufen. Er hat das Gesuch auf Bannung zurückgestellt und darum gebeten, dass sie noch ein paar Tage hierbleiben kann.«

Zs Kopf schnellte hoch. »Warum?«

»Er hat keinen Grund angegeben …« Tohrs Augen verengten sich beim Anblick von Zs Gesicht. »O mein Gott.«

Die anderen im Raum drehten alle die Köpfe, und

man hörte einige leise nach Luft schnappen. Und dann glotzten ihn alle Brüder und Butch einfach nur noch an wie Fische, denen plötzlich das Wasser abhandengekommen war.

»Was zum Henker ist denn los?«

Phury deutete auf den antiken Spiegel an der Wand neben der Flügeltür. »Sieh selbst.«

Zsadist stapfte durch den Raum, am liebsten hätte er sie alle verflucht. Es ging doch hier um Bella ...

Dann fiel ihm die Kinnlade herunter. Mit zitternden Händen zeigte er auf die Augen, die in dem altmodischen Bleiglas zu sehen waren. Seine Iris waren nicht mehr länger schwarz. Sie waren gelb. Wie die seines Zwillingsbruders.

»Phury?«, sagte er leise. »Phury ... was ist passiert?«

Sein Bruder trat hinter ihn, und sein Gesicht tauchte neben Zs im Spiegel auf. Und dann Wraths dunkle Reflexion, dunkle Brille und lange Haare. Dann Rhages Filmstarschönheit. Und Vishous' Baseballkappe. Und Tohrments Bürstenschnitt. Und Butchs markante Nase.

Einer nach dem anderen berührten sie ihn, legten ihre großen Hände sanft auf seine Schultern.

»Willkommen zurück«, flüsterte Phury.

Zsadist starrte die Männer hinter sich an. Und hatte den eigenartigen Gedanken, dass wenn er sich zurückfallen ließe ... sie ihn auffangen würden.

Kurz nachdem Zsadist gegangen war, ging Bella ihn suchen. Sie hatte ihren Bruder anrufen und ein Treffen arrangieren wollen, als ihr einfiel, dass sie sich erst um ihren Liebhaber kümmern musste, bevor sie sich wieder mit ihrem privaten Familiendrama beschäftigte.

Endlich brauchte Zsadist ein Mal etwas von ihr. Und zwar dringend. Er war beinahe ausgetrocknet nach den

Stunden mit ihr, und sie wusste ganz genau, wie verzweifelt er sich nähren musste. Da so viel von seinem Blut in ihr floss, konnte sie seinen Hunger lebendig in sich spüren. Außerdem wusste sie exakt, wo im Haus er sich aufhielt. Sie musste nur ihren Sinnen folgen.

Bella folgte seinem Puls den Flur mit den Statuen hinunter, um die Ecke und auf die Flügeltür am Treppenabsatz zu. Wütende männliche Stimmen drangen durch die Tür, und Zsadists war eine davon.

»Du gehst heute Nacht nirgendwohin«, rief jemand.

Zsadists Stimme klang regelrecht böse. »Kommandier mich bloß nicht rum, Tohr. Das kotzt mich an, und ist außerdem auch reine Zeitverschwendung.«

»Sieh dich doch an … du bist ein verdammtes Skelett! Wenn du dich nicht vorher nährst, bleibst du hier.«

Bella trat genau dann ins Zimmer, als Zsadist sagte: »Versuch doch, mich hier festzuhalten, *Bruder*, dann wirst du schon sehen, wohin dich das führt.«

Die beiden Vampire standen dicht voreinander, die Blicke starr, die Fänge gefletscht. Um sie herum im Kreis die gesamte Bruderschaft.

Du meine Güte, dachte sie. Was für eine Aggressivität.

Aber Tohrment hatte recht. In der Dunkelheit des Schlafzimmers hatte sie es nicht richtig erkennen können, aber hier im Licht sah Zsadist halb tot aus. Die Schädelknochen zeichneten sich durch die Haut ab; sein T-Shirt hing ihm wie ein Sack am Körper; die Hose hing lose um seine Hüften. Seine schwarzen Augen waren so durchdringend wie immer, aber der Rest von ihm war in keinem guten Zustand.

Tohrment schüttelte den Kopf. »Sei doch vernünftig …«

»Ich möchte für Bella Vergeltung üben. Das ist *total* vernünftig.«

»Nein, ist es nicht«, sagte sie. Bei ihrem Einwurf wandten alle die Köpfe zu ihr um.

Als Zsadist sie ansah, wechselten seine Augen die Farbe, blitzten von dem wütenden Schwarz, an das sie gewöhnt war, zu einem schimmernden, hellen Gelb.

»Deine Augen«, flüsterte sie. »Was ist mit deinen ...«

Wrath unterbrach sie. »Bella, dein Bruder hat darum gebeten, dass du noch etwas hierbleiben kannst.«

Ihre Überraschung war so groß, dass sie den Blick von Zsadist abwandte. »Wie bitte, Herr?«

»Er will nicht, dass ich die Bannung jetzt im Augenblick ausspreche, und er möchte, dass du hierbleibst.«

»Aber warum?«

»Das weiß ich nicht. Vielleicht könntest du ihn danach fragen.«

Mein Gott, als wäre alles nicht schon verwirrend genug. Sie schielte wieder zu Zsadist, aber der starrte ein Fenster am anderen Ende des Raums an.

»Du kannst natürlich sehr gerne bleiben«, sagte Wrath.

Als Zsadist erstarrte, fragte sie sich, ob das auch für ihn galt.

»Ich möchte nicht, dass für mich Vergeltung geübt wird«, sagte sie laut. Nun schnellte Zsadists Kopf herum, und sie sprach ihn direkt an. »Ich bin dankbar für alles, was du für mich getan hast. Aber ich möchte nicht, dass jemand verletzt wird, weil er diesen *Lesser* jagt. Besonders nicht du.«

Seine Brauen zogen sich finster über den Augen zusammen. »Das ist nicht deine Entscheidung.«

»Und ob es das ist.« Bei der Vorstellung, dass er wegen ihr kämpfen musste, überwog ihr Schrecken alles andere. »Mein Gott, Zsadist ... ich will nicht dafür verantwortlich sein, dass du dich umbringen lässt.«

»Dieser *Lesser* wird in einer Holzkiste enden, nicht ich.«

»Das kannst du doch nicht ernst meinen! Gütige Jungfrau, sieh dich doch an. Du kannst unmöglich kämpfen. Du bist viel zu schwach.«

Es ertönte ein kollektives Zischen im Raum, und Zsadists Augen wurden schwarz.

Verfluchter Mist. Bella legte die Hand auf den Mund. Schwach. Sie hatte ihn vor der versammelten Bruderschaft als schwach bezeichnet.

Eine größere Beleidigung gab es nicht. Auch nur anzudeuten, dass ein Mann sich nicht kraftvoll behaupten konnte, war schon unverzeihlich unter den Kriegern, egal, aus welchem Grund. Aber es vor Zeugen unumwunden auszusprechen, war eine vollständige soziale Kastration, eine unwiderrufliche Herabsetzung seines Wertes.

Bella rannte zu ihm. »Es tut mir leid. Ich meinte nicht …«

Zsadist zog den Arm weg. »Fass mich nicht an.«

Sie legte sich wieder die Hand auf den Mund, als er einen Bogen um sie machte, als wäre sie eine entsicherte Handgranate. Er stapfte durch die Tür, und seine Schritte entfernten sich. Als sie endlich dazu in der Lage war, begegnete sie den missbilligenden Blicken seiner Brüder.

»Ich werde mich sofort bei ihm entschuldigen. Aber hört mir zu: Ich bezweifle nicht seine Kraft oder seinen Mut. Ich sorge mich um ihn, weil …«

Sag es ihnen, dachte sie. Sicher würden sie verstehen.

»Weil ich ihn liebe.«

Unvermittelt ließ die Spannung im Raum nach. Zumindest der Großteil der Spannung. Phury wandte sich ab, ging zum Kamin und lehnte sich an den Sims. Sein Kopf sank nach unten, als wäre er gern in die Flammen gekrochen.

»Ich bin froh, dass du so empfindest«, sagte Wrath. »Er braucht das. Und jetzt such ihn und entschuldige dich.«

Auf dem Weg hinaus, stellte sich ihr Tohrment in den Weg und sah ihr ruhig in die Augen. »Und versuch, ihn zu nähren, wenn du schon dabei bist, okay?«

»Ich bete darum, dass er mich lässt.«

13

Rehvenge schlich im Haus herum, von Raum zu Raum, ruhelos. Sein Sichtfeld war rot, seine Sinne hellwach, den Stock hatte er vor Stunden weggelegt. Jetzt fror er nicht mehr, wie sonst immer; den Rollkragenpullover hatte er abgestreift und trug die Waffen nun auf der bloßen Haut. Er konnte seinen gesamten Körper spüren, genoss die Kraft seiner Muskeln und Knochen. Und es gab noch mehr Gutes. Empfindungen, die er nicht mehr erfahren hatte seit …

Mein Gott, es musste zehn Jahre her sein, seit er sich zuletzt so hatte gehen lassen. Und da dies ein willentlicher, planmäßiger Rückfall in den Wahnsinn war, hatte er das Gefühl der Kontrolle – was vermutlich ein gefährlicher Irrtum war, aber das war ihm scheißegal. Er war … befreit. Und er wollte diesen Feind mit einer Verzweiflung bekämpfen, die einem sexuellen Verlangen gleichkam.

Was bedeutete, dass er außerdem höllisch frustriert war.

Er blickte aus einem der Fenster in der Bibliothek. Das vordere Tor hatte er weit offen stehen gelassen, um Besucher zu ermuntern. Nichts. *Nada.* Fehlanzeige.

Die Standuhr schlug zwölf Mal.

Er war sich so sicher gewesen, dass der *Lesser* auftauchen würde, aber niemand war durch das Tor, über die Auffahrt, zum Haus gekommen. Und den Überwachungskameras auf dem Gelände zufolge waren nur Autos vorbeigefahren, die in die Nachbarschaft gehörten: diverse Mercedes, ein Maybach, mehrere Lexus-SUVs, vier BMWs.

Verdammt. Er wollte diesen Vampirjäger so unbedingt in die Finger kriegen, dass er hätte schreien können; der Drang zu kämpfen, Vergeltung für seine Familie zu üben, sein Revier zu verteidigen, war unausweichlich: Seine Blutlinie reichte auf mütterlicher Seite zurück bis in die Kriegerelite, und die Aggressivität gehörte zu seinem Wesen; das war schon immer so gewesen. Addierte man zu seinem Wesenskern noch den Zorn über das, was seiner Schwester zugestoßen war, und die Tatsache, dass er seine *Mahmen* am helllichten Tag aus ihrem eigenen Haus hatte schaffen müssen, dann war er ein regelrechtes Pulverfass.

Er dachte an die Bruderschaft. Er wäre ein guter Kandidat dafür gewesen, wenn sie ihn vor seiner Transition rekrutiert hätten ... Aber wer zum Teufel wusste heutzutage schon noch, was sie machten? Sie waren in den Untergrund gegangen, während die zivile Gesellschaft zerbröckelt war. Nun waren die Brüder ein geheimer Bund, der mehr sich selbst schützte als die Rasse, die sie zu verteidigen geschworen hatten.

Wenn sie sich mehr auf ihren Job als auf sich selbst konzentrieren würden, hätten sie Bellas Entführung vielleicht verhindern können. Oder sie schneller gefunden.

Wieder flammte seine Wut auf, und er wanderte ziellos durch das Haus, sah aus Fenstern und Türen, überprüfte Monitore. Schließlich befand er, dass die planlose Warterei Unsinn war. Er würde nur den Verstand verlieren, wenn er die ganze Nacht hierblieb, und er hatte Dinge in der Stadt zu erledigen. Wenn er die Alarmanlage aktivierte, und sie ausgelöst wurde, dann konnte er sich in einem Atemzug hierher dematerialisieren.

Als er in sein Zimmer kam, ging er zum Schrank und blieb kurz vor dem Tresor stehen. Ohne Medikamente zur Arbeit zu gehen, kam nicht infrage, selbst wenn das bedeutete, er müsste eine Waffe benutzen, statt dem *Lesser* mit bloßen Händen zu begegnen. Falls der Scheißkerl sich doch noch blicken lassen sollte.

Also nahm Rehv eine Ampulle Dopamin sowie Spritze und Aderpresse heraus. Während er die Spritze aufzog und den Gummischlauch um den Oberarm schlang, starrte er die klare Flüssigkeit an, die er sich gleich in die Vene pumpen würde. Havers hatte erwähnt, dass eine so hohe Dosis bei manchen Vampiren Paranoia als Nebenwirkung auslösen konnte. Und Rehv hatte die verschriebene Menge verdoppelt, seit … Jesus, seit Bella entführt worden war. Vielleicht verlor er allmählich den Verstand.

Doch dann fiel ihm wieder die Körpertemperatur dieses Wesens ein, das vor dem Tor gehalten hatte. Zehn Grad bedeutete: nicht lebendig. Zumindest nicht bei Menschen.

Er setzte sich die Spritze und wartete, bis er wieder klar sehen konnte. Dann zog er sich warm an, nahm den Stock und verließ das Haus.

Zsadist marschierte ins *ZeroSum,* während Phurys stille Sorge in seinem Rücken lauerte wie ein feuchter Nebel. Gut, dass er seinen Zwilling leicht ignorieren konnte, sonst hätte ihn all diese Verzweiflung bloß runtergezogen.

Schwach. Du bist viel zu schwach.

Na gut, dann würde er sich darum eben kümmern.

»Ich brauche zwanzig Minuten«, erklärte er Phury. »Dann treffen wir uns draußen in der Seitenstraße.«

Er verschwendete keine Zeit. Rasch suchte er sich eine menschliche Hure aus, die ihr Haar hochgesteckt trug, gab ihr zweihundert Dollar und schob sie aus dem Club. Sein Gesicht, seine Größe und seine Ruppigkeit schienen ihr egal zu sein. Ihre Augen flatterten willenlos herum, so high war sie.

Als sie auf der Straße standen, lachte sie zu laut.

»Wie hättest du's denn gern?«, fragte sie und vollführte ein Tänzchen in ihren halsbrecherisch hohen Stilettos. Sie stolperte, dann reckte sie die Arme über den Kopf und streckte sich in der Kälte. »Du siehst aus, als hättest du es gern auf die harte Tour. Ist mir auch recht.«

Wortlos drehte er sie mit dem Gesicht zur Hausmauer und packte sie im Nacken. Sie kicherte und tat, als würde sie sich wehren, deshalb hielt er sie fest. Er dachte an die zahllosen Menschenfrauen, an denen er über die Jahre getrunken hatte. Wie gründlich konnte er ihre Erinnerungen löschen? Wachten sie aus Alpträumen von ihm auf, wenn ihr Unterbewusstsein sich regte?

Schädling, dachte er. Er war ein Parasit. Genau wie die Herrin.

Der einzige Unterschied war, dass er keine Wahl hatte.

Oder doch? Er hätte heute Nacht Bella wählen können; sie hatte das gewollt. Aber wenn er sich an ihr nähren würde, dann würde es nur noch schwerer für sie beide werden, loszulassen. Und genau darauf lief es doch hinaus.

Sie wollte nicht, dass für sie Vergeltung geübt wurde. Er konnte nicht ruhen, solange dieser *Lesser* noch Platz auf der Erde einnahm …

Noch wichtiger war aber, dass er nicht zusehen konnte, wie Bella sich selbst zerstörte, indem sie den falschen Mann zu lieben versuchte. Er musste sie dazu bringen, sich von ihm abzuwenden. Er wollte, dass sie glücklich und sicher war, er wollte, dass sie tausend Jahre lang mit einem Lächeln auf den Lippen aufwachte. Er wollte, dass sie einen guten Partner an ihrer Seite hatte, einen, auf den sie stolz sein konnte.

Obwohl er sich an sie gebunden hatte, war es ihm wichtiger, dass sie Freude kannte, als sie für sich zu haben.

Die Prostituierte zappelte. »Machen wir es jetzt oder nicht, Daddy? Ich kann's nämlich kaum noch erwarten.«

Z fletschte die Fänge und legte den Kopf schräg, um zuzubeißen.

»Zsadist – *nein!*«

Beim Klang von Bellas Stimme wirbelte er herum. Sie stand mitten auf der Straße, etwa fünf Meter von ihm entfernt. In ihren Augen lag Entsetzen, der Mund stand offen.

»Nein«, sagte sie heiser. »Tu das nicht.«

Sein erster Impuls war, sie schleunigst zum Haus zurückzubringen und sie dann anzubrüllen, weil sie es verlassen hatte. Sein zweiter, dass das seine Chance war, das Band zwischen ihnen ein für alle Mal zu zerstören. Es wäre ein chirurgisches Manöver, das eine Menge Schmerz mit sich brachte, aber ihre Wunde würde abheilen. Selbst wenn es seine nicht täte.

Die Hure wandte den Kopf und lachte fröhlich und trillernd. »Will sie zuschauen? Das kostet nämlich einen Fünfziger extra.«

Bella legte die Hand an die Kehle, als Zsadist die Frau zwischen sich und der Mauer einklemmte. Der Schmerz in ihrer Brust war so stark, dass sie nicht atmen konnte. Ihn so nah bei einer anderen Frau zu sehen … einem Menschen, einer Prostituierten … und nur um sich zu nähren? Nach allem, was sie letzte Nacht erlebt hatten?

»Bitte«, sagte sie. »Nimm mich. Tu das nicht.«

Er drehte die Frau herum, so dass sie sich gegenüberstanden; dann umklammerte er die Brust der Hure mit einem Arm. Sie lachte und wand sich in der Umarmung, rieb sich an seinem Körper, ließ die Hüften geschmeidig kreisen.

Bella streckte die Hände in der eiskalten Luft nach ihm aus. »Ich liebe dich. Ich wollte dich nicht vor den Brüdern beleidigen. *Bitte* tu das nicht, um dich an mir zu rächen.«

Zsadist sah ihr direkt in die Augen. Kummer schimmerte in seinem Blick und bodenlose Verlassenheit, doch er fletschte die Fänge und … versenkte sie in den Hals der Frau. Bella schrie auf, als er schluckte; die Frau lachte wieder trällernd, wild.

Taumelnd stolperte Bella rückwärts. Immer noch ließ er sie nicht aus den Augen, selbst als er neu ansetzte und noch gieriger trank. Sie konnte keine Sekunde länger zuschauen und dematerialisierte sich an den einzigen Ort, der ihr einfiel.

Das Haus ihrer Familie.

14

»Der Reverend will dich sehen.«

Phury sah von dem Glas Mineralwasser auf, das er sich bestellt hatte. Ein Berg von einem Türsteher ragte über ihm auf, eine wortlose Drohung verströmend.

»Hat er einen bestimmten Grund genannt?«

»Du bist ein hochgeschätzter Kunde.«

»Dann sollte er mich in Ruhe lassen.«

»Ist das ein Nein?«

Phury zog eine Augenbraue hoch. »Genau, das ist ein Nein.«

Der Maure verschwand und kam mit Verstärkung zurück: Noch zwei Kerle in seinem Format. »Der Reverend will dich sehen.«

»Das sagtest du bereits.«

»Sofort.«

Der einzige Grund, warum Phury den Tisch verließ, war, dass das Trio ihn sonst wahrscheinlich weggetragen hätte. Er konnte das Aufsehen nicht gebrauchen, das er erregen würde, wenn er ihnen Manieren beibrachte.

Sobald er das Büro des Reverend betrat, wusste er, dass der Mann in einer gefährlichen Verfassung war. Nicht, dass das ungewöhnlich gewesen wäre.

»Lasst uns allein«, murmelte der Vampir hinter seinem Schreibtisch.

Der Raum leerte sich, und er lehnte sich in seinem Stuhl zurück, die violetten Augen hellwach. Sein Instinkt ließ Phury eine Hand locker hinter dem Rücken halten, wo er einen Dolch am Gürtel trug.

»Ich habe über unser letztes Treffen nachgedacht«, begann der Reverend, die langen Finger in spitzem Winkel aneinandergelegt. Das Deckenlicht betonte seine hohen Wangenknochen und den kantigen Kiefer, die schweren Schultern. Sein Irokese war frisch geschnitten, der schwarze Streifen nur mehr fünf Zentimeter lang. »Tja ... ich habe darüber nachgedacht, dass du mein kleines Geheimnis kennst. Ich fühle mich schutzlos.«

Phury schwieg weiter, er fragte sich, worauf das Gespräch hinauslaufen sollte.

Nun schob der Reverend seinen Stuhl zurück und legte den Knöchel auf das Knie. Sein teures Jackett gab den Blick auf die breite Brust darunter frei. »Du kannst dir sicher vorstellen, wie ich mich fühle. Wie mich das umtreibt.«

»Versuch's mal mit Ambien. Das schießt dich weg.«

»Oder ich könnte mir einen Haufen roten Rauch anstecken. So wie du, stimmt's?« Er fuhr sich mit der Hand über den Irokesenschnitt, die Lippen verzogen sich zu einem höhnischen Grinsen. »Ich fühle mich einfach nicht sicher.«

Was für eine dreiste Lüge. Der Kerl umgab sich mit seinen Mauren, die ebenso schlau wie tödlich waren. Und er war definitiv jemand, der sich behaupten konnte. Außerdem hatten Symphathen in Konfliktsituationen Vorteile, die niemand sonst hatte.

Das Lächeln des Reverend verschwand. »Ich dachte mir, du könntest mir dein Geheimnis gestehen. Dann wären wir quitt.«

»Ich habe keins.«

»Blödsinn ... *Bruder.*« Die Mundwinkel des Reverend verzogen sich wieder nach oben, doch seine Augen waren kalt. »Denn du *bist* ein Mitglied der Bruderschaft. Du und diese großen Kerle, mit denen du hierherkommst. Der mit dem Ziegenbärtchen, der meinen Wodka trinkt. Und der Typ mit dem kaputten Gesicht, der meine Huren aussaugt. Was es mit dem Menschen auf sich hat, den du da im Schlepptau hast, ist mir schleierhaft, aber irgendwie gehört er auch zu der ganzen Sache.«

Durchdringend sah Phury ihm in die Augen. »Du hast gerade jede gesellschaftliche Regel verletzt, die unsere Spezies besitzt. Aber was soll man auch von einem Drogendealer anderes erwarten?«

»Und Leute, die Drogen nehmen, lügen immer. Insofern war meine Frage zwecklos.«

»Sieh dich bloß vor, Mann«, warnte Phury leise.

»Oder was? Willst du mir sagen, du bist ein Bruder, und ich soll mich besser warm anziehen, bevor du mir noch wehtust?«

»Gesundheit sollte man nie für selbstverständlich halten.«

»Warum gibst du es nicht einfach zu? Oder habt ihr Brüder Angst, dass das Volk, das ihr im Stich lasst, gegen euch rebellieren könnte? Versteckt ihr euch vor uns, weil ihr in letzter Zeit so kläglich versagt habt?«

Phury wandte sich ab. »Keine Ahnung, warum du mir das alles erzählst.«

»Was den roten Rauch angeht.« Die Stimme des Reverend klang messerscharf. »Der ist mir gerade ausgegangen.«

Eine leichte Beunruhigung legte sich auf Phurys Brust. Er blickte über die Schulter. »Es gibt noch andere Dealer.«

»Viel Spaß beim Suchen.«

Phury legte die Hand auf den Türgriff. Als der sich nicht bewegen ließ, warf er einen Blick zurück. Der Reverend beobachtete ihn, regungslos wie eine Katze. Und hielt ihn mit seinem Willen hier im Büro gefangen.

Also verstärkte Phury seinen Griff und zog das Messingstück einfach ab. Die Tür schwang auf, und er warf dem Reverend die Klinke auf den Schreibtisch.

»Das wirst du wohl reparieren müssen.«

Er kam zwei Schritte weit, bevor ihn eine Hand am Arm packte. Das Gesicht des Reverend war hart wie Stein, genau wie sein Griff. Mit einem violetten Augenblinzeln loderte etwas zwischen ihnen auf, eine Art Austausch … eine Strömung …

Aus dem Nichts heraus empfand Phury eine überwältigende Woge von Schuldgefühlen, als hätte jemand den Deckel von all seinen tiefsten Sorgen und Ängsten, was die Zukunft der Rasse betraf, gezogen. Er musste reagieren, konnte den Druck nicht aushalten.

Ohne so recht zu wissen, wie ihm geschah, sprudelte es aus ihm hervor: »Wir leben und sterben für unser Volk. Die Spezies ist unser oberstes und einziges Anliegen. Wir kämpfen jede Nacht und zählen die Kanopen der *Lesser,* die wir töten. Durch List beschützen wir die Unseren. Je weniger sie über uns wissen, desto sicherer sind sie. Deshalb leben wir im Verborgenen.«

Sobald die Worte heraus waren, fluchte er.

Verflucht noch mal, einem Symphathen konnte man nie

trauen, dachte er. Beziehungsweise den Gefühlen, die man in ihrer Gegenwart hatte.

»Lass mich los, Sündenfresser«, presste er zwischen zusammengebissenen Zähnen durch. »Und halt dich gefälligst aus meinem Kopf raus.«

Der harte Griff lockerte sich, und der Reverend deutete eine Verbeugung an, eine Geste des Respekts, die schockierend war. »Wer hätte das gedacht, Krieger. Gerade ist eine Schiffsladung roter Rauch eingetroffen.«

Der Vampir schritt an ihm vorbei und verschwand langsam in der Menge, sein Irokesenschnitt, die massigen Schultern, die Aura verloren sich zwischen den Menschen, deren Süchte er fütterte.

Bella nahm vor dem Haus ihrer Familie Gestalt an. Das Außenlicht brannte nicht, was seltsam war, aber sie weinte, also hätte sie sowieso nicht viel gesehen. Sie schloss auf, stellte die Alarmanlage ab und stand im Foyer.

Wie konnte Zsadist ihr das antun? Er hätte ebenso gut vor ihren Augen Sex haben können, das hätte ihr keinen größeren Schmerz zugefügt. Sie hatte ja immer gewusst, dass er grausam sein konnte, aber das ging einfach zu weit, selbst für ihn …

Allerdings konnte das keine Revanche für ihren Affront sein. Nein, das wäre zu kleinlich. Sie vermutete eher, dass es ein demonstrativer Bruch sein sollte. Er wollte ihr eine Botschaft zukommen lassen, eine unmissverständliche Erklärung, dass Bella in seinem Leben nicht erwünscht war.

Das hatte funktioniert.

Entmutigt, geschlagen sah sie sich in der Eingangshalle um. Alles war beim Alten. Die blaue Seidentapete, der schwarze Marmorfußboden, der glitzernde Kronleuchter über ihrem Kopf. Es war wie eine Zeitreise. In diesem

Haus war sie aufgewachsen, als letztes Kind, das ihre Mutter je gebären würde, als verhätschelte Schwester eines liebevollen Bruders, als Tochter eines Vaters, den sie nie gekannt hatte …

Moment mal. Es war ruhig. Viel zu ruhig.

»*Mahmen?* Lahni?« Stille. Sie wischte sich die Tränen ab. »Lahni?«

Wo waren die *Doggen?* Und ihre Mutter? Sie wusste, dass Rehv unterwegs war und das tat, was auch immer er nachts tat. Aber die anderen waren sonst immer zu Hause.

Bella ging zu der gewundenen Treppe und rief laut: »*Mahmen?*«

Dann rannte sie hoch zum Schlafzimmer ihrer Mutter. Die Decke war zurückgeworfen, das Laken zerknüllt … so etwas würden die *Doggen* normalerweise niemals zulassen. Erschrocken ging sie weiter zu Rehvenges Zimmer. Sein Bett war ebenfalls nicht gemacht, das teure Leinen und die Pelzdecken, die er immer benutzte, zur Seite geschleudert. Die Unordnung war unerhört.

Das Haus war nicht sicher. Deshalb hatte Rehv darauf bestanden, dass sie bei der Bruderschaft blieb.

Hastig lief Bella aus dem Zimmer und die Treppe hinunter. Sie konnte sich nur draußen dematerialisieren, weil die Wände des Hauses mit Stahl ausgekleidet waren.

Sie rannte durch die Eingangstür hinaus und … wusste nicht, wohin. Nicht einmal sie kannte die Adresse des Unterschlupfes ihres Bruders, und genau dort hätte er *Mahmen* und die *Doggen* hingebracht. Auf keinen Fall würde sie sich damit aufhalten, ihn vom Haus aus anzurufen.

Sie hatte keine andere Wahl. Sie war todunglücklich, sie war wütend, sie war erschöpft, und die Vorstellung, zum Haus der Bruderschaft zurückzukehren, machte alles nur noch schlimmer. Doch lebensmüde war sie auch nicht. Also schloss sie die Augen und kehrte zum großen Haus der Bruderschaft zurück.

Zsadist beeilte sich mit der Hure, dann konzentrierte er sich auf Bella. Da sein Blut in ihr floss, konnte er spüren, wie sie sich irgendwo südöstlich von ihm materialisierte. Er peilte ihre Position in der Gegend der Bellman Road und Thorne Avenue: eine sehr noble Gegend. Offenbar wollte sie nach Hause.

Sofort schrillten all seine Alarmglocken. Dieser Anruf ihres Bruders war zu merkwürdig gewesen. Irgendetwas ging dort vor sich. Warum sonst sollte der Kerl sie plötzlich in der Obhut der Bruderschaft lassen, nachdem er vorher noch eine Bannung über sie verhängen wollte?

Er wollte ihr schon hinterher, da fühlte er eine neuerliche Bewegung von ihr. Dieses Mal landete sie vor dem Haus der Bruderschaft. Und dort blieb sie auch.

Gott sei Dank. Für den Augenblick brauchte er sich keine Sorgen um ihre Sicherheit zu machen.

Unvermittelt ging die Seitentür des Clubs auf, und Phury kam mit merklich schlechter Laune heraus. »Fertig?«

»Ja.«

»Dann solltest du nach Hause gehen und darauf warten, dass die Kraft wirkt.«

»Hat sie schon.« *Gewissermaßen.*

»Z …«

Phury brach ab und beide drehten urplötzlich die Köpfe herum. Dort, wo die kleine Seitenstraße auf die Trade Street traf, liefen drei weißhaarige, schwarz gekleidete Männer hintereinander vorbei. Der Blick der *Lesser* war nach vorn gerichtet, als hätten sie ein Ziel ausgemacht und rückten ihm jetzt zu Leibe.

Ohne ein Wort rannten Z und Phury los, leichtfüßig durchquerten sie den frischen Schnee. Als sie auf der Trade Street ankamen, stellte sich heraus, dass die Jäger kein Opfer gefunden hatten, sondern sich mit einem weiteren Trupp ihrer eigenen Art zusammentaten – von denen zwei braunes Haar hatten.

Z legte die Hand um einen seiner Dolche und konzentrierte sich auf die beiden Dunkelhaarigen. *Gütige Jungfrau im Schleier, hoffentlich war einer von ihnen der, den er suchte.*

»Halt, Z«, zischte Phury und zog sein Handy heraus. »Du wartest hier, und ich hole Verstärkung.«

»Wie wäre es, wenn du telefonierst« – er zog den Dolch – »und ich in der Zeit schon mal einen erledige.«

Damit rannte Z los, die Klinge unauffällig an den Oberschenkel gepresst, denn in dieser Gegend waren viele Menschen unterwegs.

Die *Lesser* entdeckten ihn sofort und gingen in Angriffsposition, die Knie gebeugt, die Arme erhoben. Um die Bastarde zusammenzutreiben, trabte er in einem großen Kreis um sie herum. Und sie gingen mit, drehten sich, formierten sich zu einem Dreieck, dessen Spitze auf ihn gerichtet war. Als er in den Schatten zurückwich, folgten sie ihm als Einheit.

Sobald die Dunkelheit sie allesamt verschluckt hatte, hob Zsadist seinen schwarzen Dolch hoch über den Kopf, fletschte die Zähne und griff an. Er betete, dass er nach diesem blutigen Reigen entdecken würde, dass einer der beiden dunkelhaarigen *Lesser* einen weißen Ansatz am Kopf hatte.

15

Der Morgen graute gerade, als U bei der Blockhütte ankam und die Tür öffnete. Er verlangsamte seinen Schritt, als er eintrat, er wollte diesen Moment genießen. Das Hauptquartier gehört ihm. Er war Haupt-*Lesser* geworden. Os Zeit war vorbei.

U konnte nicht fassen, dass er es wirklich getan hatte. Er konnte nicht fassen, dass er den Schneid gehabt hatte, Omega um einen Führungswechsel zu ersuchen. Und was er wirklich nicht fassen konnte, war, dass der Meister ihm zugestimmt und O nach Hause gerufen hatte.

Autorität lag nicht wirklich in Us Wesen, doch er hatte einfach keine Wahl gehabt. Nach allem, was gestern mit den aufsässigen Betas und den Verhaftungen und dem Aufruhr los gewesen war, drohte die totale Anarchie unter den Vampirjägern. O jedoch kümmerte sich einen Scheiß um das alles. Er wirkte sogar noch genervt, dass er dafür zuständig sein sollte.

U hatte mit dem Rücken zur Wand gestanden. Seit

fast zwei Jahrhunderten war er bei der Gesellschaft, und er würde auf keinen Fall tatenlos zusehen, wie die *Lesser* zu einem lockeren Bündnis von schlampigen, unorganisierten Auftragskillern verkamen, die gelegentlich mal einem Vampir nachjagten. Um Himmels willen, sie vergaßen ja jetzt bereits, wer ihr eigentlicher Gegner war. Und seit drei vollen Tagen ließ O alles schleifen.

Nein, die Gesellschaft musste in der diesseitigen Welt mit einer harten, wachsamen Hand geleitet werden. Also hatte O ersetzt werden müssen.

Nun ließ U sich an dem unbehandelten Tisch nieder und fuhr den Laptop hoch. Als Erstes musste eine allgemeine Versammlung einberufen werden, um Stärke zu demonstrieren. Das war das Einzige gewesen, was O richtig gemacht hatte. Die anderen *Lesser* fürchteten ihn.

U rief eine Liste aller Betas auf, um sich einen auszusuchen, an dem er ein Exempel statuieren konnte. Doch er kam nicht weit, denn eine sehr schlechte Nachricht blitzte im Posteingang auf. Vergangene Nacht hatte es eine Auseinandersetzung in der Innenstadt gegeben. Zwei Mitglieder der Bruderschaft gegen sieben Jäger. Doch nur einer der *Lesser* hatte überlebt, also hatten sie erneut Kämpfer verloren.

Die Rekrutierung neuer Mitglieder war von allerhöchster Priorität. Aber wie zum Teufel sollte er die Zeit dazu finden? Zuerst musste er die Zügel anziehen.

U rieb sich die Augen und dachte an all die Arbeit, die vor ihm lag.

Herzlichen Glückwunsch zur Beförderung, dachte er und begann, eine Nummer in sein Handy zu tippen.

Bella funkelte Rhage von unten wütend an, nicht im Geringsten davon beeindruckt, dass er zwanzig Zentimeter größer und siebzig Kilo schwerer war als sie selbst.

Dummerweise schien es den Bruder kein bisschen zu stören, dass sie so sauer war. Und er wich nicht einen Millimeter von der Tür weg, die er blockierte.

»Aber ich will ihn sehen.«

»Jetzt ist nicht der beste Moment, Bella.«

»Wie ernstlich ist er verletzt?«

»Das ist Sache der Bruderschaft«, redete Butch sanft auf sie ein. »Lass es. Wir halten dich auf dem Laufenden.«

»Na klar tut ihr das. Genau wie ihr mit erzählt habt, dass er verletzt ist. Verflucht, ich musste es von Fritz erfahren.«

In diesem Augenblick schwang die Tür auf.

Zsadists Gesichtsausdruck war düsterer als je zuvor, und er war schlimm zugerichtet. Ein Auge war zugeschwollen, die Lippe aufgeplatzt, ein Arm in einer Schlinge. Kleinere Wunden übersäten seinen Hals und die Kopfhaut, als hätte er eine Rutschpartie auf Kies unternommen.

Als sie zusammenzuckte, sah er sie an. Seine Augen wandelten sich blitzend von Schwarz zu Gelb, doch dann wandte er sich einfach an Rhage und sprach schnell.

»Phury schläft endlich.« Er nickte in Bellas Richtung. »Wenn sie gekommen ist, um bei ihm zu sitzen, dann lass sie ruhig. Ihre Anwesenheit wird ihm guttun.«

Damit wandte er sich ab. Als er den Flur hinunter ging, humpelte er, das linke Bein schleifte hinterher, als hätte er keine Kraft im Oberschenkel.

Fluchend lief Bella ihm nach, obwohl sie selbst nicht sagen konnte, warum sie sich die Mühe machte. Er würde nichts von ihr annehmen, nicht ihr Blut, nicht ihre Liebe … und sicher nicht ihr Mitgefühl. Er wollte absolut nichts von ihr.

Außer, dass sie ihn in Ruhe ließ, natürlich.

Bevor sie ihn einholen konnte, blieb Zsadist abrupt stehen und drehte sich um. »Wenn Phury sich nähren muss, wirst du ihn dann an deine Vene lassen?«

Sie erstarrte. Nicht nur trank er von einer anderen, es war auch kein Problem für ihn, sie mit seinem Zwillingsbruder zu teilen. Keine große Sache, nichts Besonderes. War es denn so leicht, auf sie zu verzichten? Hatte ihm ihre gemeinsame Zeit überhaupt nichts bedeutet?

»Wirst du ihn lassen?« Zsadists jetzt wieder gelbe Augen verengten sich. »Bella?«

»Ja«, entgegnete sie leise. »Ich werde mich um ihn kümmern.«

»Danke.«

»Ich verachte dich.«

»Das wird auch Zeit.«

Wortlos drehte sie sich auf dem Absatz um und wollte zu Phurys Zimmer zurückgehen, als sie ihn sanft fragen hörte: »Hast du schon geblutet?«

Na großartig, noch einen draufgesetzt. Er wollte wissen, ob er sie geschwängert hatte. Zweifelsohne wäre er erleichtert, wenn er die gute Nachricht bekam, dass das nicht der Fall war.

Sie blitzte ihn über die Schulter an. »Ich hatte schon Krämpfe. Du musst dir keine Sorgen machen.«

Er nickte.

»Sag mir nur eins. Wenn ich guter Hoffnung wäre, würdest du dich mit mir vereinigen?«

»Ich würde für dich und dein Baby sorgen, bis ein anderer Mann käme.«

»Mein Baby … so, als wäre es nicht auch deines?« Als er nicht antwortete, musste sie deutlicher werden. »Würdest du es nicht einmal anerkennen?«

Seine einzige Reaktion war, die Arme vor der Brust zu verschränken.

Fassungslos schüttelte sie den Kopf. »Du bist wirklich durch und durch eiskalt.«

Er sah sie lange an. »Ich habe dich nie um etwas gebeten, oder?«

»O nein. Das hast du nie.« Sie stieß ein hartes Lachen aus. »Gott bewahre, dass du dich so weit öffnest.«

»Bitte kümmere dich um Phury. Er braucht es. Und du auch.«

»Wage es nicht, mir zu sagen, was ich brauche.«

Sie wartete nicht auf eine Antwort, sondern marschierte den Flur hinunter zu Phurys Tür, schob Rhage aus dem Weg und ging zu Zsadists Zwillingsbruder. Sie war so stinksauer, dass es eine Sekunde dauerte, bis sie merkte, dass es ganz dunkel im Zimmer war und nach rotem Rauch roch, ein angenehm schokoladiger Duft.

»Wer ist da?«, krächzte Phury vom Bett aus.

Sie räusperte sich. »Bella.«

Ein röchelndes Seufzen war zu hören. »Hallo.«

»Hallo. Wie fühlst du dich?«

»Einfach riesig, danke der Nachfrage.«

Sie lächelte, bis sie näher kam. Da sie in der Dunkelheit gut sehen konnte, machte sie ihn auf der Decke liegend, nur mit Boxershorts bekleidet aus. Um den Oberkörper herum hatte er einen Mullverband, und der ganze Körper war von Prellungen übersät. Und – *o mein Gott* – sein Bein …

»Keine Sorge«, meinte er trocken. »Die Fuß-Schienenbein-Kombi habe ich schon seit über einem Jahrhundert nicht mehr. Und ich bin wirklich okay. Der Schaden ist rein äußerlich.«

»Und warum hast du dann diese weiße Schärpe umgewickelt?«

»Macht optisch einen kleineren Hintern.«

Sie lachte. Eigentlich hatte sie damit gerechnet, dass er halb tot wäre, jedenfalls sah er so aus, als hätte er einen höllischen Kampf hinter sich. Aber er stand nicht an der Schwelle des Todes.

»Was ist mit dir passiert?«, fragte sie.

»Ich wurde in der Seite getroffen.«

»Womit?«

»Einem Messer.«

Jetzt schwankte sie aber doch leicht. Vielleicht sah es nur so aus, als wäre er in Ordnung.

»Ehrlich, Bella, mir geht es gut. In sechs Stunden bin ich wieder auf den Beinen.« Ein kurzes Schweigen entstand. »Was ist los? Alles okay bei dir?«

»Ich wollte nur sehen, wie es dir geht.«

»Na dann ... es geht mir gut.«

»Und, äh ... musst du dich nähren?«

Er wurde starr, dann griff er unvermittelt nach der Decke und zog sie über die Hüften hoch. Sie fragte sich, warum er sich so benahm, als hätte er etwas zu verbergen ... *Ach so. Wow.*

Zum ersten Mal nahm sie ihn als Mann wahr. Er war wirklich schön, mit all dem wunderbaren, üppigen Haar und diesen klassisch attraktiven Gesichtszügen. Und sein Körper war der Hammer, gepolstert mit der Sorte von schweren Muskeln, die seinem Zwillingsbruder fehlte. Doch egal wie gut er aussah, er war nicht der Richtige für sie.

Es war ein Jammer, dachte sie. Für sie beide. Wie sie es hasste, ihm wehzutun.

»Bietest du dich an?«

Sie schluckte. »Ja. Das tue ich. Also würdest du ... Darf ich dir meine Vene geben?«

Ein dunkler Geruch durchdrang den Raum, so intensiv, dass er das Aroma des roten Rauchs verdeckte: Der dicke, satte Duft männlichen Hungers. Phurys Hunger nach ihr.

Bella schloss die Augen und betete, dass sie es durchstehen würde, ohne zu weinen.

Später am Tag, als die Sonne unterging, starrte Rehvenge den Trauerflor an, der am Porträt seiner Schwester befestigt war. Sein Handy klingelte.

Er prüfte die Nummer des Anrufers und klappte es auf.

»Hallo, Bella«, sagte er sanft.

»Woher wusstest du …«

»Dass du es bist? Unbekannter Teilnehmer. Sehr unbekannt, wenn dieses Telefon den Anrufer nicht aufspüren kann.« Zumindest war sie noch in Sicherheit bei den Brüdern, dachte er. Wo auch immer das sein mochte. »Ich bin froh, dass du anrufst.«

»Ich war letzte Nacht zu Hause.«

Rehvs Hand zerquetschte beinahe den Hörer. »Letzte Nacht? Was sollte das denn? Ich wollte nicht, dass du …«

Plötzlich drang Schluchzen durch den Hörer, heftiges, jämmerliches Schluchzen. Der Kummer raubte ihm die Worte, die Wut, den Atem.

»Bella? Was ist denn, Bella? Bella!« *Um Gottes willen.* *»Hat einer von diesen Brüdern dir wehgetan?«*

»Nein.« Sie holte tief Luft. »Und schrei mich nicht an. Das kann ich nicht ertragen. Ich habe dich und dein Schreien satt. Ein für alle Mal.«

Mühsam atmete er ein, bezwang seine Wut. »Was ist passiert?«

»Wann kann ich nach Hause kommen?«

»Sprich mit mir.«

Stille dehnte sich zwischen ihnen aus. Es war offensichtlich, dass seine Schwester ihm nicht mehr vertraute. *Ach Mist* ... Konnte er ihr das verdenken?

»Bella, bitte. Es tut mir alles so leid. Aber sprich mit mir.« Als keine Reaktion kam, sagte er: »Habe ich ...« Er musste sich räuspern. »Habe ich zwischen uns alles zerstört?«

»Wann kann ich nach Hause kommen?«

»Bella ...«

»Beantworte meine Frage, Bruder.«

»Ich weiß es nicht.«

»Dann will ich dorthin, wo *Mahmen* ist.«

»Das geht nicht. Ich habe dir schon vor langer Zeit erklärt, dass ich dich und *Mahmen* nicht am selben Ort wissen möchte, wenn es Schwierigkeiten gibt. Warum willst du denn unbedingt dort weg? Noch gestern wolltest du an keinem anderen Ort der Welt sein.«

Lange Zeit gab sie keine Antwort. »Ich hatte meine Triebigkeit.«

Rehv spürte, wie alle Luft seine Lungen verließ. Er schloss die Augen. »Warst du mit einem von ihnen zusammen?«

»Ja.«

Sich hinzusetzen, war eine verdammt gute Idee in diesem Moment, aber kein Stuhl stand nah genug. Er stützte sich auf seinen Stock und ließ sich auf die Knie herunter. Auf den Aubusson-Teppich, direkt vor ihrem Porträt. »Geht es dir gut?«

»Ja.«

»Und jetzt beansprucht er dich für sich.«

»Nein.«

»Wie bitte?«

»Er will mich nicht.«

Rehv fletschte die Fänge. »Bist du schwanger?«

»Nein.«

Gott sei Dank. »Wer war es?«

»Das würde ich dir nicht mal sagen, wenn mein Leben davon abhinge, Rehv. Und jetzt will ich hier weg.«

Du liebe Güte, sie war in ihrer Triebigkeit in einem Haus voller Männer gewesen … voller heißblütiger Krieger. Und zu allem Überfluss war auch noch der Blinde König darunter.

»Bella, bitte sag mir, dass es nur einer war, der dir gedient hat. Sag mir, dass es nur einer war, und er dir nicht wehgetan hat.«

»Warum? Weil du Angst hast, eine Schlampe zur Schwester zu haben? Hast du Angst, dass die *Glymera* mich wieder ausstoßen könnte?«

»Scheiß auf die *Glymera.* Ich frage das, weil ich dich liebe, und weil ich den Gedanken nicht ertragen kann, dass die Bruderschaft dich benutzt hat, als du so verletzlich warst.«

Sie reagierte nicht gleich. Während er ungeduldig auf eine Antwort wartete, brannte sein Hals so heftig, als hätte er eine Schachtel Reißnägel verschluckt.

»Es war nur einer, und ich liebe ihn«, sagte sie endlich. »Du kannst ruhig wissen, dass er mir die Wahl gelassen hat zwischen sich und einer Spritze mit Morphium. Ich habe ihn genommen. Aber seinen Namen werde ich dir niemals sagen. Um ehrlich zu sein, möchte ich überhaupt nie wieder von ihm sprechen. Also, wann kann ich nach Hause kommen?«

Okay. Das war schon mal gut. Zumindest konnte er sie von dort wegholen.

»Lass mich einen sicheren Platz für dich suchen. Ruf mich in einer halben Stunde noch mal an.«

»Warte noch, Rehvenge, ich möchte, dass du das Bannungsgesuch zurücknimmst. Wenn du das tust, werde ich mich jedes Mal freiwillig einer Sicherheitsmaßnahme unterwerfen, bevor ich ausgehe, falls du dich dann besser fühlst. Ist das ein faires Angebot?«

Er legte die Hand über die Augen.

»Rehvenge? Du behauptest, dass du mich liebst. Dann beweise es. Nimm das Gesuch zurück, und ich verspreche, mit dir zu kooperieren. … Rehvenge?«

Er ließ den Arm sinken und betrachtete das Porträt über sich an der Wand. So schön, so rein. So würde er sie immer bewahren, wenn er nur könnte. Doch sie war kein Kind mehr. Und sie erwies sich als viel robuster und stärker, als er sie sich jemals vorgestellt hatte. Das zu erleben, was sie durchmachen musste, am Leben zu bleiben …

»In Ordnung. Ich nehme es zurück.«

»Und ich rufe dich in einer halben Stunde an.«

16

Die Dämmerung senkte sich herab, und das Licht schwand aus der Blockhütte. U hatte sich den ganzen Tag nicht vom Computer wegbewegt. Zwischen E-Mails und Telefonaten hatte er die verbliebenen achtundzwanzig Vampirjäger Caldwells ausfindig gemacht und eine Generalversammlung für Mitternacht anberaumt. In diesem Rahmen würde er sie neu in Eskadrone einteilen und eine fünfköpfige Spezialeinheit ernennen, die für die Rekrutierung neuer Mitglieder zuständig war.

Im Anschluss an das heute Treffen würde er nur zwei Beta-Einheiten in die Stadt schicken. Zivile Vampire trieben sich nicht mehr so stark in den Bars herum, da zu viele in dieser Gegend schon entführt worden waren. Es wurde Zeit, den Fokus zu verschieben.

Nach einiger Überlegung beschloss er, den Rest seiner Männer in die Wohngebiete zu schicken. Vampire waren nachtaktiv. Im Prinzip musste man sie nur zwischen den Menschen in ihren Häusern aufspüren.

»Du bist so ein kleiner Scheißer.«

U sprang von seinem Stuhl auf.

Nackt stand O im Türrahmen. Seine Brust war von Krallenspuren übersät, als hätte ihn etwas sehr fest gehalten, und sein Gesicht war geschwollen, die Haare völlig zerzaust. Er sah aus, als hätte man ihn hart angefasst. Und er war stinksauer.

Als er die Tür krachend zuschlug, stellte U fest, dass er sich nicht rühren konnte: Keiner seiner Muskeln gehorchte. Mehr brauchte er nicht zu wissen. Es war klar, wer jetzt Haupt-*Lesser* war. Nur der oberste Vampirjäger hatte diese körperliche Macht über seine Untergebenen.

»Du hast zwei entscheidende Dinge vergessen.« Im Vorbeigehen zog O ein Messer aus einem Halfter an der Wand. »Erstens ist Omega sehr wankelmütig. Und zweitens hat er eine persönliche Vorliebe für mich. Es hat nicht besonders lange gedauert, mich in den Schoß der Familie zurückzuarbeiten.«

Als das Messer auf ihn zusauste, wehrte sich U. Er fuchtelte mit den Armen, versuchte wegzulaufen, wollte schreien.

»Dann sag mal schön Gute Nacht, U. Und grüß Omega von mir, wenn du ihn siehst. Er wartet schon auf dich.«

Sechs Uhr. Gleich musste sie los.

Bella sah sich in dem Gästezimmer um, in dem sie wartete. Sie hatte alles gepackt, was sie dabeigehabt hatte. Viel war es ohnehin nicht gewesen, und sie hatte ihre Sachen schon in der vergangenen Nacht aus Zsadists Zimmer geholt. Das meiste Zeug hatte sie noch gar nicht aus der Tasche ausgepackt.

Fritz konnte jeden Augenblick kommen, um ihre Sachen abzuholen und zu Havers und Marissa zu fahren.

Gott sei Dank war das Geschwisterpaar bereit, Rehvenge einen Gefallen zu tun und Bella bei sich aufzunehmen. Ihr Haus und die Klinik waren eine richtige Festung. Sogar Rehv stellte der dortige Sicherheitsstandard zufrieden.

Um halb sieben würde sie sich dann dorthin dematerialisieren und sich dann mit Rehvenge treffen.

Zwanghaft ging sie noch einmal ins Badezimmer und sah hinter dem Duschvorhang nach, ob sie auch nicht ihr Shampoo vergessen hatte. Nichts mehr da. Und im Schlafzimmer lag auch nichts mehr von ihr. Im ganzen Haus nicht. Wenn sie ging, würde nichts daran erinnern, dass sie je hier gewesen war. Niemand würde …

Ach du meine Güte. Hör schon auf damit, dachte sie.

Es klopfte an der Tür, und sie öffnete. »Hallo, Fritz, meine Tasche ist dort auf …«

Zsadist stand im Flur, gerüstet für den Kampf. Mit Lederklamotten, Pistolen, Messern.

Sie schrak zurück. »Was machst du denn hier?«

Ohne ein Wort kam er herein. Und er sah wirklich aus, als wollte er sich jeden Moment auf etwas stürzen.

»Ich brauche keinen bewaffneten Geleitschutz«, sagte Bella bemüht locker. »Ich meine, falls es darum geht. Ich werde mich in die Klinik dematerialisieren, und dort ist es vollkommen sicher.«

Zsadist sagte immer noch kein Wort. Starrte sie nur an, pure Energie und männliche Kraft.

»Bist du hier, um mich einzuschüchtern?«, fauchte sie schließlich. »Oder gibt es einen vernünftigen Grund?«

Als er die Tür hinter sich zuzog, begann ihr Herz zu hämmern. Besonders, als sie das Schloss einrasten hörte.

Sie wich zurück, bis sie ans Bett stieß. »Was willst du, Zsadist?«

Er kam auf sie zu wie ein Jäger auf seine Beute, die

gelben Augen starr auf sie gerichtet. Sein Körper stand von Kopf bis Fuß unter Spannung, und plötzlich brauchte man kein Genie zu sein um zu kapieren, auf was er aus war.

»Sag bloß nicht, dass du hier bist, um bei mir zu liegen.«

»Gut, dann sage ich es nicht.« Seine Stimme war ein einziges tiefes Schnurren.

Sie streckte die Hand aus. Als würde das einen Unterschied machen. Wenn er wollte, konnte er sie nehmen, egal, ob sie ja oder nein sagte. Wobei ... sie ihn nicht abweisen würde, Idiotin, die sie war. Selbst nach all dem Mist, den er abgezogen hatte, wollte sie ihn immer noch. *Verflucht.*

»Ich werde keinen Sex mit dir haben.«

»Ich bin nicht meinetwegen hier.« Er kam näher.

O Gott. Sein Duft ... sein Körper ... so nah. Sie war ja *so* was von blöd.

»Geh weg von mir. Ich will dich nicht mehr.«

»Doch, du willst mich. Ich kann es riechen.« Er streckte die Hand aus und berührte ihren Hals, strich ihr mit dem Zeigefinger über den Ansatz. »Und ich kann es in dieser Vene pochen fühlen.«

»Ich werde dich hassen, wenn du das tust.«

»Du hasst mich doch jetzt schon.«

Wenn das nur stimmen würde ... »Zsadist, ich werde auf keinen Fall bei dir liegen.«

Er beugte sich zu ihr herunter, so dass sein Mund direkt neben ihrem Ohr war. »Darum bitte ich dich nicht.«

»Was willst du dann?« Sie drückte gegen seine Schulter. Ohne Erfolg. »Verdammt, warum tust du das?«

»Weil ich gerade aus dem Zimmer meines Zwillingsbruders komme.«

»Wie bitte?«

»Du hast ihn nicht von dir trinken lassen.« Zsadists Mund strich über ihren Hals. Dann zog er den Kopf zurück und sah ihr in die Augen. »Du wirst ihn niemals akzeptieren, oder? Du wirst niemals mit Phury zusammen sein, egal, wie gut er zu dir passt – gesellschaftlich *und* persönlich.«

»Zsadist, um Himmels willen, lass mich einfach in Ruhe …«

»Du wirst meinen Zwilling nicht nehmen. Also kommst du niemals hierher zurück, oder?«

Keuchend atmete sie aus. »Nein, niemals.«

»Und genau deshalb musste ich herkommen.«

Wut kochte in ihr hoch und gesellte sich zu ihrem Verlangen nach ihm. »Ich kapier das einfach nicht. Du hast *jede* Gelegenheit genutzt, mich von dir wegzustoßen. Kannst du dich noch an die kleine Episode gestern Nacht in der Seitenstraße erinnern? Du hast von ihr getrunken, damit ich endlich gehe, oder? Es ging gar nicht um meine Bemerkung.«

»Bella …«

»Und dann wolltest du, dass ich mit deinem *Bruder* zusammen bin. Hör mal, ich weiß ja, dass du mich nicht liebst, aber du weißt sehr gut, wie ich für dich empfinde. Hast du auch nur eine blasse Vorstellung davon, wie das ist, wenn der Mann, den man liebt, den Vorschlag macht, einen anderen Mann zu *nähren?*«

Er ließ die Hand sinken. Trat zurück.

»Du hast recht.« Er rieb sich über das Gesicht. »Ich sollte nicht hier sein, aber ich konnte dich einfach nicht gehen lassen ohne … Irgendwo im Hinterkopf dachte ich immer, du würdest zurückkommen. Um mit Phury zusammen zu sein. Ich dachte immer, ich würde dich wiedersehen, selbst wenn es nur aus der Entfernung wäre.«

O, sie hatte das so satt. »Warum zum Henker spielt das eine Rolle für dich?«

Er schüttelte nur den Kopf und drehte sich zur Tür um. Was sie beinahe durchdrehen ließ.

»Antworte mir gefälligst! Warum kümmert es dich, ob ich jemals zurückkomme?«

Seine Hand lag schon auf dem Türgriff, als sie ihn anschrie: *»Warum kümmert es dich?«*

»Das tut es nicht.«

Sie stürzte quer durch den Raum, um ihn zu schlagen, zu zerkratzen, ihm wehzutun, so frustriert war sie. Doch er wirbelte herum, und statt ihn zu ohrfeigen, packte sie seinen Kopf und zog seinen Mund auf ihren. Blitzschnell umfassten seine Arme sie, hielten sie so fest, dass sie keine Luft bekam. Seine Zunge schoss in ihren Mund, er hob sie hoch und trug sie zum Bett.

Verzweifelter, wütender Sex war eine schlechte Idee. Eine sehr schlechte Idee.

Im Bruchteil einer Sekunde lagen sie verschlungen auf der Matratze. Er hatte ihr die Jeans heruntergerissen und wollte gerade die Unterhose durchbeißen, als ein Klopfen an der Tür ertönte.

Fritz' Stimme drang durch das Holz, angenehm und ehrerbietig. »Madam, wenn Eure Taschen gepackt wären ...«

»Nicht jetzt, Fritz«, sagte Zsadist mit kehliger Stimme. Er entblößte die Fänge, zerfetzte die Seide zwischen ihren Oberschenkeln und leckte über ihr Zentrum.

Noch einmal fuhr er mit der Zunge über die Stelle und stöhnte dabei. Sie biss sich auf die Lippe, um nicht laut aufzuschreien und hielt seinen Kopf fest. Ihre Hüften kreisten und wanden sich.

»O, Herr, ich bitte um Verzeihung. Ich dachte, Ihr wäret im Trainingszentrum ...«

»Später, Fritz.«

»Aber natürlich. Wie lange würdet Ihr …«

Die Worte des *Doggen* brachen ab, als Zsadists erotisches Knurren Fritz alles mitteilte, was er wissen musste. Und vermutlich noch ein bisschen mehr.

»Ach du meine Güte. Verzeiht mir, Herr. Ich werde erst wiederkommen, wenn ich, äh … Euch sehe.«

Zsadists Zunge wirbelte herum, seine Hände umklammerten ihre Oberschenkel. Er nahm sie hart ran, flüsterte heiße, hungrige Worte an ihrem heißen Zentrum. Sie drückte sich an seinen Mund und bäumte sich auf. Er war so roh, so gierig … sie erschauerte. Schier endlos dehnte er ihren Orgasmus aus, verzweifelt hielt er ihn lebendig, als dürfte er niemals aufhören.

Die Stille danach ernüchterte sie genauso wie das Ablassen seines Mundes von ihrer Mitte. Er erhob sich zwischen ihren Beinen und fuhr sich mit der Hand über die Lippen. Sein Blick lag auf ihr, als er seine Handfläche ableckte, noch den letzten Rest dessen auskostete, was er sich vom Mund gewischt hatte.

»Du willst jetzt aufhören, oder«, sagte sie hart.

»Ich habe es dir gesagt. Ich bin nicht hergekommen, um Sex zu haben. Ich wollte nur das. Ich wollte dich nur ein letztes Mal an meinem Mund spüren.«

»Du egoistisches Arschloch.« Und wie paradox war das denn nun, ihn egoistisch zu nennen, weil er sie *nicht* vögeln, sondern nur lecken wollte. Mein Gott … das alles war einfach furchtbar.

Als sie die Hand nach ihrer Jeans ausstreckte, kam ein tiefes Geräusch aus seiner Kehle. »Glaubst du, ich würde nicht dafür töten, jetzt sofort in dir zu sein?«

»Fahr zur Höll, Zsadist. Du kannst …«

Er bewegte sich schnell wie der Blitz, warf sie hart aufs Bett, legte sich auf sie.

»Ich bin schon in der Hölle«, zischte er und drängte seine Hüften an sie. Er bohrte sich in ihre Mitte, die riesige Erektion drückte genau gegen die weiche Stelle, an der er eben erst mit dem Mund gewesen war. Mit einem Fluch stützte er sich ab, riss den Reißverschluss auf ... und stieß in sie hinein, dehnte sie so weit, dass es beinahe schmerzte. Sie schrie auf, hob aber ihre Hüften an, damit er noch weiter eindringen konnte.

Zsadist umfasste ihre Knie und streckte die Beine nach oben; dann hämmerte er in sie hinein, sein Kriegerkörper schonte sie nicht. Sie hielt seinen Nacken umklammert, verlor sich in dem stürmischen Rhythmus. So hatte sie sich immer ausgemalt, wie es mit ihm sein würde. Hart, heftig, wild. Als sie wieder einen Höhepunkt hatte, kam auch er mit einem lauten Brüllen, rammte sich in sie hinein. Ein heißer Strahl erfüllte sie und ergoss sich über ihre Oberschenkel, während er immer weiter zustieß.

Als er endlich auf ihr zusammensank, ließ er ihre Beine los und vergrub den Kopf an ihrem Hals.

»O mein Gott ... das sollte nicht passieren«, sagte er schließlich.

»Da bin ich mir ganz sicher.« Sie schob ihn von sich weg und setzte sich auf. Nie in ihrem ganzen Leben war sie so müde gewesen. »Ich muss bald meinen Bruder treffen. Ich will, dass du gehst.«

Er fluchte, ein schmerzliches, hohles Geräusch. Dann reichte er ihr die Hose, ohne sie allerdings loszulassen. Lange Zeit betrachtete er sie, und sie wartete wie eine Idiotin auf das, was sie hören wollte: Es tut mir leid, dass ich dir wehgetan habe, ich liebe dich, bitte geh nicht.

Doch dann ließ er seine Hand sinken und stand auf, zog seine Hose hoch, und schloss den Reißverschluss. Er ging mit der tödlichen Anmut zur Tür, die seinem Gang immer zu eigen war. Als er über die Schulter blickte, wurde ihr bewusst, dass er voll bewaffnet gewesen war, während sie sich geliebt hatten. Und auch voll bekleidet.

Ach, aber es war ja doch nur Sex gewesen. Oder?

Seine Stimme war kaum zu hören. »Es tut mir …«

»Sag das jetzt bloß nicht zu mir.«

»Dann … danke, Bella. Für … alles. Ehrlich. Ich … danke dir.«

Und damit war er einfach weg.

John blieb noch in der Turnhalle, während die anderen aus seiner Klasse alle in die Umkleide stürmten. Es war sieben Uhr abends, aber er hätte schwören können, dass es schon drei Uhr morgens war. Was für ein Tag. Das Training hatte schon mittags begonnen, weil die Bruderschaft früh das Haus verlassen wollte. Stundenlang hatten sie Unterricht in Taktik und Computertechnologie gehabt, den zwei Brüder namens Vishous und Rhage gehalten hatten. Bei Sonnenuntergang war dann Tohr eingetroffen, und es war richtig zur Sache gegangen. Das dreistündige Training war brutal gewesen. Laufen. Jiu-Jitsu. Mehr Training mit Nahkampfwaffen, einschließlich einer Einführung in Nunchakus.

Diese beiden durch eine Kette verbundenen Holzstäbe waren ein Alptraum für John, da sie all seine Schwächen gnadenlos bloßstellten, besonders seine katastrophale Hand-Augen-Koordination. Doch er würde nicht aufgeben. Als die anderen Jungs zu den Duschen liefen, ging er zurück in den Geräteraum und nahm sich ein Nunchaku. Er würde einfach so lange üben, bis der Bus kam, und sich dann zu Hause duschen.

Er begann, die Stäbe langsam seitlich neben sich kreisen zu lassen, das flirrende Geräusch war seltsam entspannend. Allmählich erhöhte er die Geschwindigkeit, immer schneller ließ er sie fliegen, dann wechselte er nach links. Und zurück. Wieder und wieder, bis ihm der Schweiß über die Haut strömte. Wieder und wieder und ...

Er verpasste sich selbst einen Hammerschlag. Genau auf den Kopf.

Der Hieb ließ seine Knie einknicken, er kämpfte kurz dagegen an, dann sank er zu Boden. Er legte die Hand auf die linke Schläfe. Sternchen. Er sah eindeutig Sternchen.

Mitten in all dem Blinzeln drang ein leises Gelächter von hinten herüber. Die Zufriedenheit dieses Geräuschs sagte ihm eigentlich schon, wer das war, aber er musste sich trotzdem umsehen. Er blickte unter seinem Arm durch und sah Lash nur eineinhalb Meter hinter sich stehen. Sein helles Haar war nass, seine Straßenklamotten lässig, sein Lächeln cool.

»Du bist so ein Verlierer.«

John richtete den Blick wieder auf die Matte. Ihm war es egal, dass Lash ihn dabei erwischt hatte, wie er sich selbst einen vor die Rübe donnerte. Das hatte der Kerl beim Unterricht schon gesehen, darin lag keine neue Demütigung.

Wenn er doch nur den Blick wieder klarkriegen könnte. Er schüttelte den Kopf, dehnte den Nacken ... und entdeckte noch ein Nunchaku auf der Matte. Hatte Lash das geworfen?

»Niemand mag dich, John. Warum haust du nicht einfach ab? Ach nein, das würde ja bedeuten, du könntest den Brüdern nicht mehr hinterherrennen. Was würdest du dann bloß den ganzen Tag tun?«

Das Gelächter des Jungen brach abrupt ab, als eine tiefe Stimme knurrte: »Du rührst dich nicht von der Stelle, Blondie.«

Eine riesengroße Hand tauchte vor Johns Gesicht auf, und er sah hoch. Zsadist stand über ihm, in voller Kampfmontur.

John ergriff reflexartig, was ihm angeboten wurde, und Zsadist zog ihn mühelos vom Boden hoch.

Die schwarzen Augen des Kriegers waren zu Schlitzen verengt und glänzten vor Wut. »Der Bus ist da, also hol dein Zeug. Wir treffen uns vor dem Umkleideraum.«

Eilig huschte John über die Matten; wenn ein Mann wie Zsadist einem etwas sagte, gehorchte man schnell. Doch als er an der Tür war, musste er sich einfach noch einmal umsehen.

Zsadist hatte Lash am Hals gepackt und ihn hochgehoben. Seine Füße baumelten in der Luft. Die Stimme des Kriegers war kalt wie ein Grabeshauch. »Ich habe gesehen, dass du ihn getroffen hast, und ich würde dich dafür auf der Stelle töten. Ich habe nur keine Lust, mich mit deinen Eltern rumzuschlagen. Also hör mir gut zu, Kleiner. Wenn du so was jemals wieder tust, dann hol ich dir die Augen mit dem Daumen aus dem Schädel und stopf sie dir in den Mund. Kapiert?«

Als Antwort arbeitete Lashs Mund wie ein Einwegventil: Luft ging rein. Nichts kam raus. Und dann pinkelte er sich in die Hose.

»Ich werte das als Ja.« Zsadist ließ ihn runter.

John hielt sich nicht weiter auf. Er rannte in den Umkleideraum, schnappte sich seine Tasche und war eine Sekunde später draußen im Flur.

Zsadist wartete schon auf ihn. »Komm.«

John folgte dem Bruder auf den Parkplatz hinaus zum Bus. Er wusste nicht, wie er sich bei dem Bruder bedanken sollte. Doch dann blieb Zsadist vor dem Bus stehen und schob ihn praktisch hinein. Danach stieg er selbst ein.

Jeder einzelne Schüler drückte sich ängstlich in seinen Sitz. Besonders, als Zsadist einen seiner Dolche zog.

»Wir setzen uns hierhin«, sagte er zu John und deutete mit der schwarzen Klinge auf die erste Sitzreihe.

Ja, okay. Genau. Hier ist super.

John quetschte sich ans Fenster, während Zsadist einen Apfel aus der Tasche nahm und sich ebenfalls niederließ.

»Einer kommt noch«, informierte Zsadist den Fahrer. »Und John und ich werden als Letzte abgesetzt.«

Der *Doggen* verbeugte sich hinter dem Lenkrad. »Selbstverständlich, Sire. Wir Ihr wünscht.«

Langsam kam Lash zum Bus geschlichen, der rote Streifen um seine Kehle leuchtete auf seiner blassen Haut. Als er Zsadist sah, taumelte er.

»Du verschwendest unsere Zeit, Kleiner«, knurrte Zsadist, während er das Messer unter die Schale des Apfels schob. »Beweg deinen Hintern.«

Lash tat wie ihm befohlen.

Keiner sagte etwas, als der Bus anfuhr. Besonders, als die Trennwand sich schloss, und sie alle im hinteren Teil zusammen eingesperrt waren.

Zsadist schälte den Granny Smith in einem Stück. Danach legte er sich den grünen Streifen Apfelschale über die Knie, schnitt ein Stück weißes Fruchtfleisch ab und hielt es John mit der Klinge hin. John nahm es zwischen die Finger und aß es, während Zsadist sich ebenfalls einen Schnitz mit dem Messer in den Mund steckte. So wechselten sie sich ab, bis von dem Apfel nur mehr ein dürres Kerngehäuse übrig war.

Die Schale und den Rest warf Zsadist in den Mülleimer neben der Trennwand. Dann wischte er sich die Klinge an der Lederhose ab und fing an, das Messer in die Luft zu werfen und wieder aufzufangen. Das tat er die ganze

Fahrt in die Stadt über. Als sie den ersten Halt erreichten, gab es ein längeres Zögern, nachdem die Trennwand sich geöffnet hatte. Dann huschten zwei Jungs eilig vorbei.

Zsadists schwarze Augen folgten ihnen mit eindringlichem Blick, als wollte er sich ihre Gesichter einprägen. Und die ganze Zeit flog das Messer hoch und wieder hinunter, das schwarze Metall blitzte, die große Handfläche fing es nach jedem Wurf an derselben Stelle des Griffs wieder auf – selbst, während er den Jungs nachschaute.

So ging das bei jedem Halt. Bis John und er allein im Bus waren.

Als die Trennwand sich wieder vorschob, steckte Zsadist den Dolch in sein Brusthalfter. Dann setzte er sich auf den gegenüberliegenden Sitz jenseits des Gangs, lehnte sich ans Fenster und schloss die Augen.

John wusste ganz genau, dass der Vampir nicht schlief, denn seine Atmung veränderte sich nicht, und er entspannte sich auch kein bisschen. Er wollte einfach nur nicht mit John kommunizieren.

John holte Block und Stift heraus. Er schrieb ganz ordentlich, dann faltete er den Zettel und behielt ihn in der Hand. Er musste sich bedanken. Selbst wenn Zsadist nicht lesen konnte, musste er etwas sagen.

Wieder hielt der Bus an, und die Tür ging auf, und beim Aussteigen ließ John den Zettel auf Zsadists Sitz liegen. Er versuchte gar nicht erst, ihn dem Krieger zu geben. Außerdem passte er auf, den Blick nicht zu heben, während er die Stufen hinunterkletterte und über die Straße lief. Erst auf dem Rasen vor dem Haus blieb er stehen, der Schnee rieselte ihm auf Kopf und Schultern und Tasche.

Als der Bus in den sich zusammenbrauenden Sturm

verschwand, gab er den Blick auf Zsadist frei, der auf der anderen Straßenseite stand. Der Bruder hielt den Zettel hoch. Dann nickte er einmal, steckte ihn sich in die Gesäßtasche und dematerialisierte sich.

John konnte den Blick nicht von der Stelle abwenden, an der Zsadist gestanden hatte. Dicke Flocken füllten die Spuren auf, die seine schweren Stiefel hinterlassen hatten.

Da öffnete sich mit einem Grollen das Garagentor hinter ihm und der Range Rover fuhr rückwärts heraus. Wellsie ließ das Fenster herunter. Ihr rotes Haar war hoch auf dem Kopf aufgesteckt, und sie trug einen schwarzen Skianorak. Die Heizung im Wagen war voll aufgedreht, ein dumpfes Dröhnen, das fast so laut war wie der Motor.

»Hallo, John.« Sie streckte die Hand aus, und er legte seine darauf. »War das gerade etwa Zsadist?«

John nickte.

»Was hat er hier gemacht?«

John stellte die Tasche ab und sagte in Zeichensprache: *Er hat mich auf der Heimfahrt im Bus begleitet.*

Wellsie runzelte die Stirn. »Mir wäre es lieber, du würdest dich von ihm fernhalten. Er ist … in vielerlei Hinsicht nicht in Ordnung. Weißt du, was ich meine?«

Da war sich John nicht so sicher. Gut, gegen den Typen kam einem Freddy Krueger manchmal vor wie das Sandmännchen, aber nach der heutigen Show hielt er ihn nicht mehr für so schlimm.

»Ist ja auch egal, ich bin jedenfalls auf dem Weg zu Sarelle. Es gab eine Panne bei den Vorbereitungen für das Wintersonnwendfest, und wir haben keine Äpfel. Wir werden zusammen ein paar spirituell begabte Leute abklappern und uns erkundigen, was man jetzt so kurz vor dem Fest noch machen kann. Willst du mitkommen?«

John schüttelte den Kopf. *Ich muss noch Hausaufgaben für Taktik machen.*

»In Ordnung.« Wellsie lächelte ihn an. »Ich habe dir etwas Reis und Ingwersoße in den Kühlschrank gestellt.«

Danke! Ich bin am Verhungern.

»Das dachte ich mir schon. Bis später.«

Er winkte ihr nach, bis sie nicht mehr zu sehen war. Auf dem Weg zum Haus, bemerkte er abwesend, dass die Ketten, die Tohr auf die Reifen des Rovers aufgezogen hatte, scharfe Rillen im Schnee hinterließen.

17

»Halten Sie hier an.« O drückte die Tür des Explorers auf, noch bevor der SUV an der Abbiegung zur Thorne Avenue zum Stehen gekommen war. Er warf einen schnellen Blick den Hügel hinauf, dann sah er den Beta hinter dem Steuer scharf an.

»Sie kurven hier in der Gegend rum, bis ich Sie rufe. Dann kommen Sie zur Nummer Siebenundzwanzig. Fahren Sie nicht in die Einfahrt, sondern am Haus vorbei. Etwa fünfzig Meter weiter gibt es eine Nische in der Steinmauer. Genau dort brauche ich Sie.« Als der Beta nickte, bellte O: »Wenn Sie das versauen, werfe ich Sie Omega zum Fraß vor.«

Er wartete nicht, bis der Jäger irgendetwas von *Vertrauen* faseln konnte, sondern sprang auf den Asphalt und rannte den Anstieg hinauf. Er war ein lebendes Waffenarsenal, sein Körper war gebeugt unter der Last all der Sprengkörper und Schießeisen, die er sich umgehängt hatte.

Er rannte an den beiden Säulen vor Nummer Siebenundzwanzig vorbei und schielte in die Auffahrt dazwischen. Fünfzig Meter weiter erreichte er die Stelle, an der ihn Beta später aufsammeln sollte. Er nahm drei Schritte Anlauf und sprang hoch in die Luft, ganz Dirk Nowitzki.

Die Kante der drei Meter hohen Mauer zu erreichen, war kein Problem, aber dann kamen seine Hände damit in Berührung. Der Stromschlag, der daraufhin durch seinen Körper raste, ließ ihm die Haare zu Berge stehen. Wäre er noch ein Mensch gewesen, hätte ihn die Spannung geröstet, und selbst als *Lesser* verschlug ihm der Schock den Atem. Mühsam zog er sich hoch und ließ sich auf der anderen Seite herunterfallen.

Sicherheitsscheinwerfer leuchteten auf, und er ging hinter einem großen Ahorn in Deckung, Pistole gezogen. Falls sich Wachhunde auf ihn stürzen sollten, würde er sie eiskalt abknallen. Er wartete auf das Bellen. Es kam keines. Und auch im Haus ging weder das Licht an, noch hörte man das Trampeln von Wachleuten.

Er wartete noch eine Minute ab und nahm währenddessen das Gebäude in Augenschein. Die Rückseite des Hauses war aus prächtigem, rotem Backstein, verziert mit weißen Simsen und umgeben von ausgedehnten Terrassen und Balkonen. Der Garten war ebenfalls tiptop gepflegt. Meine Güte, allein die Instandhaltung einer solchen Megaanlage kostete wahrscheinlich mehr, als normale Leute in zehn Jahren verdienten.

Weiter jetzt. Er huschte geduckt über den Rasen zum Haus, die Waffe vor sich gehalten. Als er nah genug an die Hausmauer kam, war er geradezu verzückt. An dem Fenster neben ihm verliefen seitlich Schienen über die gesamte Länge, und darüber befand sich ein unauffälliger Kasten.

Automatische Stahlrollläden. Und zwar an jedem Fenster und jeder Tür, wie es aussah.

Hier im Nordosten des Landes, wo man sich keine Sorgen um tropische Stürme oder Hurrikans machen musste, gab es nur eine Sorte Hausbesitzer, die solche Schätzchen vor jede Scheibe montierten: die Sorte, die sich vor der Sonne schützen musste.

Hier wohnten Vampire.

Die Läden waren hochgezogen, da es Nacht war, und O warf einen Blick ins Haus. Es war dunkel, was nicht besonders ermutigend war, aber er würde trotzdem reingehen.

Die Frage war nur, wie. Es verstand sich von selbst, dass der Bunker von oben bis unten verkabelt und gesichert war. Und er wollte darauf wetten, dass jemand, der seinen Zaun unter Strom setzte, keine halben Sachen machte.

Das Beste wäre demnach, den Strom abzuschalten; also machte er sich auf die Suche nach der Hauptleitung, die ins Haus führte. Er fand das Rückenmark der Stromversorgung an der Rückwand der ausgedehnten Garage, in einer mit Lüftungsgeräten inklusive dreier Klimaanlagen, eines Absauggebläses und eines Notgenerators vollgestopften Nische. Die dicke, mit Metall verkleidete Hauptleitung kam durch die Erde herauf und teilte sich dort in vier Stromzähler auf, die vor sich hin summten.

Er befestigte eine Ladung C4-Sprengstoff mit kurzer Zündschnur direkt am Kabel und eine zweite Packung am Nervenzentrum des Generators. Dann trat er hinter die Garage und zündete beide Ladungen per Fernbedienung. Es gab zweimal einen Knall, aber der Lichtblitz und der Rauch verschwanden schnell.

Wieder wartete er, ob jemand angerannt käme. Nichts

geschah. Einem Impuls folgend, spähte er in einige der Parkbuchten der Garage. Zwei waren leer; in den anderen standen sehr schöne Autos – und so selten und teuer, dass er bei einem nicht einmal die Marke kannte.

Nun, da der Strom stillgelegt war, lief er ums Haus herum und inspizierte die Vorderseite des Gebäudes. Eine Terrassentür bot sich zum Einbrechen an. Kurzerhand hämmerte er seine behandschuhte Faust durch die Scheibe, zerbrach das Glas und öffnete dann das Schloss. Sobald er im Haus war, schloss er die Tür wieder. Es war entscheidend, die Kontakte der Alarmanlage nicht zu lange zu unterbrechen, falls es noch einen weiteren Generator gab, der anspringen konnte – *Heiliger Strohsack.*

Die Elektroden wurden mit Lithiumbatterien gespeist … was bedeutete, dass die Kontakte keine Stromversorgung brauchten. Und er stand mitten in einem Laserstrahl. Das war mal echt Hightech hier … so in der Größenordnung des Louvre, Weißen Hauses, Schlafzimmer des Papstes.

Der einzige Grund, warum er überhaupt ins Innere gelangen konnte, war, dass jemand das so gewollt hatte.

Er lauschte. Totale Stille. Eine Falle?

Noch ein Weilchen blieb O regungslos stehen, atmete kaum, dann überprüfte er noch einmal seine Pistole, bevor er durch einige Räume spazierte, die aussahen wie aus einem Hochglanzmagazin. Am liebsten hätte er die Gemälde an den Wänden aufgeschlitzt, die Kronleuchter abgerissen, und die dürren Beinchen der antiken Tische und Stühle zertreten. Er wollte die Vorhänge verbrennen. Er wollte auf den Fußboden scheißen. Er wollte alles zerstören, weil es schön war. Und weil – sollte seine Frau jemals hier gelebt haben – sie aus einer verdammten, besseren Welt kam.

Er ging um eine Ecke herum in eine Art Wohnzimmer und blieb wie angewurzelt stehen.

Hoch oben an der Wand hing in einem vergoldeten, alten Rahmen ein Porträt von seiner Frau … und es war mit schwarzer Seide behängt. Unter dem Gemälde stand auf einem Marmortischchen ein umgedrehter goldener Kelch, daneben lag ein quadratisches weißes Tuch mit drei Reihen von jeweils zehn kleinen Steinen darin. Neunundzwanzig davon waren Rubine. Der letzte Stein, der in der linken unteren Ecke, war schwarz.

Das Ritual war zwar anders als der christliche Quatsch, mit dem er aufgewachsen war, aber dies war eindeutig eine Gedenkstätte für seine Frau.

Os Eingeweide verwandelten sich in Schlangen, wanden sich und zischten in seinem Bauch. Beinahe hätte er sich übergeben.

Seine Frau war tot.

»Schau mich nicht so an«, murmelte Phury, während er im Zimmer herumhumpelte. Seine Seite tat höllisch weh, während er versuchte, sich fertig zu machen, und Butchs Glucken-Getue war nicht gerade hilfreich.

Der Polizist schüttelte den Kopf. »Du musst zum Arzt, Großer.«

Dass der Mensch damit völlig recht hatte, ging ihm erst recht auf den Wecker. »Nein, muss ich nicht.«

»Wenn du den Tag auf der Couch verbringen würdest, vielleicht nicht. Aber Kämpfen? Komm schon, Mann. Wenn Tohr wüsste, dass du auf die Straße willst, würde er dir den Kopf abreißen.«

Stimmt. »Mir geht's prima. Ich muss mich nur aufwärmen.«

»Genau, ein bisschen Stretching wird Wunder wirken bei dem Loch in deiner Leber. Ich hab eine noch viel bessere Idee: Wir könnten dir eine Tube Mobilat besorgen und dich einfach ordentlich massieren. Toller Plan.«

Phury funkelte ihn quer durch den Raum an. Butch zog eine Augenbraue hoch. »Du gehst mir auf den Sack, Bulle.«

»Was du nicht sagst. Hey, wie wär's damit: Du darfst mich anbrüllen, während ich dich zu Havers fahre.«

»Ich brauche kein Kindermädchen.«

»Aber wenn ich dich selber bringe, weiß ich, dass du auch wirklich da warst.« Schon zog er die Schlüssel zum Escalade aus der Tasche und wedelte damit. »Außerdem bin ich ein guter Taxifahrer. Frag John.«

»Ich will aber nicht.«

»Tja, ich fürchte, darauf können wir jetzt gerade keine Rücksicht nehmen.«

Rehvenge parkte den Bentley vor dem Haus von Havers und Marissa und ging bedächtig zu der prächtigen Eingangstür. Er hob den schweren Löwenkopf-Klopfer und ließ ihn herabsausen. Das Geräusch hallte im Inneren nach. Sofort wurde er von einem *Doggen* eingelassen und in einen Salon geführt.

Marissa erhob sich von einer mit Seide bezogenen Couch, und er verbeugte sich vor ihr, während er dem Butler mitteilte, dass er seinen Mantel anzubehalten gedachte. Sobald sie allein waren, kam Marissa eilig auf ihn zu, die Hand ausgestreckt, die lange, blassgelbe Robe hinter sich her wehend wie zarter Dunst. Er nahm ihre Hände und küsste sie.

»Rehv ... ich bin so froh, dass du uns angerufen hast. Wir möchten euch helfen.«

»Vielen Dank, dass ihr Bella bei euch aufnehmt.«

»Sie kann so lange bleiben, wie sie möchte. Obwohl ich wünschte, du würdest uns sagen, was los ist.«

»Die Zeiten sind einfach gefährlich.«

»Das ist wahr.« Sie runzelte die Stirn und warf einen Blick um seine Schulter herum. »Ist sie nicht bei dir?«

»Wir treffen uns hier. Sie müsste eigentlich bald kommen.« Er sah auf die Uhr. »Ja … ich bin ein bisschen früh dran.«

Er zog Marissa zu der Couch, und als sie sich hinsetzten, fiel ihr der Saum seines Zobelmantels auf die Füße. Sie streichelte über den Pelz und lächelte. Dann schwiegen sie eine Zeit lang.

Er konnte es kaum erwarten, Bella zu sehen, stellte er fest. Er war sogar … nervös.

»Wie fühlst du dich?«, fragte er, um sich abzulenken.

»O, du meinst nach …« Marissa errötete. »Gut. Sehr gut. Ich danke dir.«

Er mochte sie wirklich gern. Sie war so sanft und zart. So schüchtern und zurückhaltend, obwohl sie eine außergewöhnliche Schönheit war, die jedem Mann auffallen musste. Wie Wrath sich bei ihr hatte zurückhalten können, war Rehv ein absolutes Rätsel.

»Wirst du wieder zu mir kommen?«, fragte er leise. »Wirst du mich dich wieder nähren lassen?«

»Ja«, entgegnete sie und senkte den Blick. »Wenn du es mir gestattest.«

»Ich freue mich darauf«, knurrte er. Als sie die Augen zu ihm aufschlug, zwang er sich zu einem Lächeln, obwohl ihm eigentlich gar nicht danach war. Im Augenblick wollte er ganz andere Sachen mit seinem Mund machen, von denen keine besonders beruhigend auf sie gewirkt hätte. Gott sei Dank gab es Dopamin, dachte er. »Keine Sorge, *Tahlly*. Nur Trinken, ich weiß schon.«

Sie musterte ihn, dann nickte sie. »Und wenn du … wenn du dich nähren musst …«

Rehv senkte den Kopf und betrachtete sie unter seinen

schweren Lidern hervor. Erotische Bilder blitzten vor seinem geistigen Auge auf. Sie wich zurück, eindeutig beunruhigt von seiner Miene, was ihn nicht überraschte. Auf keinen Fall konnte sie mit der Art von krankem Scheiß umgehen, auf den er normalerweise stand.

Jetzt hob er das Kinn wieder. »Das ist ein großmütiges Angebot, *Tahlly.* Aber wir sollten unsere Verabredung einseitig halten.«

Erleichterung zeigte sich auf ihrer Miene, und in dem Augenblick klingelte sein Handy. Sein Herz pochte. Es war die Sicherheitsfirma, die sein Haus überwachte. »Entschuldige mich einen Moment.«

Nachdem er den Bericht über einen Eindringling angehört hatte, der die Mauer übersprungen, einige Bewegungsmelder im Garten ausgelöst und den Strom unterbrochen hatte, wies Rehv seine Leute an, alle Alarmanlagen im Haus abzuschalten. Er wollte, dass derjenige, der jetzt im Inneren war, unbedingt auch dort blieb.

Sobald er Bella gesehen hatte, würde er sich auf den Weg nach Hause machen.

»Stimmt etwas nicht?«, fragte Marissa, als er das Telefon zuklappte.

»Nein, nein. Alles in bester Ordnung.« *Ganz im Gegenteil.*

Endlich hörte man den Türklopfer, und Rehv erstarrte.

Ein *Doggen* lief an der Tür zum Salon vorbei, um zu öffnen.

»Soll ich euch beide allein lassen?«, fragte Marissa.

Die Eingangstür ging auf und wieder zu. Leise Stimmen waren zu hören, die eine gehörte dem *Doggen,* die andere … Bella.

Rehv stützte sich schwer auf seinen Stock und stand langsam auf, als Bella im Türrahmen erschien. Sie trug eine Jeans und einen schwarzen Parka, und ihr langes Haar glänzte auf ihren Schultern. Sie sah ... lebendig aus und ... gesund. Doch ihr Gesicht wirkte gealtert, neue Stress- und Sorgenfalten umgaben ihren Mund.

Er hatte erwartet, dass sie ihm in die Arme laufen würde, doch sie starrte ihn einfach nur an. Unzugänglich, unerreichbar. Oder vielleicht war sie einfach so abgestumpft nach allem, was sie durchgemacht hatte, dass sie keine Reaktionen mehr für die übrige Welt übrig hatte.

Rehvenges Augen füllten sich mit Tränen, während er seinen Stock in den Boden bohrte und, so schnell er konnte, auf sie zuging. Der Schock auf ihrem Gesicht, als er sie an sich zog, entging ihm nicht.

Gütige Jungfrau. Er wünschte, er könnte die Umarmung selbst fühlen. Dann fiel ihm ein, dass er gar nicht wusste, ob sie sie erwiderte. Er wollte sie nicht bedrängen, also ließ er sie widerstrebend los.

Doch als er die Arme sinken ließ, hing sie weiter an ihm, blieb dicht bei ihm stehen. Er schlang wieder die Arme um sie.

»O ... Gott, Rehvenge ...« Sie erschauerte.

»Ich liebe dich, meine Schwester«, sagte er zitternd, ohne sich dafür zu schämen, dass er sich weniger männlich verhielt, als er sollte.

18

O marschierte direkt zur Vordertür heraus und ließ sie hinter sich weit offen stehen. Der eisige Wind wirbelte den Schnee herum, während er die Auffahrt hinunterlief.

Der Anblick dieses Porträts erzeugte ein Echo in seinem Kopf, das einfach nicht verschwinden wollte. Er hatte seine Frau getötet. Hatte sie so heftig geschlagen, dass sie gestorben war. Mein Gott … er hätte sie zu einem Arzt bringen sollen. Oder vielleicht hätte sie auch überlebt, wenn dieses Narbengesicht sie nicht geholt hätte … Vielleicht war sie erst durch den Transport gestorben.

Hatte O sie also getötet? Oder wäre sie noch am Leben, wenn sie hätte bei ihm bleiben dürfen? Was wenn – *ach scheiß drauf.* Die Suche nach der Wahrheit war doch Blödsinn. Sie war tot, und er hatte nicht einmal einen Körper, den er begraben konnte, weil dieser dreckige Bruder sie ihm weggenommen hatte. Punkt.

Unvermittelt bemerkte er die Scheinwerfer eines Wagens vor sich. Als er näher kam, konnte er sehen, dass der SUV vor dem Tor angehalten hatte.

Dieser gottverfluchte Beta. Was machte er denn da? O hatte ihn noch gar nicht angerufen, und das war außerdem die falsche Stelle – *Moment mal,* das Auto war ein Range Rover, kein Explorer.

Jetzt joggte er durch den Schnee, hielt sich immer im Schatten. Er war nur noch wenige Meter vom Tor entfernt, als das Fenster des Rover geöffnet wurde.

Eine weibliche Stimme war zu hören: »Nach allem, was mit Bella geschehen ist, weiß ich nicht, ob ihre Mutter überhaupt Besuch empfängt. Aber wir können es ja wenigstens probieren.«

O schlich mit der gezückten Waffe auf das Tor zu und versteckte sich hinter einer der Säulen. Er sah rotes Haar aufblitzen, als die Frau sich aus dem Wagen beugte und die Klingel drückte. Neben ihr auf dem Beifahrersitz saß eine weitere Frau, mit kurzen blonden Haaren. Die andere sagte etwas, und die Rothaarige lächelte, wobei sie blitzende Fänge entblößte.

Als sie wieder auf die Klingel drückte, sagte O laut: »Niemand zu Hause.«

Die Rothaarige hob den Blick, und er richtete seine Smith & Wesson auf sie.

»Sarelle, *lauf weg!«,* schrie sie.

O drückte ab.

John war vollkommen in sein Taktik-Buch vertieft und kurz davor, dass sein Kopf vor Anstrengung explodierte, als es an seiner Tür klopfte. Er pfiff, ohne von dem Text aufzusehen.

»Hallo, mein Sohn«, sagte Tohr. »Wie läuft's mit dem Lernen?«

John reckte die Arme über den Kopf, dann sagte er in Zeichensprache: *Besser als mit dem Training.*

»Mach dir darüber mal keine Sorgen. Das kommt schon noch.«

Vielleicht.

»Nein, wirklich. Ich war genauso vor meiner Transition. Völlig unkoordiniert. Glaub mir, es wird besser.«

John musste lächeln. *Du bist früh zu Hause heute.*

»Eigentlich wollte ich noch zum großen Haus fahren und ein bisschen Buchhaltung erledigen. Willst du mitkommen? Du könntest in meinem Büro weiterlernen.«

John nickte und schnappte sich eine Jacke, dann packte er seine Bücher ein. Ein Tapetenwechsel würde ihm guttun. Ihm fielen jetzt schon die Augen zu, und er hatte noch zweiundzwanzig Seiten durchzuackern. Sich von seinem Bett zu entfernen war auf jeden Fall eine gute Idee.

Gerade liefen sie den Flur hinunter, als Tohr urplötzlich schwankte und krachend gegen die Wand fiel. Er griff sich ans Herz und schien keine Luft mehr zu bekommen.

John streckte die Arme nach ihm aus, Tohrs Verhalten und seine Gesichtsfarbe erschreckte ihn. Er war buchstäblich grau geworden.

»Alles okay …« Tohr rieb sich das Brustbein. Atmete ein paar Mal durch den Mund ein. »Nein, ich … da war nur so ein kurzer Schmerz. Vermutlich von dem Zeug von McDepp, das ich auf der Heimfahrt gegessen habe. Alles in Ordnung.«

Doch er sah immer noch krank und bleich aus, als sie in die Garage kamen und zum Volvo gingen.

»Wellsie hat heute den Range Rover genommen«, erklärte Tohr, als sie einstiegen. »Ich habe die Ketten für sie aufgezogen. Ich mache mir sonst Sorgen, wenn sie bei

Schnee fährt.« Es war als redete er nur um des Redens willen. Die Worte kamen schnell und gepresst. »Sie findet, ich bin überängstlich.«

Sollen wir nicht doch lieber zu Hause bleiben?, fragte John. *Du siehst nicht gut aus.*

Tohr zögerte, bevor er den Kombi anließ. Immer noch rieb er sich die Brust unter der Lederjacke. »Ach Quatsch, nein. Mir geht's gut. Alles im Lot.«

Butch sah Havers zu, wie er sich um Phury kümmerte. Die Hände des Arztes waren ruhig und sicher, als er den Verband abnahm.

Phury war sichtlich wenig begeistert von seiner Rolle als Patient. Auf dem Behandlungstisch sitzend, ohne Hemd, der kräftige Körper nackt, brütete er so finster vor sich hin wie ein Unhold aus dem Märchen. Die Gebrüder Grimm ließen grüßen.

»Das ist nicht so verheilt, wie es sollte«, verkündete Havers. »Du hast gesagt, du seiest vergangene Nacht verletzt worden, richtig? Dann müsste hier inzwischen Narbengewebe sein. Aber die Wunde ist kaum geschlossen.«

Siehst du, sagte Butchs Blick.

Phurys Lippen formten lautlos die Worte *Beiß mich,* dann murmelte er: »Ist schon okay.«

»Nein, Sire, ist es nicht. Wann hast du dich zuletzt genährt?«

»Weiß ich nicht mehr. Vor einer Weile.« Phury reckte den Hals und betrachtete die Wunde. Er wirkte überrascht davon, wie schlimm sie aussah.

»Du musst dich nähren.« Der Arzt riss ein Päckchen Mull auf und bedeckte die Messerverletzung damit. Dann klebte er das weiße Quadrat fest und fügte hinzu: »Und zwar heute Nacht.«

Havers zog die Handschuhe aus und stopfte sie in einen Abfallbehälter, dann notierte er etwas in seiner Tabelle. An der Tür zögerte er. »Gibt es jemanden, zu dem du jetzt gehen könntest?«

Phury schüttelte den Kopf, während er sich das Hemd wieder anzog. »Ich kümmere mich schon darum. Danke, Doc.«

Als sie unter sich waren, fragte Butch: »Wohin soll ich dich bringen, Mann?«

»In die Stadt. Zeit für die Jagd.«

»Ist klar. Du hast doch den Mann mit dem Stethoskop gehört. Oder glaubst du, der macht Witze?«

Phury rutschte vom Behandlungstisch, die Stiefel landeten donnernd auf dem Boden. Dann wandte er sich ab und griff nach seinem Dolchhalfter.

»Hör mal, Bulle, es dauert ein bisschen, bis ich jemanden an den Start kriege«, erklärte er. »Weil ich nicht … weil ich so bin, wie ich bin, möchte ich nur zu bestimmten Frauen gehen. Und ich muss zuerst mit ihnen reden. Herausfinden, ob sie bereit sind, mich an ihre Vene zu lassen. So ein Zölibat ist kompliziert.«

»Dann mach deine Anrufe. Du bist nicht in der Verfassung zu kämpfen, und das weißt du auch.«

»Nimm einfach mich.«

Butch und Phury wirbelten zur Tür herum. Bella stand im Rahmen.

»Ich wollte nicht lauschen«, sagte sie. »Die Tür stand offen, und ich kam gerade vorbei. Mein, äh … Bruder ist gerade gegangen.«

Butch warf Phury einen Blick zu. Der Vampir war so regungslos wie ein Standbild.

»Was hat sich verändert?« Phurys Stimme war plötzlich heiser.

»Nichts. Ich möchte dir immer noch helfen. Also

gebe ich dir eine weitere Gelegenheit dazu, es anzunehmen.«

»Vor zwölf Stunden hättest du das nicht durchstehen können.«

»Doch, hätte ich. Du warst es, der Nein gesagt hat.«

»Du hättest die ganze Zeit geweint.«

Aua. Das war doch ziemlich privat.

Butch pirschte sich Richtung Tür. »Ich warte lieber draußen …«

»Bleib, Bulle«, orderte Phury. »Falls es dir nichts ausmacht.«

Butch fluchte und sah sich um. Direkt neben der Tür stand ein Stuhl. Darauf ließ er sich nieder und versuchte, möglichst gekonnt ein Möbelstück zu imitieren.

»Hat Zsadist …«

Bella schnitt Phury das Wort ab. »Es geht hier um dich. Nicht um ihn.«

Lange Zeit sagte niemand etwas. Und dann war die Luft von etwas durchdrungen, das wie dunkle Gewürze roch und Phurys Körper entströmte.

Als wäre der Duft eine Art Antwort, kam Bella ins Zimmer, schloss die Tür und krempelte sich den Ärmel hoch.

Verblüfft schielte Butch zu Phury und sah, dass der große Kerl zitterte, die Augen leuchteten wie die Sonne, sein Körper … Also sagen wir es mal so, er war offensichtlich erregt.

Da gehe ich doch mal lieber …

»Bulle, du musst hierbleiben, während wir das tun.« Phurys Stimme ähnelte mehr einem Knurren.

Butch stöhnte auf, obwohl er sehr gut wusste, warum der Bruder jetzt nicht allein mit Bella sein wollte. Er strahlte so viel erotische Hitze ab wie ein Hochofen im Körper von Brad Pitt.

»Butch?«

»Ist ja schon gut, ich bleibe.« Wobei er mit Sicherheit nicht zuschauen würde. Auf keinen Fall. Aus irgendeinem Grund erschien ihm das, als solle er in der ersten Reihe sitzen, während Phury Sex hatte.

Also stützte Butch fluchend die Ellbogen auf die Knie, legte sich die Hand auf die Stirn und starrte seine Schuhe an.

Es gab ein schabendes Geräusch, als ob sich jemand auf das Papier des Behandlungstischs setzen würde. Dann folgte ein Rascheln von Stoff.

Stille.

Mist. Er musste einfach einen Blick riskieren.

Verstohlen sah er zu den beiden Vampiren hinüber und hätte danach um nichts in der Welt die Augen wieder abwenden können. Bella saß auf dem Tisch. Die Beine baumelten seitlich herunter, ihr entblößtes Handgelenk lag auf ihrem Oberschenkel. Phury starrte sie unverwandt an, mit Hunger und einer furchtbaren, verfluchten Liebe im Blick. Dann ging er vor ihr auf die Knie. Mit zitternden Händen hielt er ihren Arm fest und entblößte die Fänge. Die verlängerten Zähne waren jetzt riesig, so lang, dass er seinen Mund nicht hätte vollständig schließen können.

Mit einem Zischen senkte er den Kopf auf Bellas Arm herab. Sie zuckte am ganzen Körper, als er zubiss, wenn auch ihre matten Augen einfach geradeaus auf die Wand gerichtet waren. Dann lief ein Ruck durch Phury, er ließ von ihr ab und sah sie an.

Das war fix.

»Warum hast du aufgehört?«, fragte Bella.

»Weil du …«

Phury warf Butch einen Blick zu. Der wiederum rot wurde und seine Schuhe anstarrte.

Der Bruder flüsterte: »Hast du schon geblutet?«

Butch krümmte sich innerlich. *Oh Mann.* Das war jetzt wirklich peinlich.

»Bella, glaubst du, du bist schwanger?«

Heilige Scheiße, wie unangenehm.

»Soll ich nicht doch lieber gehen?«, fragte Butch in der Hoffnung, sie würden ihn endlich rausschmeißen.

Als beide verneinten, konzentrierte er sich wieder auf seine Füße.

»Bin ich nicht«, sagte Bella. »Wirklich nicht ... du weißt schon. Ich meine ... ich hatte schon Krämpfe, okay? Dann kommt die Blutung und alles ist in Ordnung.«

»Havers muss dich untersuchen.«

»Willst du jetzt trinken oder nicht?«

Wieder Schweigen. Dann ein weiteres Zischen. Gefolgt von einem tiefen Stöhnen.

Butch riskierte einen Blick. Phury war über Bellas Handgelenk gebeugt, ihr schlanker Arm lag unter seinem Körper begraben, während er in gierigen Zügen trank. Bella betrachtete ihn. Nach einem kurzen Zögern legte sie ihm die Hand auf das vielfarbige Haar. Ihre Berührung war sanft. In ihren Augen schimmerten Tränen.

Leise stand Butch auf, schlich sich zur Tür hinaus und ließ die beiden endlich allein. Die traurige Intimität dessen, was zwischen ihnen vor sich ging, musste vertraulich bleiben.

Vor der Tür lehnte er sich an die Wand, immer noch gefangen in dem Drama hinter sich, obwohl er nicht länger zusah.

»Hallo, Butch.«

Sein Kopf schnellte herum. Da stand Marissa am anderen Ende des Flurs.

Du lieber Himmel.

Als sie auf ihn zukam, konnte er sie riechen, der frische Meeresduft drang in seine Nase, in sein Gehirn, in sein Blut. Das Haar hatte sie aufgesteckt, und sie trug eine gelbe Robe mit Empiretaille.

O Mann ... die meisten Blonden hätten in dieser Farbe halb tot ausgesehen. *Sie* hingegen leuchtete.

Butch musste sich räuspern. »Hey, Marissa. Wie läuft's denn so?«

»Du siehst gut aus.«

»Danke.« Sie sah fantastisch aus, aber das behielt er für sich.

Das ist wie ein Messerstich, dachte er. *Genau so* ... Diese Frau zu sehen und eine fünfzehn Zentimeter lange Stahlklinge in die Brust gerammt zu bekommen, waren nur zwei unterschiedliche Seiten derselben hässlichen Medaille.

Verfluchter Mist. Immerzu musste er daran denken, wie sie zu dem Kerl in dem Bentley gestiegen war.

»Wie ist es dir ergangen?«, fragte sie ihn jetzt.

Wie es ihm ergangen war? Die vergangenen fünf Monate hatte er vor Sehnsucht völlig neben sich gestanden.

»Super. Ganz prima.«

»Butch, ich ...«

Er lächelte sie an und stellte sich gerade hin. »Könntest du mir vielleicht einen Gefallen tun? Ich werde im Auto warten. Könntest du Phury Bescheid geben, wenn er sich blicken lässt? Danke.« Er strich die Krawatte glatt und knöpfte die Anzugjacke zu, dann zog er den Mantel zu. »Pass auf dich auf, Marissa.«

Dann machte er sich schnurstracks auf den Weg zum Aufzug.

»Butch, warte.«

Gott steh ihm bei, seine Füße bremsten.

»Wie … ist es dir ergangen?«, sagte sie.

Kurz spielte er mit dem Gedanken, sich umzudrehen, wollte sich aber um keinen Preis zu sehr aus der Deckung wagen. »Wie gesagt, alles paletti, danke der Nachfrage. Pass auf dich auf, Marissa.«

Mist, das hatte er doch gerade schon gesagt.

»Ich möchte …« Sie brach ab. »Würdest du mich besuchen? Irgendwann?«

Jetzt konnte er sich nicht mehr beherrschen. Er wirbelte herum. *O gütiger Herr im Himmel …* Sie war so schön. Eine kühle, makellose Grace-Kelly-Schönheit. Und neben ihrer gewählten Sprache und ihren vornehmen Manieren kam er sich vor wie ein Totalversager, unbeholfen und stammelnd, trotz seiner teuren Klamotten.

»Butch? Vielleicht würdest du … mich besuchen kommen?«

»Warum sollte ich?«

Sie errötete und schien in sich zusammenzusinken. »Ich hatte gehofft …«

»Was gehofft?«

»Dass möglicherweise …«

»Was?«

»Dass du es gern tun würdest. Wenn du die Zeit findest. Möglicherweise könntest du … zu Besuch kommen.«

Na toll. Das hatte er bereits versucht, aber sie hatte ihn nicht sehen wollen. Auf keinen Fall würde er sich noch mal freiwillig das Ego im Schnelldurchlauf ramponieren lassen. Diese Frau, Vampirin … was auch immer … hatte totale Macht über ihn, und noch mehr von diesem Mist konnte er wirklich nicht vertragen, vielen Dank. Außerdem tauchte ja wohl auch Mr Bentley an ihrer Hintertür auf.

Bei dem Gedanken fragte sich ein böser, sehr männlicher Teil von ihm, ob sie eigentlich immer noch die unberührte Jungfrau des vergangenen Sommers war. Vermutlich nicht. Selbst wenn sie immer noch schüchtern war, musste sie sich doch einen Liebhaber genommen haben, nun, da sie nicht mehr zu Wrath gehörte. Zur Hölle, Butch wusste doch selbst am besten, wie sie einen Mann küssen konnte; es war nur das eine Mal gewesen, aber er hatte eine Stuhllehne abgerissen, so hatte sie ihn auf Touren gebracht. Also ja, sie musste definitiv einen Mann gefunden haben. Vielleicht mehrere. Und sie würde ihnen ganz schön einheizen.

Als sie ihren vollkommenen, gottverdammten Rosenmund wieder öffnete, schnitt er ihr das Wort ab. »Nein, ich werde dich nicht besuchen kommen. Aber ich meinte ernst, was ich gesagt habe – pass auf dich auf.«

Und zum Dritten. Er musste sich schleunigst auf die Socken machen, bevor er sein Sprüchlein noch ein weiteres Mal aufsagte wie ein verdammter Papagei.

Mit langen Schritten ging er zum Aufzug. Wundersamerweise ging im selben Augenblick die Tür auf, als er den Knopf drückte. Er stieg ein und hielt den Blick gesenkt.

Als die Tür sich hinter ihm schloss, glaubte er, sie seinen Namen ein letztes Mal sagen zu hören. Doch wie er sich kannte, bildete er sich das nur ein. Weil er sich wirklich wünschte, sie …

Ach, hör auf, O'Neal. Hör einfach auf und vergiss es.

Oben angekommen, rannte er praktisch zu seinem Auto.

19

Zsadist verfolgte den einzelnen hellhaarigen *Lesser* ins Labyrinth der Gässchen im Stadtzentrum. Der Jäger bewegte sich rasch durch den fallenden Schnee, hellwach, aufmerksam, auf der Suche nach Beute zwischen den versprengten Nachtschwärmern, die in ihren leichten Clubbingklamotten in der Kälte unterwegs waren.

Hinter ihm bewegte sich Z leichtfüßig nur auf den Fußballen, blieb an ihm dran, kam ihm aber nie zu nahe. Die Dämmerung nahte rasch, doch obwohl die Nacht sich rapide ihrem Ende zuneigte, wollte er diesen Kerl unbedingt töten. Er musste ihn nur von den neugierigen Menschenaugen wegbekommen …

Der richtige Moment kam, als der *Lesser* langsamer wurde und an der Kreuzung Eigth und Trade Street kurz anhielt. Es war nur eine kurze Pause, nicht mehr als ein kurzes Überlegen, ob er rechts oder links entlang gehen sollte.

Zsadist schlug blitzschnell zu, materialisierte sich hinter dem Jäger, schlang ihm einen Arm um den Hals und zog ihn in die Dunkelheit. Der *Lesser* wehrte sich, die Geräusche des Kampfes klangen wie im Wind flatternde Flaggen, als die beiden Männer um sich schlugen und ihre Jacken und Hosen durch die kalte Luft peitschten. Innerhalb von Sekunden lag der *Lesser* am Boden und Z sah ihm direkt in die Augen, während er den Dolch erhob. Dann stieß er die schwarze Klinge in den kräftigen Brustkorb.

Z wartete den Knall und den Blitz ab, bevor er aufstand, verspürte aber überhaupt keine Befriedigung. Er war wie ferngesteuert, wie besessen. Bereit, willens und fähig zu töten, aber in einer Art Trancezustand.

In seinem Kopf war nur Raum für Bella. Ihre physische Abwesenheit glich einer greifbaren Last, die seinen Körper niederdrückte: Er vermisste sie mit einer geradezu lähmenden Verzweiflung.

Aha. Dann stimmten die Gerüchte also. Ein gebundener Vampir ohne seine Frau konnte ebenso gut tot sein. Er hatte diesen Quatsch schon oft gehört und nie geglaubt. Jetzt erlebte er die knüppelharte Wahrheit am eigenen Leib.

Sein Handy klingelte, und er ging dran, denn das machte man nun mal, wenn das Telefon klingelte, obwohl er kein echtes Interesse daran hatte, wer am anderen Ende war.

»Z, Mann«, hörte er Vishous. »Für dich war eine echt merkwürdige Nachricht auf dem AB. Irgendein Kerl will dich sprechen.«

»Hat er meinen Namen genannt?«

»Es war nicht ganz leicht, ihm zu folgen, weil er total neben der Spur war, aber er hat deine Narbe erwähnt.«

Bellas Bruder?, überlegte Z. Obwohl – was konnte der

Kerl jetzt noch zu jammern haben, wo sie doch zurück in seiner High-Society-Welt war?

Tja ... mal abgesehen von der unbedeutenden Kleinigkeit, dass jemand seiner Schwester in ihrer Triebigkeit gedient hatte und kein Hochzeitstermin in ihrem Kalender eingetragen war. Doch, das könnte einen Bruder durchaus sauer werden lassen.

»Was für eine Nummer hat er hinterlassen?«

Vishous las ihm eine Reihe von Ziffern vor. »Und den Namen *Ormond* hat er genannt.«

Also doch nicht Bellas großer Bruder. »Ormond? Das ist doch ein Menschenname.«

»Keine Ahnung. Aber sei einfach ein bisschen vorsichtig.«

Z legte auf, wählte langsam die Nummer und wartete. Am anderen Ende der Leitung kam kein Hallo, nur eine tiefe männliche Stimme meldete sich, die sagte: »Nicht in meinem Netzwerk enthalten *und* ein unbekannter Teilnehmer. Das musst also du sein, Bruder.«

»Und wer bist du?«

»Ich will dich persönlich treffen.«

»Sorry. Aber ich steh nicht so auf Blind Dates.«

»Das kann ich mir gut vorstellen, bei dem Gesicht. Keine Sorge, ich will keinen Sex mit dir.«

»Da bin ich aber erleichtert. Und wer zum Teufel bist du?«

»Mein Vorname lautet David. Klingelt's?«

Wut vernebelte Zs Blick, bis er nur noch die Buchstaben in Bellas Bauch vor sich sah. Er quetschte das Telefon so fest in der Hand, das es knackte, aber er hatte sich gerade eben weit genug unter Kontrolle, um es nicht zu zerstören.

Mühsam presste er hervor. »Ich fürchte, nein, Davy. Aber hilf mir doch auf die Sprünge.«

»Du hast mir was weggenommen.«

»Hab ich dir die Brieftasche geklaut? Daran müsste ich mich doch erinnern.«

»Meine Frau!«, schrie der *Lesser.*

Jeder Revierinstinkt in Z loderte mit einem Schlag hell auf, und er konnte das Knurren in seiner Kehle nicht zurückhalten. Schnell hielt er den Hörer von seinem Gesicht weg, bis das Geräusch verklungen war.

» ... Sonne geht bald auf.«

»Wie war das?«, fragte Z schneidend. »Schlechte Verbindung.«

»Glaubst du, das ist ein beschissener Witz?«, knurrte der *Lesser* hämisch.

»Ganz ruhig, wir wollen doch nicht, dass du hyperventilierst.«

Der Vampirjäger keuchte vor Wut, bekam sich dann aber wieder unter Kontrolle. »Bei Einbruch der Nacht treffen wir uns. Wir haben eine Menge zu bequatschen, du und ich, und ich will mich dabei nicht von der Dämmerung hetzen lassen. Außerdem war ich die letzten paar Stunden schwer beschäftigt und muss mich ausruhen. Ich habe eine von euren Frauen um die Ecke gebracht, eine hübsche Rothaarige. Hab ihr eine gute Ladung Schrot verpasst. Und tschüss.«

Dieses Mal drang Zs Knurren durchs Telefon. Der Jäger lachte. »Ihr Brüder habt so einen ausgeprägten Beschützerinstinkt, nicht wahr? Wie wäre es dann damit: Ich habe noch eine von euch bei mir. Noch eine Frau. Ich hab sie überredet, mir diese Nummer zu geben, um dich anzurufen. Sie ist wirklich sehr mitteilsam. Niedliche kleine Blondine übrigens.«

Zs Hand griff nach einem seiner Dolche. »Wo willst du mich treffen?«

Eine Weile kam keine Antwort. Dann: »Zuerst die Bedingungen. Selbstverständlich will ich, dass du alleine kommst. Und damit du das auch verstehst, erklärt sie es dir nochmal.« Z hörte im Hintergrund eine weibliche Stimme stöhnen. »Falls einer meiner Kollegen einen deiner Brüder in der Nähe erwischt, dann wird die Tussi hier aufgeschlitzt. Ein Anruf genügt. Und sie werden es ganz langsam machen.«

Zsadist schloss die Augen. Er hatte den Tod und den Schmerz und die Qual so satt. Seine eigenes Leid und das anderer. Diese arme Frau … »Wo?«

»Die Sechs-Uhr-Vorstellung der *Rocky Horror Picture Show* am Lucas Square. Du sitzt ganz hinten. Ich finde dich.«

Dann war die Leitung tot, aber das Handy klingelte sofort wieder.

Jetzt klang Vs Stimme erstickt. »Wir haben hier ein riesiges Problem. Bellas Bruder hat Wellsie erschossen in seiner Auffahrt gefunden. Komm nach Hause, Z. Sofort.«

Über den Schreibtisch hinweg beobachtete John, wie Tohr den Hörer auflegte. Seine Hände zitterten so stark, dass das ganze Telefon klapperte.

»Wahrscheinlich hat sie vergessen, das Handy einzuschalten. Ich versuch's noch mal zu Hause.« Tohr nahm den Hörer wieder ab. Wählte hektisch. Vertippte sich und musste noch mal von vorn anfangen. Und die ganze Zeit über rieb er sich die Brust. Sein Hemd war vom Rubbeln schon völlig zerknittert.

Während Tohr ins Leere starrte und regungslos ins Telefon lauschte, hörte John Schritte über den Flur zum Büro eilen. Ein furchtbares Gefühl stieg in ihm auf – wie ein lähmendes Fieber. Er blickte zur Tür, dann zurück zu Tohr.

Offenbar hörte Tohr das Trampeln draußen ebenfalls. Wie in Zeitlupe ließ er den Hörer auf den Tisch fallen, das Tuten hallte nun laut in den Raum. Sein Blick richtete sich auf die Tür, die Hände klammerten sich an den Stuhllehnen fest.

Dann drehte sich die Klinke und gleichzeitig sprang der Anrufbeantworter an. »Hallo, hier sind Wellsie und Tohr. Wir können gerade nicht ans Telefon kommen …«

Jeder einzelne der Brüder war draußen im Flur versammelt. Und Wrath stand an der Spitze der finsteren, schweigenden Truppe.

Es gab ein lautes Scheppern, und John blickte sich zu Tohr um. Der Krieger war auf die Füße gesprungen und hatte dabei den Stuhl umgeworfen. Er zitterte von Kopf bis Fuß.

»Mein Bruder«, begann Wrath. In seiner Stimme lag eine Hilflosigkeit, die nicht zu seiner zornigen Miene passen wollte. Und diese Hilflosigkeit war entsetzlich.

Tohr stöhnte und griff sich ans Brustbein, rieb es in schnellen, verzweifelten Kreisbewegungen. »Ihr … könnt nicht hier sein. Nicht alle auf einmal.« Er streckte die Hand aus, wie um sie alle von sich zu stoßen, dann wich er selbst zurück. Doch ihm blieb kein Platz, um sich zu verstecken. Er knallte gegen den Aktenschrank. »Wrath … nicht, Herr, bitte, nicht … o Jungfrau im Schleier. Bitte sag es nicht. Sag mir nicht …«

»Es tut mir so leid …«

Tohr begann, vor und zurück zu schwanken, die Arme um seine Mitte gelegt, als wollte er sich übergeben. Sein Atem ging stoßweise und so schnell, dass er einen Schluckauf bekam und überhaupt nicht mehr auszuatmen schien.

John brach in Tränen aus.

Er wollte es nicht. Doch die Wahrheit begann ihm zu dämmern, und der Schrecken, den sie bereithielt, war unerträglich. Er ließ den Kopf in die Hände sinken, er konnte nur noch an Wellsie denken, die wie an jedem anderen Tag aus der Auffahrt gefahren war.

Als ihn eine große Hand aus dem Stuhl zog, und er gegen eine Brust gedrückt wurde, dachte er, es wäre einer der Brüder. Doch es war Tohr. Tohr hielt ihn fest umklammert.

Der Vampir murmelte vor sich hin wie ein Wahnsinniger, seine Worte kamen schnell und kaum unverständlich, bis sich langsam eine Art Bedeutung herausformte. »Warum hat mich niemand angerufen? Warum hat Havers mich nicht angerufen? Er hätte mich anrufen müssen ... O Gott, das Baby ist schuld ... ich wusste es, sie hätte nicht schwanger werden dürfen ...«

Urplötzlich veränderte sich alles im Raum, als hätte jemand das Licht angemacht oder vielleicht die Heizung. John spürte es zuerst, und dann versiegten Tohrs Worte, als hätte er es auch bemerkt.

Tohrs Umarmung lockerte sich. »Wrath? Es war doch ... das Baby, oder?«

»Bringt den Jungen hier weg.«

John schüttelte den Kopf und hielt sich an Tohr fest.

»Wie ist sie gestorben, Wrath?« Tohrments Stimme wurde gefährlich leise, und er ließ John los. »Sag es mir jetzt sofort. Auf der Stelle.«

»Bring den Jungen hier raus«, bellte Wrath Phury an.

John wehrte sich, als Phury ihn hochhob. Gleichzeitig bauten sich Vishous und Rhage neben Tohr auf. Die Tür fiel ins Schloss.

Draußen vor dem Büro setzte Phury John ab und hielt ihn fest. Ein oder zwei Sekunden lang herrschte Totenstille ... und dann erschütterte ein wilder Schrei die Luft.

Die Kraftwelle, die darauf folgte, war so stark, dass sie die Glastür zum Zerspringen brachte. Scherben flogen durch die Luft, und Phury schirmte John vor den Splittern ab.

Auf der gesamten Länge des Flurs explodierte eine Neonröhre nach der anderen; sie blitzten hell auf und ließen Funken von der Decke regnen. Energie vibrierte vom Boden herauf, lief durch den Zement und brach Risse in die Wände.

Durch die zerstörte Tür konnte John einen Luftwirbel im Büro erkennen, und die Brüder wichen davor zurück, während sie die Arme vors Gesicht schlugen. Möbel flogen um ein schwarzes Loch in der Raummitte herum, das in etwa die Form von Tohrs Körper hatte.

Noch ein gespenstisches Heulen ertönte und dann verschwand die tintenschwarze Leere, die Möbel krachten auf den Boden, das Beben des Fußbodens erstarb. Sanft segelten Papiere auf das Chaos herab wie Schnee auf einen Verkehrsunfall.

Tohrment war fort.

John entwand sich Phurys Armen und rannte ins Büro. Die Brüder sahen, wie sich sein Mund öffnete, und er schrie, ohne einen Laut von sich zu geben:

Vater … Vater … Vater!

20

Manche Tage dauern ewig, dachte Phury viel später. Und wenn die Sonne unterging, nahmen sie immer noch kein Ende.

Als die Rollläden sich für den Abend lautlos öffneten, nahm er Platz auf dem Sofa in Wraths Büro und schaute Zsadist an. Die anderen Brüder waren ebenso sprachlos wie er.

Z hatte gerade noch eine Bombe platzen lassen. Erst Tohr, Wellsie und die andere junge Frau. Und jetzt das.

»Meine Güte, Z …« Wrath rieb sich die Augen und schüttelte den Kopf. »Hättest du uns das nicht früher sagen können?«

»Wir müssen uns um andere Sachen kümmern. Außerdem treffe ich mich allein mit dem *Lesser,* egal, was du sagst. Das steht nicht zur Diskussion.«

»Z, Mann … ich kann dich das nicht tun lassen.«

Phury machte sich auf eine üble Reaktion seines Bruders gefasst. Wie auch die anderen im Raum. Sie alle waren erschöpft, aber sie kannten Z gut genug, um zu vermuten, dass er immer noch ausreichend Energie hatte, um an die Decke zu gehen.

Doch der zuckte nur die Achseln. »Der Kerl will mich, und ich will ihn kriegen. Für Bella. Für Tohr. Und was ist mit der anderen Geisel? Ich kann unmöglich *nicht* hingehen, und Verstärkung kommt auch nicht infrage.«

»Bruder, du schaufelst dir dein eigenes Grab.«

»Dann werde ich wenigstens noch eine verdammte Menge viel Schaden anrichten, bevor sie mich umbringen.«

Wrath verschränkte die Arme vor der Brust. »Nein, Z, ich kann dich nicht gehen lassen.«

»Sie werden diese Frau töten.«

»Es gibt andere Wege, das zu verhindern. Wir müssen sie nur finden.«

Ein kurzes Schweigen folgte, dann sagte Z: »Ich will, dass alle den Raum verlassen, damit ich mit Wrath sprechen kann. Außer dir, Phury. Du bleibst.«

Butch, Vishous und Rhage sahen erst einander an, dann ihren König. Als der einmal nickte, standen sie auf.

Z schloss die Tür hinter ihnen und blieb mit dem Rücken dazu stehen. »Ihr könnt mich nicht aufhalten. Ich werde Vergeltung für meine *Shellan* üben. Ich werde Vergeltung für die *Shellan* meines Bruders üben. Du bist nicht in der *Position,* mir das zu verbieten. Das ist mein Recht als Krieger.«

Wrath fluchte. »Du hast dich nicht mit ihr vereinigt.«

»Ich brauche keine Zeremonie, um zu wissen, dass sie meine *Shellan* ist.«

»Z…«

»Und was ist mit Tohr? Willst du behaupten, er sei nicht mein Bruder? Denn du warst auch dabei in jener

Nacht, als ich in die Bruderschaft der Black Dagger aufgenommen wurde. Du weißt, das Tohrment jetzt Fleisch von meinem Fleisch ist. Ich besitze das Recht, auch für ihn Vergeltung zu üben.«

Wrath lehnte sich in seinem Stuhl zurück, das zerbrechliche Möbel ächzte protestierend unter seinem Gewicht. »Lieber Himmel, Zsadist, ich sage ja gar nicht, dass du nicht gehen darfst. Ich will nur nicht, dass du allein gehst.«

Phury blickte zwischen den beiden hin und her. Nie hatte er Zsadist so ruhig gesehen. Sein Bruder war hochkonzentriert, er wirkte aus Stein gemeißelt, nichts als Scharfsicht und tödliche Bestimmung. Wäre es nicht so unheimlich, dann wäre es bemerkenswert gewesen.

»Ich habe die Regeln in diesem Spiel nicht aufgestellt«, sagte Z jetzt.

»Du wirst sterben, wenn du allein gehst.«

»Von mir aus ... ich bin bereit, vom Karussell abzusteigen.«

Phurys spannte sich am ganzen Körper an.

»Wie bitte?«, zischte Wrath.

Z trat von der Tür weg und lief durch den edel eingerichteten Raum. Vor dem Kamin blieb er stehen. Die Flammen wurden von seinem zerstörten Gesicht zurückgeworfen. »Ich bin bereit, die Sache zu beenden.«

»Was zum Teufel ...«

»Ich möchte im Kampf gehen, und ich möchte den *Lesser* mitnehmen, wenn ich gehe. Ein Abgang mit Glanz und Gloria. Zusammen mit meinem Feind in Flammen aufgehen.«

Wraths Mundwinkel sanken herab. »Bittest du mich, deinen Selbstmord zu bewilligen?«

Zs Kopf ging hin und her. »Nein, denn abhalten könntest du mich von dem Treffen heute Nacht nur, wenn du mich in Ketten legst. Worum ich dich bitte, ist sicherzustellen, dass niemand sonst verletzt wird. Ich möchte, dass du den anderen, besonders ihm hier« – Z blickte demonstrativ zu Phury – »befiehlst, sich fernzuhalten.«

Wieder nahm Wrath die Sonnenbrille ab und rieb sich die Lider. Als er danach aufsah, leuchteten die blassgrünen Augen voller Schmerz. »Es gab schon zu viele Tote in der Bruderschaft. Tu das nicht.«

»Ich muss. Und ich werde. Also halt die anderen fern.«

Ein langes, gespanntes Schweigen entstand, bevor Wrath die einzige Antwort gab, die ihm blieb. »So sei es.«

Nun, da die Dinge für Zs Tod ins Rollen gebracht worden waren, beugte Phury sich vor und stützte die Ellbogen auf die Knie. Er dachte an den Geschmack von Bellas Blut, an diese ganz spezielle Würze, die er gekostet hatte.

»Tut mir leid.«

Erst als Wrath und Z die Köpfe wandten, bemerkte er, dass er das laut ausgesprochen hatte. Er erhob sich. »Würdet ihr beiden mich bitte entschuldigen?«

Zsadist zog die Augenbrauen zusammen. »Warte. Du musst etwas für mich tun.«

Phury betrachtete das Gesicht seines Zwillingsbruders, tastete die Narbe mit den Augen ab, prägte sich die Nuancen seiner Erscheinung ein, wie er es nie zuvor getan hatte. »Alles.«

»Versprich mir, dass du die Bruderschaft nicht verlassen wirst, wenn ich weg bin.« Z deutete auf Wrath. »Schwör es. Und zwar auf seinen Ring.«

»Warum?«

»Tu es einfach.«

Phury runzelte die Stirn. »Aber wieso?«

»Ich will nicht, dass du allein bist.«

Lange und intensiv sah Phury Z an und dachte über das Muster ihres Lebens nach.

Mann, sie beide waren wirklich verflucht, wenn er auch keine Ahnung hatte, warum. Vielleicht war es einfach Pech, obwohl er lieber glauben wollte, dass es einen Grund für all das gab.

Logik ... Logik war besser als ein launisches Schicksal, von dem man nach belieben Arschtritte bekam.

»Ich habe von ihr getrunken«, sagte er unvermittelt. »Von Bella. Gestern Nacht, als ich bei Havers war. Willst du immer noch, dass jemand auf mich aufpasst?«

Z schloss die Augen. Wie ein kalter Windzug entströmte ihm eine Welle von Verzweiflung und wehte durch den Raum. »Ich bin froh, dass du das getan hast. Wirst du mir jetzt dein Wort geben?«

»Komm schon, Z...«

»Ich will nur deinen Schwur. Sonst nichts.«

»Klar. Wie du willst.«

Himmel, wenn es sein musste.

Phury lief zu Wrath, ging auf die Knie und beugte sich über den Ring des Königs. In der Alten Sprache gelobte er: »Solange ich atme, werde ich in der Bruderschaft verbleiben. Demütig entbiete ich diesen Schwur, auf dass er Euren Ohren gefällig sein möge, Herr.«

»Er ist gefällig«, entgegnete Wrath. »Lege deine Lippen auf meinen Ring und besiegle die Worte mit deinem Ehrversprechen.«

Phury küsste den schwarzen Diamanten des Königs und richtete sich wieder auf.

»Wenn wir dann jetzt mit dem melodramatischen Teil durch sind, verschwinde ich.«

Doch bei der Tür blieb er noch einmal stehen und

drehte sich zu Wrath um. »Habe ich dir je gesagt, wie geehrt ich war, dir dienen zu dürfen?«

Wrath zuckte leicht zusammen. »Äh, nein, aber …«

»Es war mir wirklich eine Ehre.« Die Augen des Königs verengten sich, und Phury lächelte schwach. »Weiß auch nicht, warum mich das plötzlich überkommen hat. Vom Fußboden aus gesehen, wirkst du wirklich verdammt imposant.«

Phury ging und war froh, vor dem Büro Vishous und Butch in die Arme zu laufen.

»Hey, Jungs.« Er schlug ihnen flüchtig auf die Schulter. »Ihr beide seid echt ein tolles Gespann, wisst ihr das? Unser Genie und ein Billardmeister. Wer hätte das gedacht?« Als ihn die beiden seltsam anschauten, fragte er: »Ist Rhage in seinem Zimmer?«

Sie nickten, und er ging zu Hollywoods Zimmertür und klopfte. Rhage machte auf, und Phury lächelte und legte ihm die Hand auf den kräftigen Nacken. »Hey, mein Bruder.«

Die Pause bis zu den nächsten Worten musste etwas zu lang gewesen sein, denn Rhages Blick wurde misstrauisch. »Was ist los, Phury?«

»Ach nichts.« Er ließ die Hand sinken. »Wollte nur mal vorbeischauen. Pass gut auf deine Frau auf, du Glückspilz … du bist wirklich ein Glückspilz. Bis später.«

Daraufhin ging Phury in sein Zimmer. Er wünschte, Tohr wäre in der Nähe … wünschte, sie wüssten, wo der Bruder überhaupt war. In seine Trauer versunken, bewaffnete er sich, dann warf er einen Blick in den Flur. Er konnte die Bruderschaft in Wraths Arbeitszimmer reden hören.

Um eine Begegnung mit ihnen zu vermeiden, dematerialisierte er sich in den Flur mit den Statuen und ging in den Raum neben Zs Zimmer. Sorgfältig schloss er die

Tür, ging ins Badezimmer und knipste das Licht an. Dort starrte er unverwandt sein Spiegelbild an.

Dann zog er einen seiner Dolche, nahm eine dicke Haarsträhne und schnitt sie mit der Klinge ab. Wieder und wieder tat er das, ließ die dicken roten, blonden und braunen Büschel zu Boden fallen. Als die Haare am ganzen Kopf nur mehr gut zwei Zentimeter lang waren, besprühte er sich den Schädel mit Rasierschaum und holte einen Rasierer aus dem Schränkchen unter dem Waschbecken.

Endlich war sein Schädel kahl, glatt wie eine polierte Kugel, und er wischte sich die Reste vom Kopf und bürstete das Hemd ab. Sein Nacken juckte von ein paar Stoppeln, die ihm in den Kragen gefallen waren, und sein Kopf fühlte sich zu leicht an. Er rieb sich über die Kopfhaut, beugte sich näher zum Spiegel und betrachtete sich.

Und dann nahm er wieder den Dolch und setzte ihn mit der Spitze an der Stirn an.

Mit zitternder Hand zog er das Messer mitten durch sein Gesicht hinunter und beschrieb über der Oberlippe ein S. Blut quoll hervor und tropfte herunter. Er wischte es mit einem sauberen weißen Handtuch ab.

Zsadist bewaffnete sich mit großer Sorgfalt. Als er fertig war, trat er aus dem begehbaren Kleiderschrank. Im Zimmer war es dunkel, und er orientierte sich darin mehr instinktiv als mit seinen Augen. Er ging ins Badezimmer, aus dem Licht hervordrang, drehte das Wasser im Waschbecken auf und hielt die Hände unter den kalten Strahl. Er spritzte sich etwas ins Gesicht und rieb sich die Augen. Trank ein wenig aus der hohlen Handfläche.

Gerade, als er sich abtrocknete, spürte er, dass Phury ins Zimmer gekommen war und sich darin bewegte, obwohl er ihn nicht sehen konnte.

»Phury ... ich wollte dich noch suchen, bevor ich gehe.«

Mit einem Handtuch unter dem Kinn sah Z in den Spiegel und in seine Augen, die jetzt gelb leuchteten. Er dachte über den Verlauf seines Lebens nach und wusste, dass der Großteil davon eine Katastrophe gewesen war. Doch zwei Dinge waren es nicht gewesen. Eine Frau. Und ein Mann.

»Ich liebe dich«, sagte er mit rauer Stimme. Es war das erste Mal, dass er das zu seinem Zwilling sagte, wie ihm gleichzeitig bewusst wurde, noch während er die Worte aussprach. »Das musste ich nur mal loswerden.«

Phury trat hinter ihm ins Badezimmer.

Entsetzt wich Z zurück, als er seinen Bruder im Spiegel sah. Keine Haare. Mit seiner Narbe im Gesicht. Die Augen leblos und leer.

»O gütige Jungfrau«, flüsterte Z. »Was zum Henker hast du mit dir angestellt ...«

»Ich liebe dich auch, mein Bruder.« Phury hob den Arm. In seiner Hand lag eine Spritze, eine von den beiden, die eigentlich für Bella bestimmt gewesen waren. »Und du musst leben.«

Zsadist wirbelte genau in dem Augenblick herum, als der Arm seines Zwillingsbruders herabsauste. Die Nadel traf ihn in den Hals, und er spürte das Morphium direkt in seine Halsader schießen.

Mit einem Aufschrei hielt er sich an Phurys Schultern fest. Doch die Droge wirkte sofort, und er sank zusammen und spürte, wie er sanft auf den Boden gelegt wurde.

Phury kniete neben ihm und streichelte sein Gesicht. »Ich habe immer nur für dich gelebt. Wenn du stirbst, bleibt mir nichts mehr. Ich bin völlig verloren. Und du wirst hier gebraucht.«

Zsadist wollte die Arme ausstrecken, konnte sie aber nicht heben, als Phury aufstand.

»Mein Gott, Z, ich denke immer, unsere Tragödie müsste irgendwann vorbei sein. Doch sie geht einfach immer weiter, nicht wahr?«

Zum Klang der Schritte seines Bruders verlor Zsadist das Bewusstsein.

21

John lag auf dem Bett zusammengerollt und starrte in die Dunkelheit. Das Zimmer im Haus der Bruderschaft, das man ihm gegeben hatte, war ebenso luxuriös wie anonym. Aber seine Umgebung war ihm völlig egal.

In irgendeiner Ecke hörte er eine Uhr schlagen, einmal, zweimal, dreimal ... Er zählte die tiefen, rhythmischen Schläge, sechs insgesamt. Dann drehte er sich auf den Rücken. In weiteren sechs Stunden würde ein neuer Tag anbrechen. Mitternacht. Nicht mehr Dienstag, sondern Mittwoch.

Er dachte an die Tage und Wochen und Monate und Jahre seines Lebens, Zeit, die er besaß, weil er sie erlebt hatte.

Wie willkürlich doch diese Zeiteinteilung war. Wie typisch für Menschen – und Vampire –, das Unendliche in etwas zu zerstückeln, das sie zu kontrollieren glaubten.

Was für ein Haufen Mist. Nichts im Leben konnte man kontrollieren. Niemand konnte das.

Gäbe es doch nur eine Möglichkeit, genau das zu tun. Oder zumindest manches noch mal neu zu machen. Wie wunderbar wäre es, einfach zurückspulen zu können, um die Hölle aus dem vergangenen Tag herauszuschneiden. Dann müsste er sich nicht so fühlen, wie er sich jetzt fühlte.

Er stöhnte und wälzte sich auf den Bauch. Dieser Schmerz war ... beispiellos, eine Offenbarung der schlimmsten Art. Seine Verzweiflung war wie eine Krankheit, sie hatte seinen gesamten Körper befallen, ließ ihn zittern, obwohl ihm nicht kalt war, drehte ihm den Magen um, obwohl er nichts gegessen hatte, verursachte einen Schmerz in seinen Gelenken und seiner Brust. Nie hatte er emotionale Qual als etwas Körperliches betrachtet, doch das war es, und er wusste, dass er noch lange daran kranken würde.

O Gott ... er hätte mit Wellsie fahren sollen, statt zu Hause zu bleiben und Hausaufgaben zu machen. Wenn er mit im Auto gesessen hätte, dann hätte er sie vielleicht retten können ... Oder vielleicht wäre er dann auch tot?

Das wäre jedenfalls besser gewesen als dieses Leben, das ihm nun blieb. Selbst wenn es kein *Danach* gab, selbst wenn man einfach nur den Geist aufgab und ins Nirvana einging, dann wäre es sicherlich besser als das hier.

Wellsie war fort, fort. Ihr Körper Asche. John hatte mit angehört, dass Vishous seine rechte Hand auf sie gelegt und dann mitgenommen hatte, was übrig geblieben war. Eine formelle Schleierzeremonie, was auch immer das sein mochte, würde durchgeführt werden, was allerdings nicht ohne Tohr ging.

Und Tohr war auch fort. Verschwunden. Vielleicht tot? Es war kurz vor Sonnenaufgang gewesen, als er sie verließ. Vielleicht war er einfach ins Licht gerannt, damit sein Geist bei Wellsie sein konnte. Vielleicht war das sein Wunsch gewesen.

Fort, fort … alle und alles schienen fort zu sein.

Sarelle … war nun auch an die *Lesser* verloren. Weg, bevor er sie richtig kennenlernen konnte. Zsadist würde versuchen, sie zurückzuholen, aber wer konnte schon wissen, was dabei passieren würde?

John stellte sich Wellsies Gesicht, ihre roten Haare und ihr kleines Schwangerschaftsbäuchlein vor. Dann sah er Tohrs Bürstenhaarschnitt und seine blauen Augen und die breiten Schultern unter dem schwarzen Leder vor sich. Er träumte von Sarelle, wie sie über die alten Texte gebeugt dasaß, das blonde Haar vor dem Gesicht hängend, die langen, hübschen Finger auf den Seiten liegend.

Die Versuchung, wieder in Tränen auszubrechen, stieg in ihm auf, und schnell setzte John sich auf, und zwang sich dazu, sich zu beruhigen. Er hatte genug geweint. Er würde keine weiteren Tränen vergießen. Tränen waren vollkommen zwecklos, eine Schwäche, ihres Andenkens nicht würdig.

Stärke würde ab jetzt seine Opfergabe an sie sein. Kraft seine Fürbitte. Vergeltung sein Gebet an ihren Gräbern.

John stand auf und ging ins Bad. Dann zog er sich an und steckte die Füße in die Turnschuhe, die Wellsie ihm gekauft hatte. Innerhalb von Minuten war er die Treppen hinuntergelaufen und durch die geheime Tür in den unterirdischen Tunnel gegangen. Rasch lief er durch das Stahllabyrinth, die Augen geradeaus gerichtet, die Arme in militärischem Rhythmus schwingend.

Als er durch die Rückwand des Schranks in Tohrs Büro trat, sah er, dass jemand aufgeräumt hatte: Der Schreibtisch stand wieder an Ort und Stelle, der hässliche grüne Sessel an seinem Platz dahinter. Die Papiere und Stifte und Akten waren ordentlich verstaut. Selbst Telefon und Computer waren, wo sie hingehörten, obwohl beides vergangene Nacht in Stücke zerschellt war. Die Geräte mussten neu sein.

Die Ordnung war wiederhergestellt worden, und diese dreidimensionale Lüge war ihm nur recht.

Er ging in die Turnhalle und schaltete das Deckenlicht an. Heute fiel der Unterricht aus, wegen allem, was passiert war, und er fragte sich, ob das Training ohne Tohr vielleicht ganz eingestellt werden würde.

John trabte über die Matten in den Geräteraum, die Sohlen seiner Turnschuhe klatschten auf das harte blaue Gummi. Aus dem Messerschrank holte er zwei Dolche und ein Halfter, das klein genug für ihn war. Als er die Waffen festgeschnallt hatte, ging er in die Halle hinaus.

Genau wie Tohr es ihm beigebracht hatte, senkte er zuerst den Kopf.

Und dann legte er die Hände auf die Dolche und fing an zu üben, hüllte sich in Wut gegen den Feind, stellte sich all die *Lesser* vor, die er einmal töten würde.

Phury marschierte in das Kino und setzte sich ganz nach hinten. Es war voll und laut, überall saßen junge Menschen, allein, zu zweit oder im Pulk. Er hörte gedämpfte Stimmen und Lachen. Lauschte dem Knistern von Chipstüten und dem Schlürfen und Kauen.

Als der Film anfing, wurde das Licht gedimmt, und alle sprachen laut mit, was die Schauspieler auf der Leinwand sagten.

Er wusste es sofort, als sich der *Lesser* näherte. Konnte den süßlichen Duft nach Talkum riechen, selbst über das Popcorn und das Parfüm der Mädchen hinweg.

Ein Handy erschien vor seinem Gesicht. »Nimm das. Halt es dir ans Ohr.«

Phury gehorchte und hörte abgehackte Atemgeräusche.

Die Menge im Kino brüllte: *»Damn it, Janet!«*

Direkt hinter seinem Kopf ertönte die Stimme des *Lesser.* »Sag ihr, du kommst ohne Theater zu machen mit mir. Versprich ihr, dass sie am Leben bleiben wird, weil du tun wirst, was man dir sagt. Und tu es auf Englisch, damit ich dich verstehen kann.«

Wie befohlen sprach Phury in den Hörer, den genauen Wortlaut, den er benutzte, wusste er nicht. Alles, was er mitbekam, war, dass die Frau am anderen Ende in Schluchzen ausbrach.

Heftig entriss ihm der *Lesser* das Telefon. »Und jetzt zieh die hier an.«

Stahlhandschellen fielen in seinen Schoß. Er fesselte sich selbst und wartete.

»Siehst du den Ausgang da rechts? Dahin gehen wir. Du zuerst. Draußen wartet ein Pick-up. Du steigst auf der Beifahrerseite ein. Ich bin die ganze Zeit direkt hinter dir, das Telefon am Mund. Wenn du mich verarschst, oder ich einen der Brüder sehe, dann lasse ich die Kleine abschlachten. Ach ja, nur zu deiner Information: Sie hat ein Messer an der Kehle, es gibt also keinerlei Zeitverzögerung. Kapiert?«

Phury nickte.

»Dann steh jetzt auf und beweg dich.«

Phury erhob sich und ging auf die Tür zu. Im Laufen wurde ihm bewusst, dass er tatsächlich mit der Möglichkeit gerechnet hatte, aus der Sache lebendig herauszukommen. Er war teuflisch gut mit Waffen, und er hatte ein paar gut verborgen an seinem Körper. Doch dieser *Lesser* war schlau; ihn zu fesseln und mit dem Leben der Vampirin zu erpressen.

Als Phury die Seitentür des Kinos aufstieß, wusste er ohne jeden Zweifel, dass er heute Nacht ins Gras beißen würde.

Durch reine Willenskraft kam Zsadist wieder zu sich, klammerte sich durch den Drogennebel an sein Bewusstsein. Stöhnend schleppte er sich über den Marmorfußboden auf den Teppich im Schlafzimmer. Kroch mühsam weiter, stieß sich mit den Füßen vor. Er hatte kaum noch die Kraft, die Tür zu öffnen.

Sobald er den Flur erreicht hatte, versuchte er, laut zu rufen. Zunächst kam nur ein heiseres Krächzen aus seiner Kehle, aber dann schaffte er ein Brüllen. Und noch eines. Und noch eines.

Die hastigen Schritte, die sich näherten, ließen ihn vor Erleichterung schwindlig werden.

Wrath und Rhage knieten sich neben ihn und drehten ihn herum. Er unterbrach ihre Fragen sofort, konnte ihren Worten nicht folgen. »Phury … weg … Phury … weg …«

Als sich ihm der Magen umdrehte, wälzte er sich wieder auf die Seite und erbrach sich. Danach fühlte er sich ein bisschen klarer im Kopf.

»Müssen ihn finden …«

Immer noch bombardierten Wrath und Rhage ihn mit Fragen, sie sprachen schnell, und Z dachte, dass sie wahrscheinlich die Ursache für das Summen in seinen Ohren waren. Entweder das, oder sein Kopf würde gleich explodieren.

Mit Gewalt hob er sein Gesicht vom Teppich, woraufhin sich ihm alles vor Augen drehte. Gott sei Dank war das Morphium für Bellas Gewicht dosiert gewesen. Er war auch so schon völlig fertig.

Wieder krampften sich seine Gedärme zusammen, und er übergab sich erneut auf den Teppich. Scheiße … mit Opiaten war er noch nie gut klargekommen.

Noch mehr Schritte ertönten im Flur. Mehr Stimmen. Jemand wischte ihm den Mund mit einem feuchten Tuch ab. Fritz. Als Zs Kehle sich gerade auf eine neue Runde Würgen einstellte, wurde ihm ein Mülleimer vors Gesicht geschoben.

»Danke«, sagte er und spuckte wieder.

Immer mehr lichtete sich der Dunst in seinem Kopf und auch in seinem Körper. Er steckte sich zwei Finger in den Hals, um weiterzumachen. Je schneller er diese Droge loswurde, desto schneller könnte er Phurys Verfolgung aufnehmen.

Dieser verfluchte heroische Penner. Dafür würde er seinen Zwillingsbruder braten, ganz ehrlich. Phury war doch derjenige, der weiterleben sollte.

Aber wohin konnte man ihn gebracht haben? Das Kino war zwar der Treffpunkt, aber dort waren sie sicher nicht lange geblieben.

Inzwischen kam nur noch Galle aus Zs Mund, da sein Magen völlig leer war. Mitten in all dem Würgen fiel ihm die einzige Lösung ein, und jetzt schlug sein Magen aus anderen Gründen Purzelbäume. Der Weg zu seinem Zwilling widersprach all seinen Instinkten.

Wieder hörte man Trampeln im Flur. Vishous' Stimme. Ein Notfall. Eine sechsköpfige Familie saß in ihrem Haus fest, umzingelt von *Lessern.*

Z hob den Kopf. Dann den Oberkörper. Dann war er auf den Beinen. Sein Wille, das Einzige, worauf er sich immer verlassen konnte, kam wieder einmal zu seiner Rettung. Dieser eiserne Wille schüttelte die Droge ab, bündelte seine Kräfte, reinigte ihn innerlich, besser noch als das Würgen.

»Ich hole Phury«, teilte er seinen Brüdern mit. »Ihr kümmert euch um die Familie.«

Es gab eine kurze Pause, dann sagte Wrath: »So sei es.«

22

Bella saß auf einem antiken französischen Stuhl, die Beine übereinandergeschlagen, die Hände im Schoß. In dem marmornen Kamin zu ihrer Linken prasselte ein Feuer, neben ihr stand eine Tasse Earl Grey. Marissa saß ihr gegenüber auf einem eleganten Sofa und zog einen gelben Seidenfaden durch einen Stickrahmen. Es war kein Laut zu hören.

Bella glaubte, schreien zu müssen ...

Sie sprang auf, elektrisiert von ihrem eigenen Instinkt. Zsadist ... Zsadist war in der Nähe.

»Was ist los?«, fragte Marissa.

Da hämmerte es auch schon an der Tür, und einen Augenblick später trat Zsadist in den Salon. Er trug seine Berufskleidung, Pistolen an der Hüfte, Dolche über die Brust geschnallt. Der *Doggen* auf seinen Fersen hatte sichtlich Todesangst vor ihm.

»Lass uns allein«, wurde Marissa befohlen. »Und nimm deinen Diener mit.«

Als sie zögerte, räusperte sich Bella. »Es ist schon gut. Es … geh bitte.«

Marissa neigte zustimmend den Kopf. »Aber ich bleibe in der Nähe.«

Bella hielt sich am Stuhl fest, als sie allein waren.

»Ich brauche dich«, sagte Zsadist.

Gott, nach diesen Worten hatte sie sich so sehr gesehnt. Wie grausam, dass sie so spät kamen. »Wofür?«

»Phury hat sich an deiner Vene genährt.«

»Ja.«

»Du musst ihn finden.«

»Wird er denn vermisst?«

»Dein Blut ist in seiner Vene. Ich brauche dich …«

»Um ihn zu finden. Das habe ich verstanden. Sag mir, warum.« Die kurze Pause, die darauf folgte, jagte ihr einen Schauer über den Rücken.

»Der *Lesser* hat ihn. David hat ihn.«

Plötzlich fehlte ihr die Luft zum Atmen. Ihr Herz blieb stehen. »Wie …«

»Ich habe keine Zeit für lange Erklärungen.« Zsadist machte einen Schritt nach vorn, als wollte er ihre Hände nehmen, blieb dann aber stehen. »Bitte. Du bist die Einzige, die mich zu ihm bringen kann, weil dein Blut in ihm fließt.«

»Natürlich … natürlich suche ich ihn für dich.«

Das war die Kette der Blutsbindung, dachte sie. Sie konnte Phury überall aufspüren, da er sich an ihr genährt hatte. Und weil sie an Zsadists Kehle getrunken hatte, würde er sie aus dem gleichen Grund immer finden.

Jetzt hielt er sein Gesicht ganz dicht vor ihres. »Du gehst fünfzig Meter an ihn ran, keinen Meter näher, verstanden? Und dann dematerialisierst du dich hierher zurück.«

Sie sah ihm ihn die Augen. »Ich werde dich nicht im Stich lassen.«

»Ich wünschte, es gäbe einen anderen Weg, ihn zu finden.«

Das tat weh. »Das glaube ich sofort.«

Sie ging aus dem Salon und holte ihre Jacke, dann blieb sie im Foyer stehen. Dort schloss sie die Augen und reckte die Hände in die Luft, durchdrang erst die Wände der Eingangshalle, in der sie sich befand, dann die Außenmauern von Havers' Haus. Ihr Geist flog über die Hecke und den Rasen und die Gebäude und über Parks und Bäche und Flüsse. Noch weiter, bis zu den Äckern und den Bergen …

Als sie die Energie fand, die von Phury ausging, überfiel sie ein brüllender Schmerz, als wäre das, was er fühlte, pure Qual. Sie schwankte, und Zsadist umfasste ihren Arm. Doch sie schob ihn von sich weg. »Ich habe ihn. Mein Gott, er ist …«

Wieder packte Zsadist ihren Arm und drückte ihn. »Fünfzig Meter. Nicht näher. Verstanden?«

»Ja. Und jetzt lass mich los.«

Sie ging vor die Haustür und dematerialisierte sich, dann nahm sie zwanzig Meter von der kleinen Blockhütte im Wald entfernt wieder Gestalt an.

Kurz danach spürte sie Zsadist an ihrem Ellbogen. »Geh jetzt«, zischte er. »Los.«

»Aber …«

»Wenn du mir helfen willst, dann geh, damit ich mir keine Sorgen um dich machen muss. *Geh.*«

Bella sah ihm ein letztes Mal in die Augen und dematerialisierte sich.

Leise schlich Zsadist sich seitlich an die Blockhütte heran, dankbar für die kalte Luft, die ihm half, das restliche

Morphium abzuschütteln. Er drückte sich flach an eine der unbehandelten Holzwände, zog einen Dolch und warf einen Blick durchs Fenster. Drinnen waren nur ein paar rustikale, hässliche Möbel und ein Computer.

Panik stieg in ihm hoch.

Und dann hörte er das Geräusch ... einen Schlag. Noch einen. Etwa fünfundzwanzig Meter hinter dem Gebäude gab es noch eine kleinere, fensterlose Hütte. Er lief hin und lauschte eine Sekunde an der Wand. Dann tauschte er das Messer gegen die Beretta und trat die Tür ein.

Der Anblick, der sich ihm bot, schien direkt seiner eigenen Vergangenheit entsprungen: Ein auf einem Tisch angeketteter Mann, grün und blau geprügelt. Über sein Opfer gebeugt ein verrückter Psychopath.

Phury hob das zerschlagene Gesicht, Blut glitzerte auf seiner geschwollenen Lippe und der gebrochenen Nase. Der *Lesser* mit dem Messingschlagring wirbelte herum und wirkte vorübergehend verwirrt.

Zsadist zielte mit der Waffe auf den Drecksack, doch er stand direkt vor Phury: Die kleinste Abweichung, und die Kugel würde sich in seinen Zwilling bohren. Also senkte Z den Lauf, drückte den Abzug und zerschmetterte dem *Lesser* die Kniescheibe. Der schrie auf und fiel zu Boden.

Sofort stürmte Z zu ihm, doch genau als er den Untoten zu fassen bekam, hörte man einen weiteren Knall.

Ein brennender Schmerz schoss durch Zs Schulter. Das war ein heftiger Treffer, doch darüber konnte er jetzt nicht nachdenken. Er konzentrierte sich darauf, dem *Lesser* die Waffe abzunehmen, was der Kerl gleichzeitig auch mit der von Z versuchte. Verbissen rangen sie auf dem Boden miteinander, jeder versuchte, den anderen zu überwältigen, keiner scherte sich um das viele Blut. Schläge wurden ausgeteilt, Hände zerrten und Beine traten. In dem Gemenge gingen beide Waffen verloren.

Nach etwa vier Minuten begann Zs Kraft mit beunruhigender Geschwindigkeit nachzulassen. Dann lag er unten, und der *Lesser* saß ihm auf der Brust. Z drückte sich ab, wollte das Gewicht von seinem Körper abschütteln. Doch obwohl sein Kopf den Befehl gab, wollten die Gliedmaßen dieses eine Mal nicht gehorchen. Er drehte den Kopf. Seine Schulter blutete stark, ganz offensichtlich hatte die Kugel eine Arterie durchschlagen. Und die Nachwirkungen der Morphiumspritze halfen ihm auch nicht gerade.

In der kurzen Kampfpause keuchte der *Lesser* und krümmte sich, als hätte er starke Schmerzen im Bein. »Wer ... zum Henker ... bist du?«

»Der ... den du suchst«, fauchte Z zurück, sein Atem ging ebenso heftig. *Scheiße* ... Er hatte Mühe, nicht ohnmächtig zu werden. »Ich bin der ... der sie dir ... weggenommen hat.«

»Woher soll ich wissen, dass das stimmt?«

»Ich habe die Narben ... auf ihrem Bauch gesehen. Ich habe sie *heilen* gesehen. Bis dein Zeichen ... auf ihr verschwunden war.«

Der *Lesser* erstarrte.

Jetzt wäre ein ausgezeichneter Augenblick gewesen, die Oberhand zu gewinnen, aber Z war einfach zu kraftlos.

»Sie ist tot«, flüsterte der Jäger.

»Nein.«

»Ihr Porträt ...«

»Sie lebt. Atmet. Und du wirst sie niemals finden.«

Der Mund des *Lesser* öffnete sich, und ein Urschrei der Wut strömte heraus wie ein Windstoß.

Mitten in diesem Lärm wurde Z völlig ruhig. Plötzlich

ging das Atmen wieder ganz leicht. Oder vielleicht hatte es auch ganz aufgehört. Er sah zu, wie der Jäger in Zeitlupe einen von Zs eigenen schwarzen Dolchen aus dem Halfter zog und ihn mit beiden Händen hoch über den Kopf hob.

Sorgfältig konzentrierte sich Z auf seine eigenen Gedanken, er wollte genau wissen, welches sein letzter sein würde. Er dachte an Phury und wollte weinen, weil sein Zwilling sicher nicht mehr lange durchhalten würde. *Mein Gott.* Sein ganzes Leben lang hatte er ihn immer nur enttäuscht.

Und dann dachte er an Bella. Tränen stiegen ihm in die Augen, während Bilder von ihr durch seinen Kopf schwirrten ... so lebhaft, so deutlich ... bis über der Schulter des *Lessers* eine Vision von ihr auftauchte. Sie war so real, als stände sie tatsächlich im Türrahmen.

»Ich liebe dich«, wisperte er, als seine eigene Klinge auf seine Brust zuflog.

»David«, befahl ihre Stimme.

Der gesamte Körper des *Lessers* machte einen Ruck, wodurch der Dolch abgelenkt wurde und in die Holzdielen neben Zs Oberarm einschlug.

»David, komm her.«

Gehorsam kam er auf die Füße, als Bella ihren Arm ausstreckte.

»Du warst tot«, flüsterte der *Lesser* mit versagender Stimme.

»Nein.«

»Ich war in deinem Haus ... ich habe das Porträt gesehen. O mein Gott ...« Jetzt fing er an zu weinen und humpelte auf sie zu, näher und näher, eine Blutspur hinter sich herziehend. »Ich dachte, ich hätte dich getötet.«

»Das hast du nicht. Komm her.«

Verzweifelt versuchte Z zu sprechen, er hatte den furchtbaren Verdacht, dass dies keine Vision war. Er wollte schreien, doch heraus kam nur ein Stöhnen. Und dann lag der *Lesser* in Bellas Armen und schluchzte hemmungslos.

Regungslos sah Z zu, wie ihre Hand sich um den Rücken des Jägers legte. Darin lag die kleine Pistole, die er ihr gegeben hatte, bevor sie damals zu ihrem Haus gegangen waren.

Gütige Jungfrau … nein!

Bella war eigenartig ruhig, als sie die Waffe ganz langsam immer höher und höher hob. Ununterbrochen murmelte sie tröstende Worte, bis der Lauf der Waffe auf einer Höhe mit Davids Schädel war. Sie lehnte sich zurück, und als er den Kopf hob, um ihr in die Augen zu sehen, brachte er sein Ohr direkt an den Pistolenlauf.

»Ich liebe dich«, sagte er.

Sie drückte ab.

Der Rückschlag schleuderte ihren Arm weg nach hinten und brachte sie aus dem Gleichgewicht. Nachdem der Knall verebbt war, hörte sie einen dumpfen Aufprall und sah nach unten. Der *Lesser* lag auf der Seite, immer noch blinzelnd. Sie hatte erwartet, dass sein Kopf explodieren würde oder etwas in der Art, doch da war nur ein ordentliches kleines Loch in der Schläfe.

Ihr wurde übel, aber sie kümmerte sich nicht darum, stieg über den Körper hinweg und ging zu Zsadist.

O mein Gott. Überall war Blut.

»Bella …« Seine Hand kam mühsam vom Boden hoch, und sein Mund bewegte sich langsam.

Doch sie unterbrach ihn, indem sie nach seinem Brusthalfter griff und den anderen Dolch herauszog. »Ich muss den in seine Brust stecken, richtig?«

Mist. Ihre Stimme war in genauso schlimmer Verfassung wie sein Körper. Zittrig. Schwach.

»Lauf … bring dich … in …«

»Ins Herz, oder? Sonst ist er nicht tot. Zsadist, antworte mir!«

Als er nickte, ging sie zu dem *Lesser* und rollte ihn mit dem Fuß auf den Rücken. Er starrte sie an, und sie wusste, diese Augen würden sie noch jahrelang in ihren Alpträumen verfolgen. Sie nahm das Messer in beide Hände, hob es über den Kopf und stieß zu. Der Widerstand, auf den die Klinge traf, war ekelhaft, und sie musste würgen. Doch der Knall und der Lichtblitz bedeuteten immerhin eine Art Abschluss.

Dann ließ sie sich rückwärts zu Boden fallen, erlaubte sich jedoch nur zwei kurze Atemzüge. Sie musste zu Zsadist, riss sich Jacke und Pulli vom Leib. Den Pullover wickelte sie ihm um die Schulter, dann zog sie ihren Gürtel heraus, schlang ihn um das dicke Polster und zog ihn fest.

Die gesamte Zeit über wehrte sich Z, drängte sie, wegzulaufen, ihn und Phury zurückzulassen.

»Sei still«, befahl sie und biss sich selbst ins Handgelenk. »Trink das oder stirb, such es dir aus. Aber entscheide dich schnell, weil ich nach Phury sehen und euch beide dann hier herausbringen will.«

Sie hielt ihm den Arm hin, direkt über den Mund. Ihr Blut quoll hervor und tropfte ihm auf die geschlossenen Lippen.

»Du Scheißkerl«, flüsterte sie. »Hasst du mich denn so sehr …«

Da hob er den Kopf und biss in ihre Vene, sein kalter Mund verriet deutlich, wie nahe er dem Tod war. Zuerst trank er langsam, dann mit wachsender Gier. Er machte kleine Geräusche, die so gar nicht zu seinem großen

Kriegerkörper passen wollte. Es klang fast, als miaute er, eine verhungernde Katze vor einem Teller Milch.

Als er endlich den Kopf zurückfallen ließ, schloss er zufrieden die Augen. Ihr Blut durchdrang ihn; sie beobachtete, wie er durch den offenen Mund atmete. Doch dafür blieb keine Zeit. Eilig rannte sie durch die Scheune zu Phury. Er war bewusstlos, an den Tisch gekettet, überall voller Blut. Doch seine Brust hob und senkte sich.

Verdammt. An den Stahlketten baumelten schwere Vorhängeschlösser. Sie musste ihn irgendwie losschneiden. Links von sich entdeckte sie eine grausige Werkzeugsammlung ...

Und dann entdeckte sie den Körper in der Ecke. Eine junge Vampirin mit kurzem blondem Haar.

Tränen stiegen in ihr hoch und flossen über, als sie sich vergewisserte, dass das Mädchen tot war. Sie war in den Schleier eingegangen. Bella wischte sich die Augen und zwang sich zum Nachdenken. Sie musste die Lebenden hier wegbringen; das stand an oberster Stelle. Danach ... könnte einer der Brüder hierherkommen und ...

O mein Gott, o mein Gott, o mein Gott.

Plötzlich schaudernd, kurz vor der Hysterie nahm sie eine Kettensäge, ließ den Motor an und machte sich an Phurys Fesseln. Trotz des schrillen Lärms kam er nicht zu sich, was sie erneut zu Tode erschreckte.

Sie blickte zu Zsadist, der mühsam seinen Oberkörper vom Boden gehoben hatte.

»Ich bringe diesen Pick-up von der Blockhütte her«, sagte sie. »Du bleibst hier und sammelst ein bisschen Kraft. Ich brauche deine Hilfe, um Phury zu tragen. Er ist bewusstlos. Und das Mädchen ...« Ihre Stimme versagte. »Wir müssen sie hierlassen.«

So schnell sie konnte, rannte Bella zur Blockhütte, sie musste unbedingt den Schlüssel des Pick-ups finden. Daran, was sie tun würde, falls sie ihn nicht fand, wollte sie jetzt nicht denken.

Gnädige Jungfrau, der Schlüsselbund hing an einem Haken neben der Tür. Sie nahm ihn, lief zum Wagen, startete ihn und fuhr zu dem Schuppen. Eine schlitternde Drehung, und sie fuhr ihn rückwärts vor die Tür.

Sie stieg gerade aus, als sie Zsadist, schwankend wie ein Betrunkener, zwischen den Türpfosten sah. Phury lag in seinen Armen, und Zsadist würde mit diesem Gewicht nicht lange stehen können. Rasch klappte sie die Rückwand herunter, und beide taumelten in einem Gewirr aus Gliedmaßen und Blut auf die Ladefläche. Mit aller Kraft schob sie die Brüder ein Stück weiter vor, dann sprang sie hoch und zerrte sie an ihren Gürteln noch weiter auf den Wagen.

Als die beiden weit genug auf der Ladefläche waren, kletterte sie über die Seitenwand vom Pick-up herunter und hüpfte auf den Boden. Sie schlug die Rückwand hoch und blickte Zsadist an.

»Bella.« Seine Stimme war nur ein Flüstern, eine kaum merkliche Bewegung seiner Lippen, untermalt von einem traurigen Seufzen. »Ich will das nicht für dich. All diese … scheußlichen Dinge.«

Sie wandte sich ab. Einen Augenblick später trat sie aufs Gas.

Die einspurige Straße, die von der Hütte wegführte, war ihre einzige Option, sie betete darum, unterwegs niemandem zu begegnen. Als sie auf die Route 22 stieß, sandte sie ein Stoßgebet an die Jungfrau der Schrift und raste mit mörderischer Geschwindigkeit zu Havers' Klinik.

Sie kippte den Rückspiegel so, dass sie die Ladefläche des Pick-ups im Auge behalten konnte. Durch den Fahrtwind musste es eisig dort hinten sein, aber sie wagte es nicht, langsamer zu fahren.

Vielleicht würde die Kälte den Blutverlust der beiden verlangsamen.

O mein Gott.

Phury nahm einen eiskalten Wind auf seiner nackten Haut und seinem kahlen Schädel wahr. Er stöhnte auf und rollte sich zusammen. Mein Gott, war ihm kalt. Musste man das durchstehen, um in den Schleier zu kommen? Dann dankte er der Jungfrau der Schrift, dass man es nur einmal erlebte.

Etwas rührte sich neben ihm. Arme ... da waren Arme, die sich um ihn schlangen, Arme, die ihn näher an eine Wärmequelle zogen. Zitternd lieferte er sich demjenigen aus, der ihn so sanft umarmte.

Und was war das für ein Geräusch? Ganz nah an seinem Ohr ... das war nicht nur der Wind.

Singen. Jemand sang für ihn.

Phury lächelte schwach. Einfach vollkommen. Die Engel, die ihn in den Schleier brachten, hatten wahrlich wunderschöne Stimmen.

Er dachte an Zsadist und verglich die wunderschöne Melodie, die er jetzt hörte, mit denen, die er in seinem irdischen Leben gehört hatte.

Ja, Zsadist hatte eine Stimme wie ein Engel, wie sich herausstellte. Das hatte er wirklich.

23

Als Zsadist aufwachte, war sein erster Impuls, sich hinzusetzen. *Ganz miese Idee.* Seine Schulter verpasste ihm einen derart heftigen Schmerzensstich, dass er wieder ohnmächtig wurde.

Zweite Runde.

Dieses Mal erinnerte er sich beim Aufwachen wenigstens daran, was er nicht tun durfte. Also drehte er langsam den Kopf, statt in die Vertikale zu gehen. Wo zum Teufel war er? Es sah aus wie eine Mischung aus Gästezimmer und Krankenhaus – Havers. Er war bei Havers in der Klinik.

Und jemand saß im Schatten weiter hinten in dem fremden Zimmer.

»Bella?«, krächzte er.

»Tut mir leid.« Butch beugte sich ins Licht vor. »Bin nur ich.«

»Wo ist sie?« Mann, war er heiser. »Geht es ihr gut?«

»Alles in Ordnung.«

»Wo … wo ist sie?«

»Sie … äh, sie wird die Stadt verlassen, Z. Ich glaube, sie ist sogar schon weg.«

Zsadist schloss die Augen. Er wog kurz die Vorteile einer weiteren Ohnmacht.

Er konnte ihr keinen Vorwurf machen. In was für Situationen er sie gebracht hatte. Sie hatte den *Lesser* töten müssen. Es war besser für sie, weit weg von Caldwell zu sein.

Wenn ihn auch ihr Verlust am ganzen Körper schmerzte.

Er räusperte sich. »Phury? Ist er …«

»Direkt nebenan. Ziemlich verbeult, aber so weit in Ordnung. Ihr beide wart ein paar Tage lang ausgeknockt.«

»Tohr?«

»Niemand weiß, wo er ist. Als hätte er sich in Luft aufgelöst.« Der Polizist atmete hörbar aus. »John sollte eigentlich im Haus bleiben, aber wir kriegen ihn nicht aus dem Trainingszentrum heraus. Geschlafen hat er in Tohrs Büro. Was willst du sonst noch wissen?« Als Z den Kopf schüttelte, stand Butch auf. »Ich lasse dich jetzt allein. Ich dachte mir nur, du würdest dich besser fühlen, wenn du weißt, wie die Dinge stehen.«

»Danke … Butch.«

Die Augen des Polizisten flackerten beim Klang seines Namens auf und machten Z deutlich, dass er ihn noch niemals ihm gegenüber benutzt hatte.

»Klar doch«, sagte der Mensch. »Kein Problem.«

Als die Tür ins Schloss fiel, setzte Z sich auf. Zwar drehte sich alles in seinem Kopf, aber er riss sich die Schläuche von Brust und Zeigefinger. Überall ertönten Warnsignale, die er dadurch zum Schweigen brachte, dass er den ganzen Wagen mitsamt den Maschinen vom Bett wegschob. Das Gewirr von Kabeln wurde unterwegs aus der Wand gezogen und alles verstummte.

Dann zupfte er sich den Katheter ab und betrachtete den intravenösen Zugang in seinem Unterarm. Er wollte ihn schon herausreißen, dachte sich dann aber, dass in diesem Fall Zurückhaltung angesagt war. Wer wusste schon, was man da in ihn reinpumpte. Vielleicht brauchte er es.

Er stand auf, und sein Körper fiel wie ein leerer Sack in sich zusammen. Doch die Stange, an der der Tropf hing, eignete sich gut als Stütze, und so tapste er in den Flur. Aus allen Richtungen eilten Krankenschwestern herbei, als er auf die Tür zum Nebenraum zuging. Er schüttelte sie ab und drückte die Tür auf.

Phury lag in einem riesigen Bett, überall steckten Schläuche in ihm, als wäre er eine große Maschine.

Sein Kopf wandte sich herum. »Z … was machst du denn auf den Beinen?«

»Das Pflegepersonal auf Trab halten.« Er schloss die Tür hinter sich und torkelte auf das Bett zu. »Die sind verdammt schnell, muss ich sagen.«

»Du solltest nicht …«

»Halt die Klappe und rutsch rüber.«

Phury sah ihn völlig erschrocken an, wälzte sich dann aber zur Seite, während Z seinen erschöpften Körper auf die Matratze hievte. Als er sich in die Kissen sinken ließ, stießen beide exakt denselben Seufzer aus.

Z rieb sich die Augen. »Du bist ziemlich hässlich ohne all diese Haare, weißt du das?«

»Soll das bedeuten, du lässt dir dein Haupthaar jetzt wachsen?«

»Auf keinen Fall. Meine Tage als Schönheitskönigin sind vorbei.«

Phury kicherte. Dann sagte lange keiner von beiden ein Wort.

Immer wieder sah Zsadist in der Stille das Bild vor sich, das sich ihm in dem Schuppen des *Lessers* geboten hatte. Phury, auf den Tisch gefesselt, kahl rasiert, das Gesicht zu Brei geschlagen. Den Schmerz seines Zwillingsbruders mit anzusehen, war … pure Folter gewesen.

Nun räusperte er sich. »Ich hätte dich nicht so benutzen dürfen.«

Das ganze Bett wackelte, als hätte Phury ruckartig den Kopf gedreht. »Was?«

»Wenn ich … Schmerz brauchte. Ich hätte dich nicht zwingen dürfen, mich zu schlagen.«

Phury gab ihm keine Antwort, und Z legte den Kopf zur Seite. Sein Bruder hatte die Hände auf die Augen gelegt.

»Das war grausam von mir«, fuhr Z in der angespannten Atmosphäre zwischen ihnen fort.

»Es war furchtbar für mich, dir das anzutun.«

»Ich weiß, und ich wusste es auch in dem Moment, wenn du mich geschlagen hast. Dass ich mich von deinem Elend nährte, war das Grausamste daran. Ich werde dich nie wieder darum bitten.«

Phurys nackte Brust hob und senkte sich. »Mir ist es lieber, ich bin es, der dich schlägt, als ein anderer. Also wenn du es brauchst, sag Bescheid. Dann tue ich es.«

»Himmel, Phury …«

»Was? Das ist das Einzige, was du mich für dich tun lässt. Der einzige Weg, dich anfassen zu dürfen.«

Jetzt war es Z, der sich den Unterarm vor die brennenden Augen hielt. Er musste ein paar Mal husten, bevor er wieder sprechen konnte. »Schluss jetzt mit den Rettungen, mein Bruder, das ist vorbei. Endgültig. Es ist Zeit für dich, loszulassen.«

Keine Antwort. Also schielte Z wieder zur Seite – gerade, als Phury eine Träne über die Wange lief.

»Ach … Scheiße«, murmelte Z.

»Ja. Kann man wohl sagen.« Noch eine Träne sickerte aus Phurys Auge. »Verdammt noch mal. Ich bin undicht.«

»Okay, mach dich bereit.«

Phury rubbelte sich das Gesicht. »Worauf?«

»Ich … werde jetzt versuchen, dich zu umarmen.«

Fassungslos ließ Phury die Hände sinken und blickte mit einem fast irrsinnigen Gesichtsausdruck auf Z.

Der kam sich wie ein Vollidiot vor, als er an seinen Zwillingsbruder herankroch. »Heb gefälligst den Kopf hoch.« Phury reckte den Hals, und Z schob den Arm darunter durch. Die beiden erstarrten in der unnatürlichen Lage. »Weißt du, das war um einiges einfacher, als du bewusstlos hinten auf dem Pick-up lagst.«

»Das warst du?«

»Was dachtest du denn – dass dich der Weihnachtsmann knuddelt?«

Zs Haare sträubten sich überall. *Meine Güte* … er ließ hier echt die Hosen runter. Was machte er da eigentlich?

»Ich dachte, du wärest ein Engel«, meinte Phury leise, während er seinen Kopf auf Zs Arm bettete. »Als du für mich gesungen hast, dachte ich, du geleitest mich sicher in den Schleier.«

»Ich bin kein Engel.« Er legte die Hand auf Phurys Wange und wischte die Feuchtigkeit ab. Dann schloss er seine Lider mit den Fingerspitzen.

»Ich bin müde«, murmelte Phury. »So … müde.«

Es kam Z vor, als betrachtete er das Gesicht seines Zwillings zum allerersten Mal. Die Prellungen heilten bereits ab, die Schwellungen gingen zurück, der gezackte Schnitt, den er sich selbst zugefügt hatte, verschwand. Was zum Vorschein kam, waren Falten der Erschöpfung und der Anstrengung, nicht unbedingt eine Verbesserung.

»Du bist seit Jahrhunderten müde, Phury. Es wird Zeit für dich, mich loszulassen.«

»Ich glaube nicht, dass ich das kann.«

Zsadist atmete tief ein. »In jener Nacht, als ich entführt wurde … Nein, sieh mich nicht an. Das ist zu … nah. Ich kann dann nicht atmen. Mann, mach einfach die Augen zu, okay?« Wieder hustete Z, man hörte ein leises Schnaufen, das ihm das Sprechen durch seinen zugeschnürten Hals möglich machte. »In jener Nacht war es nicht deine Schuld, dass nicht du entführt wurdest. Und du kannst auch nicht wiedergutmachen, dass du Glück hattest und ich nicht. Du musst endlich aufhören, auf mich aufzupassen.«

Erschauernd stieß Phury die Luft aus. »Hast du … hast du einen blassen Schimmer, wie schrecklich es war, dich in dieser Zelle zu sehen, nackt und in Ketten und … zu wissen, was diese Frau dir so lange angetan hatte?«

»Phury …«

»Ich weiß alles, Z. Ich weiß alles, was dir passiert ist. Ich habe es von den Männern gehört, die … dort waren. Noch bevor ich wusste, dass du es bist, von dem sie sprachen, habe ich die Geschichten gehört.«

Zsadist musste schlucken, ihm war leicht übel. »Ich hatte immer gehofft, du wüsstest nichts davon. Habe gebetet, dass du …«

»Deshalb musst du begreifen, warum ich jeden Tag für dich sterbe. Dein Schmerz ist ebenso mein Schmerz.«

»Nein, ist er nicht. Schwör mir, dass du damit aufhörst.«

»Das kann ich nicht.«

Z schloss die Augen. Still lagen sie nebeneinander. Er wollte um Verzeihung bitten für alles, was er getan hatte, seit Phury ihn befreit hatte … und er wollte seinen Zwillingsbruder anbrüllen, weil er so ein verdammter Held sein musste. Doch vor allem wollte er Phury all die vergeudeten Jahre zurückgeben. Er verdiente so viel mehr, als er bisher vom Leben bekommen hatte.

»Dann lässt du mir keine Wahl.«

Phurys Kopf schnellte von Zs Arm hoch. »Wenn du dich umbringst …«

»Ich sollte wohl besser einen Versuch starten – dir nicht mehr so viele Sorgen zu machen.«

Phurys gesamter Körper erschlaffte. »Du meine Güte.«

»Aber ich weiß nicht, ob es klappt. Meine Instinkte sind sämtlich auf Zorn gedrillt. Vermutlich werde ich immer ziemlich schnell in die Luft gehen.«

»Ach, weißt du …«

»Aber vielleicht könnte ich ja daran arbeiten. Oder so. Scheiße, ich bin mir nicht sicher. Vielleicht auch nicht.«

»Ich helfe dir. Wenn du mich lässt.«

Z schüttelte den Kopf. »Nein, ich will keine Hilfe. Ich muss das allein schaffen.«

Erneut schwiegen sie eine Zeit lang.

»Mein Arm schläft ein«, sagte Z.

Phury hob den Kopf, und Z zog den Arm zurück, aber er rückte nicht weg.

Unmittelbar bevor Bella abfuhr, ging sie zu dem Zimmer, in das man Zsadist gelegt hatte. Seit Tagen verschob sie ihre Abreise, was angeblich überhaupt nichts damit zu tun hatte, dass sie warten wollte, bis er zu sich kam. Aber das war gelogen.

Die Tür stand etwas offen, deshalb klopfte sie an den Rahmen. Was er wohl sagen würde, wenn sie einfach eintrat. Vermutlich nichts.

»Herein«, sagte eine Frauenstimme.

Bella kam herein. Das Bett war leer, ein mit Monitoren beladener Wagen lag auf der Seite. Die Krankenschwester hob gerade einzelne Teile vom Boden auf und warf sie in den Mülleimer. Ganz eindeutig war Zsadist auf den Beinen.

Die Schwester lächelte. »Suchen Sie ihn? Er ist nebenan bei seinem Bruder.«

»Danke.«

Bella ging einen Raum weiter und klopfte leise. Es kam keine Antwort, also trat sie ein.

Die beiden lagen Rücken an Rücken, so dicht, dass es aussah, als wären sie an der Wirbelsäule miteinander verschmolzen. Die Arme und Beine waren auf genau dieselbe Art und Weise angezogen, das Kinn auf der Brust. So mussten sie im Bauch ihrer Mutter gelegen haben, zusammen ruhend, noch frei von all dem Schrecken, der in der Welt auf sie wartete.

Seltsam, die Vorstellung, dass ihr Blut in beiden floss. Es war ihr einziges Vermächtnis an das Zwillingspaar, das Einzige, was sie zurückließ.

Ohne Vorwarnung klappten Zsadists Augenlider auf. Der gelbgoldene Schimmer in seinem Blick war überraschend, und sie zuckte zusammen.

»Bella …« Er streckte den Arm nach ihr aus. »Bella …«

Sie machte einen Schritt rückwärts. »Ich bin hier, um mich zu verabschieden.«

Als er die Hand sinken ließ, musste sie wegsehen.

»Wohin gehst du? Ist es dort sicher?«

»Ja.« Sie fuhr nach Süden, nach Charleston in South Carolina, zu entfernten Verwandten, die sie sehr gern bei sich aufnahmen. »Es wird ein Neuanfang für mich sein. Ein neues Leben.«

»Gut. Das ist gut.«

Sie schloss die Augen. Nur einmal … nur einmal hätte sie gern Bedauern in seiner Stimme gehört, wenn sie fortging. Andererseits sollte dies ihr letzter Abschied voneinander sein, also würde sie wenigstens in Zukunft nicht mehr enttäuscht werden.

»Du warst so tapfer«, sagte er. »Ich schulde dir mein Leben. Seines auch. Du warst so … tapfer.«

Von wegen. Sie stand kurz vor einem totalen Zusammenbruch. »Ich hoffe, ihr zwei werdet schnell wieder gesund.«

Lange Zeit sagte niemand etwas. Dann warf sie einen letzten Blick auf Zsadists Gesicht. In dem Augenblick wusste sie, dass kein Mann jemals seinen Platz einnehmen konnte, selbst wenn sie einmal einen anderen Partner haben sollte.

Und so unromantisch das klingen mochte, das war einfach Mist. Klar, sie müsste eigentlich den Verlust überwinden und so weiter. Aber sie liebte ihn nun einmal, und sie würde nicht mit ihm zusammenbleiben, und sie wollte nichts weiter, als irgendwo ein Bett finden, sich hinlegen, das Licht ausmachen und einfach dort liegen bleiben. Ungefähr hundert Jahre lang.

»Eines muss ich dir noch sagen«, begann sie. »Du hast mir gesagt, ich würde eines Tages aufwachen und bereuen, mit dir zusammen gewesen zu sein. Das stimmt. Aber nicht wegen dem, was die *Glymera* sagt.« Sie verschränkte die Arme vor der Brust. »Nachdem ich mir einmal die Finger verbrannt habe, habe ich keine Angst mehr vor der Aristokratie. Ich wäre stolz gewesen … an deiner Seite zu stehen. Aber ja, es tut mir leid, dass ich mit dir zusammen war.«

Denn ihn zu verlassen, war niederschmetternd. Schlimmer als alles, was sie mit dem *Lesser* erlebt hatte.

Alles in allem wäre es besser gewesen, nicht zu wissen, was ihr entging.

Ohne ein weiteres Wort drehte sie sich um und verließ den Raum.

Als die Dämmerung heraufzog, lief Butch zur Höhle, zog seinen Mantel aus und setzte sich auf das Ledersofa. Der Sportkanal war auf stumm geschaltet. Dazu lief *Late Registration* von Kanye West.

V tauchte in der Küchentür auf, ganz offenbar gerade erst von einer kämpferischen Nacht zurückgekehrt: Er trug Lederhose und Stiefel, aber kein T-Shirt, und er hatte ein Veilchen.

»Wie geht's dir?«, fragte Butch und musterte einen weiteren blauen Fleck auf der Schulter seines Mitbewohners.

»Nicht besser als dir. Du siehst fertig aus, Bulle.«

»Und wie.« Er ließ den Kopf zurückfallen. Auf Z aufzupassen, war ihm vernünftig vorgekommen, während die Brüder draußen ihre Arbeit machten. Aber jetzt war er erschöpft, obwohl er nichts getan hatte, als drei Tage am Stück auf einem Stuhl zu hocken.

»Ich hab was, das dich auf die Beine bringen wird. Hier.«

Butch schüttelte den Kopf, als ein Weinglas vor seinem Gesicht erschien. »Du weißt doch, dass ich keinen Roten trinke.«

»Versuch ihn mal.«

»Nö, danke, ich brauche eine Dusche und dann was mit ein bisschen mehr Biss.« Butch pflanzte die Hände auf die Knie und wollte aufstehen.

Doch Vishous vertrat ihm den Weg. »Du brauchst das. Vertrau mir.«

Also ließ Butch seinen Hintern wieder auf den Sitz fallen und nahm das Glas entgegen. Er schnüffelte an dem Wein. Trank einen Schluck. »Nicht übel. Bisschen dick, aber nicht übel. Ist das ein Merlot?«

»Nicht ganz.«

Er legte den Kopf in den Nacken und schluckte konzentriert. Der Wein war stark, er brannte sich seinen Weg zum Magen hinunter und machte ihn etwas schwindlig. Weshalb er überlegte, wann er eigentlich zuletzt etwas gegessen hatte.

Als er den letzten Schluck trank, runzelte er die Stirn. Vishous beobachtete ihn viel zu eindringlich.

»V? Stimmt was nicht?« Er stellte das Glas auf dem Tisch ab und zog eine Braue hoch.

»Nein … alles super. Ab jetzt wird alles super.«

Butch dachte an all den Ärger, den sein Mitbewohner in letzter Zeit gehabt hatte. »Hey, ich wollte dich noch mal nach deinen Visionen fragen. Sind sie immer noch weg?«

»Tja, da ich vor circa zehn Minuten eine hatte, sind sie offenbar wieder da.«

»Das wäre gut. Ich sehe dich nicht gern so neben der Spur stehen wie in letzter Zeit.«

»Du bist echt in Ordnung, Bulle. Weißt du das?« Vishous lächelte und schob sich eine Hand durchs Haar. Als er den Arm wieder fallen ließ, fiel Butchs Blick auf sein Handgelenk. An der Innenseite war ein frischer Schnitt. Einer, der erst wenige Minuten alt war.

Butch betrachtete das Weinglas. Ein furchtbarer Verdacht keimte in ihm auf, und er betrachtete wieder das Handgelenk seines Mitbewohners.

»Verflucht noch mal … V, was … was hast du getan?« Im selben Moment, als er auf die Füße sprang, setzte der erste Krampf in seinem Magen ein. »O mein Gott … Vishous.«

Er wollte zur Toilette rennen, um sich zu übergeben, doch so weit kam er nicht. Sobald er an seiner Zimmertür war, stürzte sich Vishous von hinten auf ihn und warf ihn aufs Bett. Butch fing an zu würgen, woraufhin V ihn auf den Rücken drehte und ihm die Hand von unten gegen das Kinn drückte, so dass sein Mund zu blieb.

»Wehr dich nicht«, sagte V hart. »Behalt es unten. Du musst es unten behalten.«

Butchs Gedärme rebellierten, das Zeug, das ihm von unten in den Hals schoss, verstopfte ihm die Kehle. In Panik, würgend, dem Ersticken nah drückte er gegen den schweren Körper, der rittlings auf ihm saß, und schaffte es, Vishous seitlich herunter zu kippen. Doch noch bevor er sich befreien konnte, packte V ihn wieder von hinten und zwang seinen Kiefer zu.

»Behalt … es … unten …«, ächzte V, während sie auf dem Bett miteinander rangen.

Butch spürte ein schweres Bein, das sich über seine Oberschenkel legte. Der Ringergriff funktionierte. Er konnte sich nicht rühren. Trotzdem wehrte er sich weiter.

Die Krämpfe und die Übelkeit wurden immer stärker, bis er dachte, er müsste platzen. Da gab es eine Explosion in seinen Eingeweiden, und Funken stoben durch seinen Körper … Funken, die ein Kribbeln auslösten … nun ein Summen. Er wurde ganz still, die Kampfeslust verließ ihn, während er die neuen Empfindungen in sich aufnahm.

V lockerte den Griff und nahm die Hand weg, wenn er auch weiterhin einen Arm um Butchs Brust gelegt ließ. »So ist's recht … Einfach weiter atmen. Du machst das sehr gut.«

Das Summen steigerte sich jetzt, verwandelte sich in etwas Ähnliches wie Sex, aber nicht so ganz … Nein, es war definitiv nichts Erotisches, aber sein Körper kannte den Unterschied nicht. Er wurde hart, die Erektion drückte gegen seine Hose, sein Körper glühte plötzlich vor Hitze. Er drückte den Rücken durch, aus seiner Kehle drang ein Stöhnen.

»So ist es richtig«, raunte ihm V ins Ohr. »Kämpf nicht dagegen an. Lass es durch dich hindurchfließen.«

Butchs Hüften wanden sich von ganz allein und wieder stöhnte er. Er war so heiß wie der Kern der Sonne, seine Haut überempfindlich, sein Blick vernebelt … Und dann wanderte das Brüllen aus seinen Eingeweiden hoch in sein Herz. Blitzartig flammten all seine Venen auf, als wäre Benzin darin, sein gesamtes Inneres wurde zu einem Geflecht aus Feuer, wurde heißer und heißer. Schweiß floss ihm in Strömen herunter, während sein Körper zuckte, und er den Kopf zurück an Vishous' Schulter warf. Heisere Töne entrangen sich seinem Mund.

»Ich werde … sterben.«

Vs Stimme war ganz dicht bei ihm, stand ihm zur Seite. »Du musst bei mir bleiben, Mann. Atme weiter. Das wird nicht lange dauern.«

Gerade als Butch glaubte, er könnte das Inferno nicht mehr länger ertragen, überrollte ihn ein Zwölftonner von einem Orgasmus. Als die Spitze seines Schwanzes wegflog, hielt Vishous ihn fest, sprach mit ihm in der Alten Sprache. Und dann war es vorbei. Ein Sturm war vorübergezogen.

Hechelnd und geschwächt erschauerte Butch von den Nachwirkungen. V stand auf und deckte ihn zu.

»Warum …«, lallte Butch wie ein Betrunkener. »Warum, V?«

Vishous' Gesicht erschien vor seinem eigenen. Seine Diamantaugen leuchteten … bis das linke plötzlich ganz schwarz wurde, die Pupille sich so weit ausdehnte, dass die Iris und das Weiße nichts als ein bodenloses Loch wurden.

»Das Warum kenne ich nicht. Aber ich habe gesehen, dass du von mir trinken sollst. Entweder das, oder du würdest sterben.« V strich Butchs Haare zurück. »Schlaf jetzt. Bis zum Abend bist du wiederhergestellt, da du das überlebt hast.«

»Das hätte … mich umbringen können?« *Na ja, klar.* Er hatte auch das Gefühl gehabt, zu sterben.

»Ich hätte es dir nicht gegeben, wäre ich mir nicht sicher gewesen, dass du es aushältst. Und jetzt mach die Augen zu. Lass dich einfach fallen, ja?« Vishous ging hinaus, blieb aber in der Tür noch einmal stehen.

Als ihn der Bruder so ansah, spürte Butch etwas sehr Seltsames … ein Band zwischen ihnen, etwas, das greifbarer war als die Luft zwischen ihnen beiden. Geschmiedet in dem Feuer, durch das er gerade gegangen war, tief wie das Blut in seinen Venen … eine wundersame Verbindung.

Mein Bruder, dachte Butch.

»Ich werde nicht zulassen, dass dir etwas geschieht, Bulle.«

Und Butch wusste, dass das die Wahrheit war, obwohl er sich wirklich nicht gern überrumpeln ließ. Andererseits, hätte er gewusst, was in dem Glas war, hätte er den Scheiß niemals geschluckt. Völlig ausgeschlossen.

»Was macht das aus mir?«, fragte er leise.

»Nichts, was du nicht vorher schon warst. Du bist immer noch ein Mensch.«

Erleichterte seufzte Butch auf. »Hör mal, tu mir einen Gefallen. Das nächste Mal warnst du mich vorher, wenn du vorhast, so einen Stunt abzuziehen. Ich entscheide lieber selbst.« Dann lächelte er. »Und wir beide sind immer noch kein Paar.«

V lachte kurz auf. »Schlaf jetzt, Kumpel. Du kannst mir später eine verpassen.«

»Das werde ich auch tun.«

Als der breite Rücken seines Bruders im Flur verschwand, schloss Butch die Augen.

Immer noch ein Mensch … Nur … ein … Mensch.

Dann übermannte ihn der Schlaf.

24

Am folgenden Abend zog sich Zsadist eine frische Lederhose an. Er war noch steif, fühlte sich aber unglaublich stark, und er wusste, dass Bellas Blut ihn noch nährte, ihm seine volle Kraft gab, ihn vollständig machte.

Er räusperte sich, um nicht in Tränen auszubrechen wie ein Waschlappen. »Danke, dass du mir die Sachen gebracht hast, Bulle.«

Butch nickte. »Kein Problem. Willst du versuchen, dich nach Hause zu verpuffen? Sonst habe ich den Escalade vor der Tür stehen, falls du dich noch nicht fit genug fühlst.«

Z zerrte sich einen schwarzen Rolli über den Kopf, zog Stiefel an und stapfte nach draußen.

»Z? Hallo?«

Er sah den Polizisten über die Schulter an. Blinzelte ein paar Mal. »'Tschuldige, was?«

»Soll ich dich mitnehmen?«

Zum ersten Mal, seit er vor zehn Minuten zu ihm

ins Zimmer gekommen war, sah Z Butch richtig an. Er wollte schon seine Frage beantworten, als seine Instinkte plötzlich wach wurden. Er legte den Kopf zur Seite und schnüffelte. Starrte den Menschen an. *Was zum Teufel …?*

»Bulle, wo warst du, seit ich dich zuletzt gesehen habe?«

»Nirgends.«

»Du riechst anders.«

Butch wurde rot. »Neues Aftershave.«

»Nein. Nein, das meine ich nicht …«

»Was ist jetzt, willst du mitfahren?« Butchs haselnussbraune Augen bekamen einen harten Glanz, als wollte er auf keinen Fall näher auf das Thema eingehen.

Z zuckte die Achseln. »Von mir aus, ja. Und lass uns Phury noch holen. Wir fahren beide mit dir.«

Eine Viertelstunde später waren sie auf der Straße. Auf dem Weg zum Haus saß Z auf dem Rücksitz des Escalade und betrachtete die vorbeiziehende Winterlandschaft. Es schneite wieder, die Flocken stürmten waagerecht auf den über die Route 22 rasenden SUV ein. Vorne hörte er Phury und Butch leise miteinander reden, aber sie klangen weit, weit entfernt. Eigentlich fühlte sich alles so an … unscharf, zusammenhanglos.

»Da wären wir, Gentlemen«, sagte Butch, als sie in den Innenhof fuhren.

Was, sie waren schon wieder da?

Alle drei stiegen sie aus und liefen zum Haus, der frische Schnee knarrte unter ihren Füßen. Sobald sie einen Fuß in die Eingangshalle setzten, stürmten die Frauen des Hauses auf sie zu. Oder besser gesagt, auf Phury. Mary und Beth warfen ihre Arme um den Bruder und hießen ihn herzlich willkommen.

Während Phury die beiden umarmte, trat Z zurück in

den Schatten. Verstohlen beobachtete er sie und fragte sich, wie es sich wohl anfühlen würde, mitten in diesem Gewühl zu sein, wünschte sich, es gäbe auch für ihn ein herzliches Willkommen.

Eine unangenehme Pause entstand, als Mary und Beth aus Phurys Umarmung zu ihm herübersahen. Rasch wandten die Frauen den Blick ab, vermieden es, ihm in die Augen zu sehen.

»Wrath ist oben«, sagte Beth dann. »Er und die Brüder warten auf euch.«

»Irgendwelche Neuigkeiten von Tohr?«, wollte Phury wissen.

»Nein, das macht alle völlig fertig. Vor allem John.«

»Ich sehe später nach dem Jungen.«

Ein letztes Mal drückten Mary und Beth Phury an sich; dann gingen er und Butch zur Treppe. Z folgte ihnen.

»Zsadist?«

Beim Klang von Beths Stimme blickte er über die Schulter. Sie hatte die Arme vor der Brust verschränkt, neben ihr stand Mary mit ähnlich angespannter Miene.

»Wir sind froh, dass du es geschafft hast«, sagte die Königin.

Z runzelte die Stirn, er wusste, das konnte nicht stimmen. Er konnte sich nicht vorstellen, dass sie ihn gerne um sich hatten.

Doch dann sprach Mary weiter. »Ich habe eine Kerze für dich angezündet. Und gebetet, dass du sicher nach Hause kommst.«

Eine Kerze … für ihn angezündet? Nur für ihn? Als ihm das Blut ins Gesicht schoss, fühlte er sich armselig, dass diese Freundlichkeit ihm so viel bedeutete.

»Danke.« Er verneigte sich vor ihnen und rannte dann die Treppe hinauf. Sein Gesicht musste die Farbe eines Rubins haben. *Mein Gott* … Vielleicht würde er diesen ganzen Beziehungskram noch mal lernen. Eines Tages.

Als er allerdings in Wraths Büro ankam und die Augen aller Brüder auf sich spürte, dachte er, *vielleicht auch nicht.* Er konnte die fragenden Blicke nicht ertragen; es war zu viel für ihn. Seine Hände begannen zu zittern, und er schob sie in die Hosentaschen und trottete in seine übliche Ecke, weit weg von den anderen.

»Heute Nacht wird niemand rausgehen und kämpfen«, verkündete Wrath. »Wir sind alle viel zu sehr in Gedanken, um effektiv zu sein. Und ich will, dass ihr alle spätestens um vier Uhr morgens wieder im Haus seid. Sobald die Sonne aufgeht, beginnt der Trauertag für Wellsie. Bis dahin seid ihr alle gestiefelt und gespornt. Was ihre Schleierzeremonie betrifft, können wir die nicht ohne Tohr abhalten, also liegt das auf Eis, bis er wieder auftaucht.«

»Ich kann nicht fassen, dass niemand weiß, wo er ist«, sagte Phury.

Vishous zündete sich eine Selbstgedrehte an. »Jede Nacht sehe ich in seinem Haus nach, aber es gibt noch immer keine Spur von ihm. Seine *Doggen* haben ihn weder gesehen, noch von ihm gehört. Seine Dolche hat er nicht mitgenommen, genauso wenig wie seine Waffen, seine Kleider, oder die Autos. Er könnte überall sein.«

»Was ist mit dem Training?«, fragte Phury. »Machen wir damit weiter?«

Wrath schüttelte den Kopf. »Ich würde gern, aber wir sind schwer unterbesetzt, und ich will euch das nicht auch noch aufbürden. Besonders, da ihr euch noch erholen müsst …«

»Ich kann doch helfen«, warf Z ein.

Alle Köpfe drehten sich zu ihm um. Das ungläubige Staunen auf ihren Mienen wäre zum Brüllen komisch gewesen, hätte es nicht so wehgetan.

Er räusperte sich. »Ich meine, Phury wäre natürlich der Chef, und er müsste auch den Theoriekram machen, weil ich nicht lesen kann. Aber ich bin gut mit dem Messer. Und auch mit den Fäusten. Feuerwaffen. Sprengstoff. Ich könnte beim Training selbst und beim Waffenunterricht aushelfen.« Als keine Reaktion kam, senkte er den Blick. »Oder eben nicht. Muss nicht sein. Wie ihr meint.«

Das folgende Schweigen machte ihn völlig kribbelig. Er scharrte mit den Füßen. Schielte zur Tür.

Ich Volltrottel. Er hätte die Klappe halten sollen.

»Das fände ich großartig«, begann Wrath langsam. »Aber bist du dir sicher, dass du das hinkriegst?«

Z zuckte mit den Schultern. »Ich könnte es ja mal versuchen.«

Wieder Stille. »Gut … dann sei es so. Und danke für das Angebot.«

»Klar. Kein Problem.«

Eine halbe Stunde später, als das Treffen beendet war, verließ Z als Erster den Raum. Er wollte nicht mit den Brüdern darüber sprechen, was er angeboten hatte, oder wie er sich dabei fühlte. Er wusste, sie waren alle neugierig, wahrscheinlich suchten sie nach Anzeichen, dass er Erlösung gefunden hatte oder so was.

Er ging in sein Zimmer, um sich zu bewaffnen. Eine schwere Aufgabe lag vor ihm, eine lange, schwere Aufgabe, und er wollte sie hinter sich bringen.

Doch im Schrank fiel sein Blick auf den schwarzen Morgenmantel, den Bella so oft getragen hatte. Vor einigen Tagen hatte er ihn in den Müll geworfen, aber Fritz musste ihn wieder herausgeholt und aufgehängt haben. Nun berührte Z den Stoff, nahm ihn vom Bügel, legte ihn sich über den Arm und streichelte den weichen Satin. Er hielt ihn sich an die Nase und atmete tief ein, roch sowohl sie darin als auch seinen eigenen Bindungsduft.

Gerade wollte er ihn zurück auf den Bügel hängen, als etwas Blitzendes daraus zu Boden fiel. Er bückte sich. Bellas Kette. Zurückgelassen.

Eine Zeit lang betastete er den zarten Schmuck, betrachtete das Funkeln der Diamanten; dann legte er sie um und holte seine Waffen. Eigentlich wollte er sofort los, doch dann blieb sein Blick an dem Totenschädel der Herrin hängen, der neben seinem Lager auf dem Fußboden stand.

Er lief hin, kniete sich davor und starrte in die leeren Augenhöhlen.

Einen Augenblick später ging er ins Badezimmer, holte ein Handtuch und wickelte den Schädel in den Frotteestoff. Er trug ihn aus dem Zimmer, lief eilig durch den Flur mit den Statuen, dann rannte er weiter. Die Treppe hinunter ins Erdgeschoss, die Abkürzung durch das Esszimmer und die Speisekammer, dann durch die Küche.

Die Kellertreppe lag ganz am anderen Ende, und er machte das Licht nicht an, als er hinunterstieg. Immer lauter wurde das Prasseln des altmodischen Kohleofens, der das große Haus beheizte.

Er spürte die Wärme, je mehr er sich dem großen eisernen Untier näherte. Er beugte sich herunter und blickte durch das kleine Glasfenster in den Ofen, in dem lebendige Flammen zu tanzen schienen. Orangefarbene Brandzungen leckten und nagten an der Kohle, die man ihnen zum Fraß vorgeworfen hatte, immer begierig nach neuer Nahrung. Er klappte den Riegel hoch, öffnete das Türchen und spürte einen heißen Windstoß. Ohne zu zögern, warf er den Schädel mitsamt dem Handtuch ins Feuer.

Er sah nicht zu, wie er verbrannte, er drehte sich einfach nur um und ging wieder nach oben.

In der Eingangshalle blieb er kurz stehen, dann ging

er in den ersten Stock. Oben wandte er sich nach rechts, lief den Flur entlang und klopfte an einer der Türen.

Rhage machte auf, ein Handtuch um die Hüften geschlungen. Er wirkte überrascht, als er sah, wer vor der Tür stand. »Hey, mein Bruder.«

»Kann ich kurz mit Mary sprechen?«

Hollywood runzelte die Stirn, sagte aber über die Schulter: »Mary, Z will dich sprechen?«

Mary zog einen seidenen Morgenmantel vorne zusammen und knotete ihn zu, während sie zur Tür kam. »Hi.«

»Macht es dir was aus, wenn wir unter vier Augen reden?«, fragte Z mit einem Seitenblick auf Rhage.

Dessen Augenbrauen senkten sich ziemlich weit, und Z dachte, *klar,* gebundene Vampire haben es nicht gern, wenn ihre Frauen allein mit einem anderen Kerl sind. *Und besonders nicht mit mir.*

Er rieb sich über die kurz geschorenen Haare. »Nur hier im Flur, es dauert auch nicht lange.«

Jetzt trat Mary zwischen die beiden und schubste ihren *Hellren* zurück ins Zimmer. »Ist schon in Ordnung, Rhage. Kümmere du dich um die Badewanne.«

Kurz blitzten Rhages Augen weiß auf, als die Bestie in ihm auch noch ihren Revierinstinkt zum Ausdruck brachte. Es gab eine angespannte Pause; dann wurde Mary geräuschvoll auf den Hals geküsst, und die Tür schloss sich.

»Was ist denn?«, fragte sie. Z konnte ihre Furcht riechen, aber sie sah ihm fest in die Augen.

Er hatte sie schon immer gemocht, dachte er. »Ich habe gehört, dass du früher autistische Kinder unterrichtet hast.«

»Ähm … ja, das stimmt.«

»Fiel denen das Lernen schwer?«

Sie runzelte die Stirn. »Ja, schon. Manchmal.«

»Und ist das …« Er räusperte sich. »Ist dir das auf die Nerven gegangen? Ich meine, hat dich das frustriert?«

»Nein. Wenn ich überhaupt über etwas enttäuscht war, dann über mich selbst, weil ich nicht herausfinden konnte, auf welche Art sie lernen wollten.«

Er nickte, konnte ihr aber nicht in die grauen Augen sehen. Stattdessen starrte er die Tür neben ihrem Kopf an.

»Warum fragst du mich das, Zsadist?«

Er fasste sich ein Herz und sprang über die Klippe. Als er geendet hatte, riskierte er einen Blick auf Mary.

Ihre Hand lag über ihrem Mund, und ihre Augen waren so freundlich, dass ihr Blick sich anfühlte wie Sonnenlicht. »O, Zsadist, ja … Aber natürlich mache ich das.«

Phury schüttelte den Kopf und stieg in den Wagen. »Es muss das *ZeroSum* sein.«

Er musste dort *unbedingt* heute Nacht hin.

»Dachte ich mir schon«, gab V zurück, als er sich hinter das Steuer klemmte und Butch auf den Rücksitz hüpfte.

Ohne ein Wort zu sprechen, fuhren sie in die Stadt. Nicht einmal Musik schallte durchs Auto.

So viel Tod, so viele Verluste, dachte Phury. Wellsie. Die junge Vampirin, Sarelle, deren Leiche V zu ihren Eltern zurückgebracht hatte.

Und auch Tohrs Verschwinden war wie ein Tod. Genau wie Bellas.

Das ganze Leiden erinnerte ihn an Z. Er wollte glauben, dass Zsadist sich auf dem Weg zu einer Art Genesung befand. Doch die Vorstellung, er könnte sich völlig verändern, war haltlos. Es war nur eine Frage der Zeit, bis das Bedürfnis seines Bruders nach Schmerz zurückkehrte, und der ganze Mist von vorne anfing.

Müde rieb sich Phury das Gesicht. Heute Nacht fühlte er sich, als wäre er tausend Jahre alt, wirklich, aber gleichzeitig war er so fahrig und zappelig ... innerlich noch immer traumatisiert, wenn auch seine Haut verheilt war. Er konnte sich einfach nicht zusammenreißen. Er brauchte Hilfe.

Zwanzig Minuten später hielt Vishous hinter dem *ZeroSum* und parkte den SUV auf einer gesperrten Fläche. Die Türsteher ließen sie sofort durch, und sie gingen in den VIP-Bereich. Phury bestellte einen Martini, den er direkt in einem langen Schluck leerte.

Hilfe. Er brauchte Hilfe. Doppelte Hilfe ... sonst würde er durchdrehen.

»Entschuldigt mich, Jungs«, murmelte er und ging nach hinten zum Büro des Reverend. Die beiden hünenhaften Mauren vor der Tür nickten ihm zu, und einer sprach in seine Uhr. Eine Sekunde später wurde er durchgewinkt.

Phury marschierte in den düsteren Raum und konzentrierte sich auf den Reverend. Der Vampir saß hinter seinem Schreibtisch, in einen nagelneuen Nadelstreifenanzug gekleidet, mehr Geschäftsmann als Dealer.

Ein süffisantes Grinsen lag auf seinem Gesicht. »Wo sind denn all deine schönen Haare geblieben?«

Phury sah sich kurz um, ob die Tür auch geschlossen war. Dann zog er drei Hunderter aus der Tasche. »Ich will H.«

Die violetten Augen des Reverend verengten sich. »Was hast du gesagt?«

»Heroin.«

»Bist du dir da ganz sicher?«

Nein, dachte Phury. »Ja«, sagte er.

Unschlüssig fuhr sich der Reverend mit der Hand über den Irokesen. Dann beugte er sich vor und drückte einen Knopf an seiner Sprechanlage.

»Rally, ich brauche für Dreihundert Queen hier oben. Und zwar das feinkörnige.« Er lehnte sich wieder zurück. »Um es deutlich zu sagen, ich glaube nicht, dass du so ein Pulver mit nach Hause nehmen solltest. Du brauchst den Scheiß nicht.«

»Nicht, dass ich mir von dir etwas sagen lassen würde, aber du hast selbst gesagt, ich sollte mal was Härteres probieren.«

»Den Kommentar nehme ich zurück.«

»Ich dachte, Symphathen hätten kein Gewissen.«

»Ich bin auch zur Hälfte der Sohn meiner Mutter. Also hab ich ein bisschen davon.«

»Wie schön für dich.«

Das Kinn des Reverend fiel nach unten, und in seinen Augen blitzte den Bruchteil einer Sekunde das reine, violette Böse auf. Dann lächelte er. »Nein … schön für euch alle.«

Kurze Zeit später traf Rally ein. Die Transaktion dauerte nicht lange. Das gefaltete Päckchen passte genau in Phurys Innentasche.

Als er schon im Gehen begriffen war, sagte der Reverend: »Das Zeug ist sehr rein. Tödlich rein. Du kannst dir was davon in deinen Joint streuen, oder es auflösen und spritzen. Aber ein guter Rat: Es ist sicherer für dich, es zu rauchen. Dann hast du mehr Kontrolle über die Dosis.«

»Du kennst dich aber gut aus mit deinen Produkten.«

»O, ich selber benutze nie was von dem Giftmüll. Das bringt einen um. Aber ich höre von anderen Leuten, was funktioniert. Und was einen in die Kühlkammer befördert.«

Das, was er da tat, kitzelte seine Haut wie eine Feder. Doch als er zurück zum Tisch der Brüder kam, konnte er es kaum noch erwarten, nach Hause zu fahren. Er wollte sich völlig betäuben. Er wollte den tiefen Dämmerzustand, den Heroin einem verschaffte, wie er gehört hatte. Und er wusste, er hatte genug davon gekauft, um sich mehrmals in eine himmlische Hölle zu befördern.

»Was ist mit dir los?«, fragte Butch. »Du kannst heute Nacht nicht stillsitzen.«

»Nichts Besonderes.« Er steckte die Hand in die Innentasche und befühlte das Päckchen, dann fing er an, unter dem Tisch mit dem Fuß zu wippen.

Ich bin ein Junkie, stellte er fest.

Nur, dass ihm das inzwischen egal war. Der Tod war überall um ihn herum, der Gestank des Versagens verpestete die Luft, die er atmete. Er musste für kurze Zeit von diesem verfluchten Zug abspringen – selbst wenn das bedeutete, auf einen anderen kranken Zug aufzuspringen.

Glücklicherweise, oder vielleicht auch unglücklicherweise, hielt es Butch und V auch nicht lange im Club, und kurz nach Mitternacht waren sie alle zu Hause. Als sie ins Haus traten, ließ Phury seine Knöchel knacken, ihm wurde plötzlich heiß unter dem Mantel. Er konnte es nicht erwarten, endlich allein zu sein.

»Wollt ihr was essen?«, sagte Vishous gähnend.

»Unbedingt«, meinte Butch. Dann warf er einen Blick zur Seite, während V schon in die Küche stapfte. »Phury, bist du auch dabei?«

»Nein, wir sehen uns später.« Schon halb auf der Treppe konnte er die Augen des anderen im Rücken spüren.

»Hey, Phury«, rief Butch.

Phury fluchte und blickte über die Schulter. Etwas von

seinem rasenden Drang ging verloren, als die wissenden Augen des Polizisten ihn durchdringend ansahen.

Butch weiß Bescheid, dachte er. Aus irgendeinem Grund wusste der Typ, was er vorhatte.

»Bist du sicher, dass du nicht mit uns essen willst?«, fragte er mit ruhigem Tonfall.

Phury musste nicht einmal nachdenken. Oder vielleicht weigerte er sich auch einfach, das zu tun. »Ja. Ich bin sicher.«

»Vorsicht, Mann. Manche Dinge sind schwer wieder rückgängig zu machen.«

Phury dachte an Z. An sich selbst. An die beschissene Zukunft, durch die sich zu schleppen er wenig Lust verspürte.

»Als ob ich das nicht wüsste.« Damit ging er.

In seinem Zimmer angekommen, schloss er die Tür und ließ den Ledermantel auf einen Stuhl fallen. Er holte das Päckchen heraus, griff sich ein bisschen roten Rauch und Drehpapier und fabrizierte einen Joint. Spritzen zog er erst gar nicht in Betracht. Das war einfach zu nah an der Sucht.

Zumindest beim ersten Mal.

Er leckte das Papier an, stopfte das Ende des Joints fest und setzte sich dann aufs Bett, den Rücken an die Kissen gelehnt. Er nahm das Feuerzeug und klappte es auf, so dass die Flamme zum Leben erwachte, und lehnte sich in den orangefarbenen Schein vor, den Joint zwischen den Lippen.

Das Klopfen an der Tür machte ihn stinksauer. *Der verdammte Bulle.*

Er klappte das Feuerzeug wieder zu. »Was ist?«

Als keine Antwort kam, stapfte er quer durchs Zimmer, den Joint in der Hand. Er riss die Tür auf.

Erschrocken taumelte John rückwärts.

Phury atmete tief ein. Dann noch einmal. Er musste sich locker machen.

»Was ist los, mein Junge?«, fragte er, während er mit dem Zeigefinger über den Joint strich.

John holte seinen Block hervor und schrieb ein paar Zeilen, dann drehte er ihn um. *Tut mir leid, dich zu stören, aber brauche Hilfe bei meinen Jiu-Jitsu-Positionen, und du kannst das doch so gut.*

»Ach so … klar. Ähm, heute nicht, John. Sorry. Ich habe … zu tun.«

Der Junge nickte. Kurz darauf winkte er ihm zum Abschied. Drehte sich um und ging.

Phury schloss die Tür, sperrte ab und ging zurück zum Bett. Wieder klappte er das Feuerzeug auf, steckte sich den Joint zwischen die Lippen …

Genau, als die Flamme die Selbstgedrehte erreichte, erstarrte er.

Er bekam keine Luft. Konnte nicht … Er keuchte. Seine Handflächen wurden feucht, Schweiß brach ihm auf der Oberlippe, unter den Armen und auf der ganzen Brust aus.

Was zum Henker machte er hier? Was zum Henker *machte* er hier?

Junkie … Scheißjunkie. Erbärmlicher Junkie … Arschloch. Heroin ins Haus des Königs zu bringen. Das Zeug hier im Quartier der Bruderschaft anzuzünden. Sich zu vergiften, weil er zu schwach war, um mit seinem Leben klarzukommen.

O nein, das würde er nicht tun. Er würde seinen Brüdern, seinem König keine Schande machen. Schlimm genug, dass er süchtig nach dem roten Rauch war. Aber H?

Von Kopf bis Fuß zitternd lief Phury zur Kommode, nahm das Päckchen und stürmte ins Bad. Er spülte den

Joint und das Heroin im Klo herunter und zog noch zweimal ab.

Dann stolperte er aus dem Zimmer und rannte den Flur hinunter.

John war schon halb unten, als Phury um die Ecke kam und fast die Treppe herunterfiel. Er holte ihn ein und zerrte ihn so heftig in seine Arme, dass die zarten Knochen sich beinahe verbiegen mussten.

Er ließ den Kopf auf die Schulter des Jungen fallen und erschauerte. »O mein Gott … danke. Danke, danke …«

Schmale Arme legten sich um ihn. Kleine Hände tätschelten seinen Rücken.

Als Phury sich schließlich aus der Umarmung löste, musste er sich die Augen abwischen. »Ich glaube, heute Nacht ist ideal, um an deinen Stellungen zu arbeiten. Genau. Für mich ist es auch genau die richtige Zeit, das zu tun. Komm, gehen wir.«

Als der Junge ihn ansah … wirkten seine Augen plötzlich auf eine unheimliche Weise wissend. Und dann bewegten sich Johns Lippen, ganz langsam, bildeten Worte, die Wucht hatten, wenn sie auch kein Geräusch machten.

Du bist in einem Gefängnis ohne Gitterstäbe. Ich mache mir Sorgen um dich.

Phury blinzelte, gefangen in einer eigenartigen Zeitschleife. Jemand hatte genau dieselben Worte zu ihm gesagt … erst letzten Sommer.

Da ging die Tür der Eingangshalle auf, und der Moment war vorbei. Bei dem Geräusch schreckten Phury und John zusammen und sahen dann Zsadist hereinkommen.

Der Bruder wirkte erschöpft. »Ach, hey, Phury. Hallo, John.«

Phury rieb sich den Nacken, um dieses seltsame Déjà-vu abzuschütteln, das er gerade mit John gehabt hatte.

»Z, hey, wo kommst du denn her?«

»Hab 'nen kleinen Ausflug gemacht. Was läuft?«

»Wir wollen ein bisschen an Johns Stellungen arbeiten.«

Z schloss die Tür. »Wie wär's, wenn ich mitkomme? Oder … vielleicht sollte ich das anders formulieren. Kann ich mitkommen?«

Phury blieb der Mund offen stehen. John schien genauso verblüfft, aber wenigstens besaß er den Anstand, mit dem Kopf zu nicken.

Um endlich wieder einen klaren Gedanken zu fassen, schüttelte Phury den Kopf. »Aber sicher, mein Bruder. Komm mit. Du bist immer … willkommen.«

»Danke. Vielen Dank.« Zsadist kam über den hellen Mosaikboden zu ihnen.

Dann machten sie sich zu dritt auf den Weg in den unterirdischen Tunnel.

Unterwegs warf Phury John einen Seitenblick zu und dachte sich, dass manchmal eine Haaresbreite reichte, um einen tödlichen Autounfall zu vermeiden.

Manchmal hing das ganze Leben an einem Millimeter. Oder einer Nanosekunde. Oder einem Klopfen an der Tür.

So etwas konnte einem den Glauben an das Göttliche zurückgeben. Wirklich wahr.

25

Zwei Monate später …

Bella materialisierte sich vor dem Haus der Bruderschaft und blickte an der trüben grauen Fassade hoch. Nie hätte sie erwartet, irgendwann hierher zurückzukehren. Aber das Schicksal hatte offenbar andere Pläne mit ihr.

Sie öffnete die Außentür und trat ein. Dann drückte sie den Knopf der Gegensprechanlage und hielt ihr Gesicht in Richtung der Kamera. Sie fühlte sich wie in einem Traum.

Fritz öffnete die Tür weit und verneigte sich mit einem Lächeln. »Madame! Wie schön, Euch zu sehen.«

»Hallo.« Als er ihr den Mantel abnehmen wollte, schüttelte sie den Kopf. »Ich bleibe nicht lange. Ich bin nur hier, um mit Zsadist zu sprechen. Nur eine Minute.«

»Aber selbstverständlich. Der Herr ist hier drüben. Wollt Ihr mir bitte folgen?« Fritz führte sie durch die

Eingangshalle zu einer Flügeltür, und plauderte dabei unablässig über dies und das, zum Beispiel darüber, was sie alle an Silvester getrieben hatten.

Doch bevor er die Tür zur Bibliothek aufstieß, hielt der *Doggen* inne. »Ich bitte um Vergebung, Madame, aber Ihr wirkt ... Möchtet Ihr Euch selbst ankündigen? Wenn Ihr bereit seid?«

»Ach, Fritz, wie gut du mich kennst. Ich wäre sehr gern einen Augenblick allein.«

Er nickte lächelnd und verschwand.

Jetzt holte Bella tief Luft und lauschte den Stimmen und Schritten im Haus. Manche waren tief und laut genug, um zu den Brüdern zu gehören, und sie sah auf die Uhr. Sieben Uhr abends. Sie machten sich fertig für die Nacht.

Sie überlegte, wie es Phury wohl ging. Und ob Tohr zurückgekommen war. Und was John machte.

Reines Zeitschinden.

Jetzt oder nie, dachte sie, legte die Hand auf den Messinggriff und drehte ihn herum. Die eine Hälfte der Tür gab geräuschlos nach.

Als sie in die Bibliothek trat, stockte ihr der Atem.

Zsadist saß an einem Tisch über ein Stück Papier gebeugt, einen dünnen Bleistift in der schweren Faust. Neben ihm saß Mary, zwischen den beiden lag ein aufgeschlagenes Buch.

»Achte auf die Dehnungen«, sagte Mary und deutete auf das Buch. »Seele. Mehl. Die Laute klingen ähnlich, werden aber nicht gleich geschrieben. Versuch's noch mal.«

Zsadist legte eine Hand auf seinen kurz geschorenen Kopf. Mit leiser Stimme sagte er etwas, das nicht bis zu ihr hinüber drang. Und dann bewegte sich der Stift auf dem Zettel.

»Sehr gut!« Mary legte ihm eine Hand auf den Oberarm. »Jetzt hast du's raus.«

Zsadist hob den Kopf und lächelte. Dann schnellte sein Kopf herum zu Bella, und das Lächeln verschwand.

O gütige Jungfrau im Schleier, dachte sie und saugte gierig seinen Anblick in sich auf. Sie liebte ihn noch immer. Ganz tief drinnen wusste sie es ...

Moment mal ... Was zum ... Teufel? Sein Gesicht sah völlig anders aus. Etwas hatte sich verändert. Nicht die Narbe, aber irgendetwas war anders.

Egal. Bring es hinter dich, damit du wieder abhauen kannst.

»Tut mir leid, wenn ich störe«, begann sie. »Ich hätte gern kurz mit Zsadist gesprochen.«

Nur schemenhaft nahm sie wahr, dass Mary aufstand und zu ihr kam, sie umarmte und dann den Raum verließ und die Tür hinter sich zuzog.

»Hallo«, sagte Zsadist. Dann stand er langsam auf.

Bellas Augen weiteten sich, und sie machte einen Schritt zurück. »Meine Güte ... du bist ja riesig.«

Er legte sich eine Hand auf die Brust. »Ähm ... ja. Ich habe ungefähr fünfunddreißig Kilo zugenommen. Havers meinte, viel mehr wird es wahrscheinlich nicht werden.«

Also das war die Veränderung in seinem Gesicht. Seine Wangen waren nicht mehr so eingefallen, die Züge nicht mehr so kantig, die Augen nicht eingesunken. Er sah ... fast gut aus, stellte sie fest. Und war Phury viel ähnlicher.

Verlegen räusperte er sich. »Ja, also, Rhage und ich haben zusammen gegessen.«

Das war unübersehbar. Zsadists Körper war überhaupt nicht mehr so, wie sie ihn in Erinnerung hatte. Seine Schultern waren breit und muskulös geworden, was man unter dem engen schwarzen T-Shirt deutlich erkennen konnte. Sein Bizeps hatte ungefähr den dreifachen Umfang bekommen, und die Unterarme passten jetzt zur Größe seiner Hände. Und sein Bauch … bestand jetzt aus kräftigen Waschbrettmuskeln, die Lederhose dehnte sich über schwere Oberschenkel.

»Du hast dich auch genährt«, murmelte sie. Und wünschte sich sofort, sie könnte die Worte zurücknehmen. Wie auch den vorwurfsvollen Tonfall.

Es ging sie nichts an, aus wessen Vene er trank, obwohl es ihr wehtat, ihn sich mit jemandem aus ihrer Spezies vorzustellen – und es war unübersehbar, dass er bei so jemandem gewesen war. Menschliches Blut konnte unmöglich für eine solche Gewichtszunahme verantwortlich sein.

Er ließ die Hand von der Brust an die Seite fallen. »Rhage nutzt eine der Auserwählten, weil er sich nicht von Marys Vene ernähren kann. Ich habe auch bei ihr getrunken.« Er machte eine Pause. »Du siehst gut aus.«

»Danke.«

Wieder sagte eine Weile keiner von beiden etwas. »Ähm … Bella, warum bist du gekommen? Nicht, dass ich etwas dagegen hätte …«

»Ich muss mit dir sprechen.«

Er schien nicht zu wissen, was er darauf antworten sollte.

»Was machst du denn hier?«, fragte sie und zeigte auf den Zettel. Das ging sie ebenfalls nichts an, aber schon wieder versuchte sie, Zeit zu gewinnen. Sie brachte einfach nicht über die Lippen, was sie zu sagen hatte. Völlig aussichtslos.

»Ich lerne lesen.«

Ihre Augen leuchteten auf. »O … wow. Wie kommst du voran?«

»Gut. Langsam. Aber ich gebe nicht auf.« Er warf einen Blick auf den Zettel. »Mary hat ziemlich viel Geduld mit mir.«

Schweigen breitete sich zwischen ihnen aus. Ein langes Schweigen. Jetzt, da sie vor ihm stand, konnte sie einfach nicht die richtigen Worte finden.

»Ich war in Charleston«, sagte er.

»Was?« Er war gekommen, um sie zu sehen?

»Es hat ein Weilchen gedauert, bis ich dich gefunden hatte. Das war in der ersten Nacht, nachdem ich aus der Klinik kam.«

»Davon wusste ich ja gar nichts.«

»Ich wollte auch nicht, dass du es weißt.«

»Ach so.« Der Schmerz vollführte ein Tänzchen unter ihrer Haut. *Augen zu und durch,* dachte sie. »Hör mal, Zsadist, ich bin hier, um dir zu sagen …«

»Ich wollte dich erst treffen, wenn ich fertig bin.« Als seine gelben Augen sie betrachteten, geschah etwas zwischen ihnen.

»Womit?«

Er starrte auf den Bleistift in seiner Hand. »Mit mir.«

Sie schüttelte den Kopf. »Tut mir leid, ich verstehe kein …«

»Das wollte ich dir zurückgeben.« Er zog ihre Kette aus der Tasche. »Ich wollte sie eigentlich in jener Nacht bei dir liegen lassen, aber dann dachte ich … Jedenfalls habe ich sie getragen, bis sie nicht mehr um meinen Hals passte. Seitdem trage ich sie immer in der Tasche.«

Bella brachte kein Wort heraus. Ihr Kopf fühlte sich an, als sei er völlig leer gefegt. Gleichzeitig rieb sich Zsadist immer wieder über den Kopf. Sein Bizeps und die Brust waren jetzt so kräftig, dass die Nähte des T-Shirts spannten.

»Die Kette war ein guter Vorwand«, murmelte er.

»Wofür?«

»Ich dachte, ich könnte vielleicht nach Charleston kommen und vor deiner Tür auftauchen, um sie dir zurückzugeben, und vielleicht ... würdest du mich hereinlassen. Oder so was. Ich hatte Sorge, dass sich ein anderer Mann um dich bemühen könnte, deshalb habe ich mich beeilt. Ich meine, ich habe mir überlegt, wenn ich lesen könnte und ein bisschen besser auf mich achtgäbe, und wenn ich mich bemühen würde, nicht mehr so ein Verlierer zu sein ...« Er schüttelte den Kopf. »Aber bitte versteh mich nicht falsch. Ich habe nicht erwartet, dass du dich freuen würdest, mich zu sehen. Es war nur ... weißt du, ich hatte gehofft ... auf einen Kaffee. Oder eine Tasse Tee. Ein bisschen reden. Oder so was. Als Freunde vielleicht. Außer natürlich, wenn du einen Partner hättest. Der würde das sicher nicht erlauben. Genau, und deshalb habe ich mich also beeilt.«

Seine gelben Augen sahen sie direkt an. Er zuckte leicht zusammen, als hätte er Angst vor dem, was er in ihrer Miene lesen könnte.

»Freunde?«

»Ja ... ich meine, ich würde mir niemals träumen lassen, dich um mehr zu bitten. Ich weiß ja, dass du bereust ... Egal, ich konnte dich nur nicht einfach so gehen lassen ohne ... Tja, also ... als Freunde.«

Du lieber Himmel. Er hatte nach ihr gesucht. Mit der Absicht, noch einmal zurückzukehren und zu ihr zu kommen.

Himmel, das war vollkommen jenseits aller Szenarien, die sie sich ausgemalt hatte, als sie sich auf dieses Gespräch vorbereitet hatte.

»Ich ... Was erzählst du mir da, Zsadist?«, stammelte sie, obwohl sie jedes einzelne Wort verstanden hatte.

Wieder betrachtete er den Stift in seiner Hand, dann

drehte er sich zum Tisch um. Er schlug eine neue Seite auf seinem Block auf, beugte sich darüber und mühte sich eine ganze Weile oben auf der Seite ab. Dann riss er das Blatt heraus.

Seine Hand zitterte, als er es ihr hinstreckte. »Es ist ziemlich unordentlich.«

Bella nahm den Zettel entgegen. In den ungleichmäßigen Buchstaben eines Kindes standen dort drei Worte:

ICH LIEBE DICH

Ihre Mundwinkel sanken herab, ihre Augen brannten. Die Schrift verschwamm zuerst und verschwand dann komplett.

»Vielleicht kannst du es nicht lesen«, sagte er ganz leise. »Ich kann es noch mal neu schreiben.«

Sie schüttelte den Kopf. »Ich kann es sehr gut lesen. Du hast es gut gemacht.«

»Ich erwarte nichts von dir. Ich meine … ich weiß ja, dass du … nicht mehr so für mich empfindest. Aber ich wollte, dass du es weißt. Es ist wichtig, dass du es weißt. Und wenn es eine Chance für uns geben würde, zusammen zu sein … Ich kann meine Arbeit für die Bruderschaft nicht aufgeben. Aber ich kann versprechen, dass ich viel, viel vorsichtiger sein werde …« Er runzelte die Stirn und brach ab. »Mist. Was erzähle ich dir denn da? Ich hatte mir geschworen, dich nicht in diese Lage zu bringen …«

Sie drückte sich den Zettel ans Herz, dann warf sie sich so heftig gegen seine Brust, dass er rückwärts taumelte. Während er zögerlich die Arme um sie legte, als hätte er keine Ahnung, was sie da tat oder warum, schluchzte sie hemmungslos.

In all ihren Vorbereitungen auf dieses Treffen, hatte sie

eine Sache niemals in Betracht gezogen: Nämlich, dass sie beide irgendeine gemeinsame Zukunft haben könnten.

Er hob ihr Kinn hoch und sah sie an. Ihr Versuch zu lächeln misslang, die verrückte Hoffnung, die sie spürte, war eine zu schwere und zu selige Last.

»Ich wollte dich nicht zum Weinen bringen.«

»O mein Gott … Zsadist, ich liebe dich.«

Er riss die Augen so weit auf, dass seine Brauen beinahe den Haaransatz berührten. »Was?«

»Ich liebe dich.«

»Sag das noch mal.«

»Ich liebe dich.«

»Noch mal … bitte«, flüsterte er. »Ich muss es noch mal hören.«

»Ich liebe dich.«

Seine Antwort darauf war ein Gebet an die Jungfrau der Schrift in der Alten Sprache.

Bella fest im Arm haltend, das Gesicht in ihrem Haar vergraben, sprach er seinen Dank mit solcher Beredtheit, dass sie wieder anfing zu schluchzen.

Erst als er seine Andacht beendet hatte, wechselte er wieder ins Englische. »Ich war tot, bis du mich gefunden hast, obwohl ich atmete. Ich war blind, obwohl ich sehen konnte. Und dann kamst du … und ich wurde erweckt.«

Sie berührte sein Gesicht. Sehr, sehr langsam näherte er sich ihrem Mund und küsste sie unendlich sanft.

Wie lieb er ist, dachte sie. Trotz all seiner Kraft und seiner Stärke, so … lieb.

Dann zog er den Kopf zurück. »Moment mal, warum bist du eigentlich hier? Ich meine, ich freue mich ja, aber …«

»Ich bekomme ein Kind.«

Er zog die Brauen zusammen. Machte den Mund auf.

Machte ihn wieder zu und schüttelte ratlos den Kopf. »Entschuldige … was hast du gesagt?«

»Ich trage dein Kind unter dem Herzen.« Dieses Mal kam überhaupt keine Reaktion von ihm. »Du wirst Vater.« Immer noch nichts. Sie versuchte es erneut. »Ich bin schwanger.«

Langsam gingen ihr die Ideen aus, wie sie es sonst noch beschreiben konnte. *O Gott* – was, wenn er das Kind nicht wollte?

In seinen schweren Stiefeln begann Zsadist zu schwanken, jegliche Farbe wich aus seinem Gesicht. »Du trägst mein Kind in dir?«

»Ja. Ich bin …«

Plötzlich umklammerte er ihre Arme ganz fest. »Geht es dir gut? Hat Havers gesagt, dass es dir gut geht?«

»So weit ja. Ich bin ein bisschen jung, aber vielleicht ist das bei der Entbindung ein Vorteil. Havers sagte, das Baby sei gesund, und ich müsse nichts beachten … außer, dass ich mich nach dem sechsten Monat nicht mehr dematerialisieren darf. Und, äh …« Jetzt errötete sie doch tatsächlich. »Ab dem vierzehnten Monat darf ich weder Sex haben noch mich nähren, bis zur Geburt. Die dann ungefähr im achtzehnten stattfinden sollte.«

Als der Arzt ihr diese Empfehlungen gegeben hatte, war sie davon ausgegangen, dass sie sich um diese beiden Dinge keine Gedanken machen müsste. Aber jetzt möglicherweise …

Zsadist nickte, aber er sah nicht gut aus. »Ich kann mich um dich kümmern.«

»Das weiß ich. Und du wirst auf mich aufpassen.« Das sagte sie, weil sie wusste, er würde sich Gedanken darüber machen.

»Bleibst du hier bei mir?«

Sie lächelte. »Das würde ich sehr gerne.«

»Wirst du dich mit mir vereinigen?«

»Ist das ein Antrag?«

»Ja.«

Leider sah er immer noch ganz grün aus. Er hatte buchstäblich die Farbe von Pistazieneis. Und diese mechanische Sprechweise wurde ihr langsam unheimlich. »Zsadist, ist das wirklich, was du willst? Wir müssen uns nicht vereinigen, wenn du …«

»Wo ist dein Bruder?«

Die Frage erschreckte sie. »Rehvenge? Ähm … zu Hause, vermute ich mal.«

»Wir müssen zu ihm. Jetzt sofort.« Zsadist nahm ihre Hand und zerrte sie in die Halle hinaus.

»Zsadist …«

»Wir holen sein Einverständnis ein, und dann heiraten wir noch heute Nacht. Und wir fahren mit Vs Wagen. Ich will nicht, dass du dich noch mal dematerialisierst.«

Zsadist zog sie so schnell hinter sich her zur Tür, dass sie rennen musste. »Warte mal. Havers hat gesagt, ich kann mich bis zum sechsten Monat …«

»Ich will kein Risiko eingehen.«

»Zsadist, das ist nicht nötig.«

Plötzlich blieb er stehen. »Bist du sicher, dass du mein Kind bekommen möchtest?«

»O ja. Liebe Jungfrau, ja. Jetzt erst recht …« Sie lächelte ihn an. Nahm seine Hand. Legte sie sich auf den Bauch. »Du wirst ein wunderbarer Vater sein.«

Und das war der Moment, in dem er in Ohnmacht fiel.

Zsadist schlug die Augen auf und sah Bella über sich gebeugt. Liebe leuchtete aus ihrem Gesicht auf ihn herab. Um ihn versammelt waren noch mehr Mitglieder des Haushaltes, aber sie war die Einzige, die er wahrnahm.

»Hallo«, sagte sie zärtlich.

Er streckte die Hand aus und berührte ihr Gesicht. Er würde nicht weinen. Er würde nicht ...

Ach scheiß drauf.

Er lächelte sie an, während die Tränen kamen. »Ich hoffe ... ich hoffe, es wird ein kleines Mädchen, das genauso aussieht ...«

Seine Stimme versagte. Und dann brach er total zusammen, wie der letzte Jammerlappen, und schluchzte hemmungslos. Vor allen Brüdern. Und Butch. Und Beth. Und Mary. Ganz sicher war Bella entsetzt über seine Schwäche, aber er konnte nicht anders. Das war das erste Mal in seinem ganzen Leben, dass er das Gefühl hatte ... gesegnet zu sein. Glück zu haben. Dieser Augenblick, dieser vollkommene, schimmernde Moment, in dem er flach auf dem Boden in der Eingangshalle lag, bei seiner geliebten Bella und dem Kind in ihr, mit der Bruderschaft um sich herum ... das war der glücklichster Tag seines Lebens.

Als die erbärmlichen Tränen endlich versiegten, kniete sich Rhage neben ihn, das Grinsen so breit, dass seine Wangen Gefahr liefen, sich hinter seine Ohren zu schieben. »Wir sind sofort angerannt gekommen, als deine Birne auf den Fußboden gekracht ist. Gut gemacht, Alter. Darf ich dem kleinen Scheißer beibringen, wie man kämpft?«

Hollywood streckte ihm die Hand hin und während Z sie ergriff und schüttelte, ging Wrath in die Hocke. »Glückwunsch, mein Bruder. Möge der Segen der Jungfrau auf dir und deiner *Shellan* und dem Kind liegen.«

Als Vishous und Butch an der Reihe waren, saß Z bereits aufrecht und fing sich langsam wieder. Meine Güte, er war so ein Weichei, zu heulen wie ein Baby. Gut, dass es keinen von den anderen zu stören schien.

Dann holte er tief Luft und sah sich nach Phury um … und da war sein Zwillingsbruder.

In den zwei Monaten seit Phurys Tête-à-tête mit dem *Lesser* war sein Haar schon wieder bis zum Kinn gewachsen, und die Narbe war längst verheilt. Aber seine Augen waren leblos und traurig geblieben. Und jetzt waren sie noch trauriger.

Phury trat vor, und alle wurden still.

»Ich wäre gerne Onkel«, sagte er ruhig. »Ich freue mich so für dich, Z. Und auch für dich … Bella.«

Zsadist packte Phurys Hand und drückte sie so fest, dass er seine Knochen spüren konnte. »Du wirst ein großartiger Onkel sein.«

»Und vielleicht der Hüter?«, schlug Bella vor.

Phury verneigte sich. »Ich wäre geehrt, der Hüter des Kindes zu sein.«

Jetzt hastete Fritz mit einem Silbertablett voller Champagnerflöten herbei. Der *Doggen* strahlte und war in heller Aufregung vor Freude. »Zum Anstoßen.«

Stimmen sprachen durcheinander, Gläser wurden verteilt, und Gelächter erklang. Zsadist sah Bella an, als ihm jemand Champagner in die Hand drückte.

Ich liebe dich, formten seine Lippen. Sie lächelte ihn an und drückte ihm etwas in die Hand. Ihre Kette.

»Du sollst sie immer bei dir tragen«, flüsterte sie. »Sie soll dir Glück bringen.«

Er küsste ihr die Hand. »Immer.«

Unvermittelt richtete sich Wrath zu seiner vollen Größe auf, erhob sein Glas und legte den Kopf in den Nacken. Mit dröhnend lauter Stimme brüllte er so laut, dass die Wände des Hauses wackelten.

»Auf die Kinder!«

Alle sprangen auf, erhoben ihre Gläser und schrien so laut sie nur konnten: *»Auf die Kinder!«*

O ja … Der Chor ihrer Stimmen war mit Sicherheit kühn und lautstark genug, um zu den heiligen Ohren der Jungfrau der Schrift vorzudringen. Was genau den Anforderungen der Tradition entsprach.

Was für ein passender und wahrer Trinkspruch, dachte Z, während er Bella an sich zog und auf den Mund küsste.

»Auf die Kinder!«, wiederholte der gesamte Haushalt noch einmal.

»Auf dich«, raunte er an Bellas Lippen. *»Nalla.«*

26

»Na ja, auf das Umkippen hätte ich auch gut verzichten können«, murmelte Z, als er in die Auffahrt des Hauses einbog, in dem Bellas Familie sich derzeit aufhielt. »Und diese ganze Sache mit der Heulerei auch. Definitiv. Mannomann.«

»Ich fand das sehr süß von dir.«

Aufstöhnend stellte er den Motor ab, zog seine SIG Sauer und ging um den Wagen herum, um ihr beim Aussteigen zu helfen. *Verdammt.* Sie hatte die Tür schon geöffnet und trat in den Schnee hinaus.

»Warte auf mich«, bellte er und fasste sie am Arm.

Was ihm einen durchdringenden Blick von Bella einbrachte. »Zsadist, wenn du mich weiterhin behandelst wie ein rohes Ei, dann werde ich in den kommenden sechzehn Monaten noch wahnsinnig.«

»Jetzt hör mal, Frau, ich will nicht, dass du auf dem Eis ausrutschst. Du hast hohe Absätze an.«

»Gütige Jungfrau …«

Er schlug die Wagentür zu, küsste sie rasch, legte ihr den Arm um die Taille und führte sie zur Tür eines großen Hauses im Tudorstil. Unruhig suchte er die verschneite Umgebung ab, sein Finger am Abzug juckte.

»Zsadist, steck die Waffe weg, bevor du meinen Bruder triffst.«

»Kein Problem. Bis dahin sind wir im Haus.«

»Wir werden hier ganz bestimmt nicht überfallen. Wir sind mitten in der Prärie.«

»Wenn du glaubst, ich gehe mit dir und dem Kind auch nur das kleinste Risiko ein, dann bist du nicht bei Verstand.«

Er wusste, dass er sie bevormundete, aber er konnte einfach nicht anders. Er war ein gebundener Vampir. Mit einer schwangeren Frau. Nur wenig anderes auf dem Planeten war aggressiver oder gefährlicher. Und das hieß dann Hurrikan oder Tornado.

Bella stritt sich nicht mit ihm. Sie lächelte nur und legte eine Hand auf den Arm um ihre Taille. »Man sollte wohl vorsichtiger mit seinen Wünschen sein.«

»Was meinst du damit?« Er schob sie vor sich her, als sie zur Tür kamen, um sie nach hinten durch seinen Körper abzuschirmen. Das Licht auf der Veranda war furchtbar. Viel zu auffällig.

Als er es durch Willenskraft ausschaltete, lachte sie. »Ich habe mir immer gewünscht, du würdest dich an mich binden.«

Er küsste sie seitlich auf den Hals. »Dein Wunsch wurde dir erfüllt. Ich bin fest gebunden. Sehr fest. Ultra…«

Er beugte sich nach vorn, um den Türklopfer zu betätigen, wodurch sein Körper sich an ihren presste. Sie machte ein leises schnurrendes Geräusch tief in der Kehle und rieb sich an ihm. Er erstarrte.

O Gott. O … nein, er war sofort steif. Es hatte nicht

mehr gebraucht als diese kleine Bewegung von ihr, und er hatte eine riesige, blöde …

Die Tür wurde aufgerissen. Er hatte erwartet, einem *Doggen* gegenüberzustehen. Stattdessen war da eine große, schlanke Frau mit weißem Haar, einer langen schwarzen Robe und einem Haufen Diamanten an sich.

Mist. Bellas Mutter. Z versteckte die Waffe in ihrem Holster und vergewisserte sich, dass seine Jacke ganz zugeknöpft war. Dann verschränkte er die Arme direkt vor dem Reißverschluss.

Er hatte sich so konservativ wie möglich gekleidet, zum ersten Mal in seinem Leben trug er einen Anzug. Und dazu sogar ein Paar schicke Lederschuhe. Eigentlich hatte er einen Rollkragenpullover anziehen wollen, um die Sklavenfesseln am Hals zu verdecken, doch Bella war strikt dagegen gewesen, und vermutlich hatte sie recht damit.

Er konnte nicht verstecken, was er gewesen war, und das sollte er auch nicht. Außerdem würde ihn die *Glymera* ohnehin niemals akzeptieren, egal, wie er sich anzog, und obwohl er ein Mitglied der Bruderschaft war – nicht nur, weil er als Blutsklave missbraucht worden war, sondern auch wegen seines Aussehens.

Doch die Sache war die, dass Bella gar kein Interesse an der feinen Gesellschaft hatte, ebenso wenig wie er. Wobei er trotzdem versuchen würde, für ihre Familie eine gesittete Show abzuziehen.

Bella machte einen Schritt nach vorn. »*Mahmen.*«

Während sie und ihre Mutter sich förmlich umarmten, trat Z ins Haus, schloss die Tür und sah sich um. Das ehemalige Pfarrhaus wirkte ebenso streng wie wohlhabend, und passend zur Aristokratie. Ihm aber waren die Vorhänge und die Tapeten total egal. Was er anerkannte, war die Alarmanlage an allen Fenstern. Und die Laserrezeptoren in den Türrahmen. Und die Bewegungsmelder an der Decke. Dicke Pluspunkte. Sehr dick.

Bella trat zurück. Sie war etwas steif in Gegenwart ihrer Mutter, und er verstand auch, warum. Die Robe und die ganzen Glitzersteine machten sehr deutlich, dass diese Frau eine Aristokratin durch und durch war. Und Aristokraten neigten nun mal dazu, ungefähr so herzlich zu sein wie eine Schneewehe.

»*Mahmen,* das ist Zsadist. Mein zukünftiger Partner.«

Z hielt den Atem an, als ihre Mutter ihn von Kopf bis Fuß musterte. Einmal, zweimal … und ja, ein drittes Mal.

O Mann. Das würde ein sehr langer Abend werden.

Dann fragte er sich plötzlich, ob die Frau eigentlich schon wusste, dass er ihre Tochter geschwängert hatte.

Bellas Mutter machte einen Schritt auf ihn zu, und er wartete darauf, dass sie ihm die Hand reichen würde. Nichts. Nur ihre Augen füllten sich mit Tränen.

Na super. Und was sollte er jetzt tun?

Da fiel ihm Bellas Mutter zu Füßen, die schwarze Robe ergoss sich über die teuren Lederschuhe an seinen Füßen. »Krieger, ich danke dir. Danke, dass du meine Bella nach Hause gebracht hast.«

Einen Herzschlag lang starrte Zsadist die Frau nur an. Dann beugte er sich herunter und hob sie sanft vom Boden auf. Als er sie verlegen an den Händen hielt, sah er Bella an … die einen Ausdruck auf dem Gesicht hatte, den Leute normalerweise bei wirklich überraschenden Zauberkunststücken aufsetzen. Fassungslosigkeit, mit einer Prise Staunen darin.

Ihre Mutter trat zur Seite und tupfte sich sorgfältig die Augen. Jetzt räusperte sich Bella und sagte: »Wo ist Rehvenge?«

»Ich bin hier.«

Die tiefe Stimme wehte aus dem verdunkelten Raum herüber und Zsadist wandte den Kopf nach links, wo ein hünenhafter Vampir mit einem Stock …

Scheiße. Ach du Scheiße. Bellas Bruder war der beinharte Drogendealer mit den violetten Augen und dem Irokesenschnitt – der laut Phury zumindest zur Hälfte ein Symphath war.

Was für ein verdammter Alptraum. Streng genommen müsste die Bruderschaft seinen Hintern aus der Stadt jagen. Stattdessen wollte Z in die Familie dieses Kerls einheiraten. Mein Gott, wusste Bella überhaupt, was ihr Bruder war? Und zwar nicht nur die Sache mit dem Drogenhandel …

Z warf ihr einen Seitenblick zu. *Wahrscheinlich nicht,* sagte ihm sein Instinkt. Und zwar weder das eine noch das andere.

»Rehvenge, das ist … Zsadist«, sagte sie.

Wieder blickte Z den Mann an. Das violette Augenpaar erwiderte seinen Blick unbewegt, doch unter der ruhigen Oberfläche lag ein Flackern derselben Erregung, die auch Z empfand. Was genau sollte denn aus dieser Sache werden?

»Rehv?«, murmelte Bella. »Ähm … Zsadist?«

Der Reverend lächelte lässig. »Also du willst dich mit meiner Schwester vereinigen, jetzt wo du sie geschwängert hast? Oder ist das nur ein Höflichkeitsbesuch?«

Die beiden Frauen stießen unterdrückte Schreie aus, und Zsadist spürte, wie seine Augen schwarz aufblitzten. Als er Bella demonstrativ an sich zog, musste er sich schwer zusammenreißen, nicht die Fänge zu fletschen. Er würde sein Möglichstes tun, niemanden in Verlegenheit zu bringen, aber wenn der Klugscheißer hier noch mehr solcher Sprüche abließ, würde Z ihn vor die Tür schleifen und eine Entschuldigung aus ihm rausprügeln, weil er die Damen aus der Fassung gebracht hatte. Er war verflucht stolz auf sich, dass er nur leise zischte. »Ja, ich werde sie zur Partnerin nehmen. Und wenn du mit der harten Nummer aufhörst, Kumpel, dann laden wir dich vielleicht sogar zu der Zeremonie ein. Sonst streichen wir dich von der Liste.«

Die Augen des Reverend funkelten. Aber dann lachte er plötzlich. »Immer locker bleiben, Bruder. Ich wollte nur sichergehen, dass meine Schwester in guten Händen ist.«

Er streckte den Arm aus. Zsadist kam der großen Hand auf halbem Weg entgegen.

»Für dich: Schwager. Und keine Sorge, ich passe schon auf sie auf.«

Epilog

Zwanzig Monate später …

O … diese Qualen. Dieses Training brachte ihn noch um. Sicher, er wollte in die Bruderschaft aufgenommen werden, oder zumindest einer ihrer Soldaten sein. Aber wie sollte man das überleben?

Als endlich Schluss war, sackte der neue Kandidat, der seine Transition noch vor sich hatte, in sich zusammen. Der Unterricht im Nahkampf war für heute vorüber. Aber mehr Schwäche wagte er nicht zu zeigen.

Wie alle Schüler war er völlig eingeschüchtert von seinem Lehrer, einem großen Krieger mit Narben, einem echten und vollwertigen Mitglied der Bruderschaft der Black Dagger. Unzählige Gerüchte machten die Runde über diesen Vampir: Dass er die *Lesser* auffraß, wenn er sie getötet hatte; dass er Frauen aus Spaß tötete; dass er sich die Narben selbst zugefügt hatte, weil er auf Schmerzen stand …

Und dass er Rekruten umbrachte, wenn sie Fehler machten.

»Ab in die Duschen«, sagte der Krieger jetzt, seine tiefe Stimme erfüllte die Turnhalle. »Der Bus wartet auf euch. Morgen fangen wir um Punkt vier Uhr an. Also schlaft euch gut aus.«

Der Schüler rannte mit den anderen hinaus und war dankbar, unter die Dusche zu kommen. *Lieber Himmel …* Wenigstens war der Rest der Klasse genauso erleichtert und kaputt wie er. Alle standen sie wie Vieh unter dem Wasserstrahl, kaum blinzelnd, blöd vor Erschöpfung.

Dank sei der guten Jungfrau, er müsste die nächsten sechzehn Stunden nicht mehr zurück auf diese vermaledeiten blauen Matten.

Doch leider musste er beim Anziehen feststellen, dass er sein Sweatshirt hatte liegen lassen. Gequält raste er zurück in den Flur, schlich sich in die Halle …

Und blieb wie angewurzelt stehen.

Der Lehrer stand dort mit bloßem Oberkörper und schlug auf einen Boxsack ein, seine Nippelringe blitzten, als er um das Gerät herumtanzte. *Gütige Jungfrau im Schleier …* Er trug die Kennzeichnung eines Blutsklaven, und sein Rücken war von Narben übersät. Oh Mann, aber er konnte sich bewegen. Er besaß eine unglaubliche Kraft und Wendigkeit. Tödlich. Sehr tödlich. Total tödlich.

Der Schüler wusste, dass es klüger gewesen wäre, sich zurückzuziehen, aber er konnte den Blick einfach nicht abwenden. Noch nie hatte er jemanden so schnell und heftig zuschlagen sehen. Offenbar entsprachen die Gerüchte über ihn der Wahrheit. Er war ein echter Killer.

Mit einem metallischen Klicken öffnete sich die Tür am anderen Ende der Turnhalle, und der Klang von Säuglingsgeschrei hallte von der hohen Decke wider.

Mitten im Schlag hielt der Krieger inne und wirbelte herum, als eine wunderschöne Frau mit einem in eine rosa Decke gewickelten Kind auf ihn zukam. Seine Miene wurde weich, er schmolz geradezu dahin.

»Tut mir leid, dich zu stören«, übertönte sie das Geheul. »Aber sie will ihren Daddy.«

Der Krieger küsste die Frau und nahm das Baby in seine schweren Arme, drückte sich das Kleine an die nackte Brust. Sofort streckte das kleine Mädchen die winzigen Händchen aus und patschte sie ihm um den Hals. Dann kuschelte es sich an seine Haut und wurde ganz plötzlich still.

Der Krieger drehte sich um und sah den neuen Schüler über die Matten hinweg durchdringend an. »Der Bus kommt gleich, Junge. Du sollest dich beeilen.«

Dann zwinkerte er ihm zu und wandte sich ab, legte eine Hand um die Taille der Frau und zog sie an sich. Wieder küsste er sie auf den Mund.

Unverwandt starrte der Schüler den Rücken des Kriegers an, er konnte nun sehen, was er der schnellen Bewegungen wegen vorher nicht hatte erkennen können. Über den Narben standen zwei Namen in der Alten Sprache auf seiner Haut, einer über dem anderen.

Bella … und *Nalla*.

J. R. Wards
BLACK DAGGER
wird fortgesetzt in:

MENSCHENKIND

Leseprobe

O du gütige Jungfrau im Schleier, dachte Marissa.

Butch hatte sich beim Ersten Mahl nicht blicken lassen. Und niemand hatte ihn oder Vishous gesehen. Zwei Stunden … er war zwei Stunden zu spät für sein Treffen mit ihr.

Als sie Schritte näher kommen hörte, drehte sie sich um. Es war Vishous, nicht Butch, der ins Zimmer kam. Der Bruder trug eine schwarze Lederhose und schwere, schwarze Stiefel, dazu aber ein edles weißes Hemd. *Turnbull & Asser.* Sie erkannte den Schnitt. Etwas sagte ihr, dass er es extra für seine Unterredung mit ihr angezogen hatte.

»Sag mir, dass er noch lebt«, bat sie. »Rette hier auf der Stelle mein Leben, und sag mir, dass er lebt.«

Vishous nickte. »Er lebt.«

Vor Erleichterung gaben ihre Knie nach. »Aber er kommt nicht, oder?«

»Nein. Morgen Nacht. Dann wirst du ihn sehen.«

Sie starrten einander an. Vishous stand immer noch im Türrahmen, mit überwältigender Präsenz, obwohl er sich am anderen Ende des Raumes befand. Er war ein gefährlicher Mann, dachte sie, und zwar nicht wegen der Tätowierungen an der Schläfe, dem Ziegenbärtchen und seinem Kriegerkörper. Er war durch und durch kalt, und jemand, der so unnahbar war, war zu allem fähig.

In der drückenden Stille fürchtete sie ihn und die Nachrichten, die er brachte.

»Wo ist er?«, wollte sie wissen.

»Es geht ihm gut.«

»Warum ist er dann nicht hier?« Sie verschränkte die Arme vor der Brust. »Ich will wissen, was geschehen ist.«

»Nur ein kurzer Kampf.«

Ein kurzer Kampf. »Ich will ihn sehen.«

»Wie ich schon sagte, er ist nicht hier.«

»Ist er bei meinem Bruder?«

»Nein.«

»Und du wirst mir nicht sagen, wo er ist, oder?«

»Er wird dich bald anrufen.«

»Hatte es etwas mit den *Lessern* zu tun?« Doch Vishous sah sie nur immer weiter an, und die Panik ließ sie fast durchdrehen. Sie könnte nicht ertragen, wenn Butch in diesen Krieg verwickelt würde. Nicht nach allem, was man ihm schon angetan hatte. »Sag es mir. Gottverdammt, sag es mir, du selbstgefälliger Mistkerl.«

Nichts als Schweigen. Was natürlich die Frage auch beantwortete. Und außerdem darauf schließen ließ, dass es Vishous egal war, ob sie eine gute Meinung von ihm hatte.

Nun raffte Marissa ihre Röcke und ging auf den Bruder zu. Sie musste den Kopf in den Nacken legen, um ihm in die Augen zu sehen. Er war ja so viel größer als Butch. Und diese Augen, diese diamantweißen Augen mit den mitternachtsblauen Linien um die Iris herum. Kalt. So bitterkalt.

»Ich will nicht, dass Butch kämpft.«

Eine schwarze Augenbraue wurde hochgezogen. »Das ist nicht deine Entscheidung.«

»Es ist zu gefährlich für ihn.«

»Wenn er von Nutzen sein kann und bereit dazu ist, dann wird er auch eingesetzt werden.«

»In diesem Augenblick hasse ich die Bruderschaft«, platzte es aus ihr heraus.

Sie wollte an ihm vorbeigehen, doch seine Hand schnellte vor, hielt sie am Arm fest und zog sie an sich, ohne ihr allerdings wehzutun. Seine glitzernden Augen wanderten über ihr Gesicht und ihren Hals.

»Weißt du, du bist wirklich die größte Schönheit unserer Spezies.«

»Nein … nein, das bin ich nicht.«

»O doch, das bist du.« Vishous' Stimme wurde tiefer und weicher, bis sie nicht mehr sicher war, ob sie sie hörte, oder ob die Worte nur in ihrem Kopf waren. »Butch wäre eine kluge Wahl für dich. Er würde sich gut um dich kümmern, wenn du ihn lassen würdest. Wirst du das, Marissa? Oder spielst du nur mit ihm?«

Seine Diamantaugen hypnotisierten sie, und sie spürte seinen Daumen über ihr Handgelenk streichen. Hin und her, bis ihr Herzschlag sich allmählich an den trägen Rhythmus anpasste. Sie schwankte.

»Beantworte meine Frage, Marissa.«

»Was … was hast du gefragt?«

»Wirst du ihn zum Partner nehmen?« Vishous beugte sich herunter, bis sein Mund an ihrem Ohr lag. »Wirst du ihm erlauben, dich zu nehmen?«

»Ja …«, hauchte sie. Ihr war sehr wohl bewusst, dass sie über Sex sprachen, doch im Augenblick war sie zu betört, um keine Antwort zu geben. »Ich werde ihn in mir aufnehmen.«

Die harte Hand lockerte ihren Griff, dann streichelte sie ihren Arm, bewegte sich warm und stark über ihre Haut.

Er senkte den Blick auf die Stelle, an der er sie berührte, einen Ausdruck tiefer Konzentration auf dem Gesicht. »Gut. Das ist gut. Ihr beide seid ein wirklich schönes Paar. Eine verdammte Inspiration. Aber eines musst du dir merken. Wenn du ihm noch einmal wehtust, dann werde ich dich als meine Feindin betrachten. Haben wir uns verstanden?«

Damit drehte sich der Vampir auf dem Absatz um und stapfte aus dem Zimmer.

Butch tigerte nervös durch die Bibliothek im großen Haus, er fühlte sich eingekerkert von den ganzen Lederfolianten und Klassikern in den Regalen um ihn herum. Sie erinnerten ihn an all das, was er nicht gelesen hatte, all den Kulturquatsch, von dem er nie Teil gewesen war, all die höhere Bildung, die er nie erhalten hatte.

Praktische Intelligenz und Cleverness waren seine Baustelle, und er hatte immer geglaubt, das wäre genug.

Nur wünschte er sich jetzt, er wäre ein verdammter Stipendiat an der Kunstschule in Chicago gewesen.

Fluchend zwang er sich dazu, vor dem Kamin stehen zu bleiben. Den Blick in die Flammen gerichtet, nestelte er am Kragen seines Seidenhemdes. Strich die Prada-Anzugjacke glatt. Überprüfte, ob seine Schuhe auf Hochglanz poliert waren. Er wollte perfekt sein für diese Frau. Nach all den Missverständnissen und … der anderen Sache betete er, dass sie endlich die Chance auf eine gemeinsame Zukunft hätten.

Deshalb wollte er wenigstens so *aussehen,* als wäre er ihrer würdig.

Der Duft einer Meeresbrise wehte in den Raum, und Butch schloss die Augen, saugte den Geruch tief in die Lungen ein. Er musste sich wappnen, bevor er sich umdrehte.

O mein Gott, sie ist so schön.

Marissa erschien im Türrahmen, und ganz kurz verkrampfte er sich, betrachtete sie nicht als reale Person, sondern als Ergebnis seiner Obsession. Ihre blassgelbe Robe und das hüftlange blonde Haar wirkten wie ein Halo, ihr Körper wurde zu dem Fantasiegebilde von Schönheit, das er in seinen Träumen gesehen hatte … und in seinen Alpträumen. Über den Raum hinweg sah sie ihn an, und sein armseliges, rasendes Herz verwandelte sie in eine Vision seiner katholischen Kindheit: die Madonna des Heils und der Liebe. Und er war ihr unwürdiger Diener.

»Hallo, Butch.« Ihre Stimme war weich, sanft. Verheerend.

»Marissa.« Diese Frau … diese Vampirin … war das, was er sich immer gewünscht und worum er nie zu bitten gewagt hatte. In jedem Fall viel zu gut für ihn.

Und Gott steh ihm bei, *er begehrte sie.*

Doch als sie in den Raum trat, warf er den ganzen Herzchen-und-Blümchen-Kram über Bord. Du lieber Himmel, wie geschwächt sie war. Sie bewegte sich ganz langsam, als spürte sie ihre Beine nicht, und sie war schrecklich blass, beinahe durchsichtig.

Auch ihre Worte waren leise und kraftlos. »Butch … wir müssen reden.«

Er nickte. »Ich weiß, was du sagen willst.«

»Wirklich?«

»Ja.« Er ging mit ausgestreckten Armen auf sie zu. »Weißt du denn nicht, dass ich alles für dich tun …«

»Komm nicht näher.« Hastig rückte sie von ihm ab und stieß dabei rückwärts an ein Regal voller einheitlich blutroter Buchrücken. »Du musst dich von mir fernhalten.«

Er ließ die Hände sinken. »Du musst dich nähren, richtig?«

Ihre Augen weiteten sich. »Ja. Woher …«

»Ist schon in Ordnung, Baby.« Er lächelte schwach, während in ihm eine Hitzewelle aufloderte. »Es ist absolut in Ordnung.«

»Dann weißt du, was ich tun muss? Und du … hast nichts dagegen?«

Er schüttelte den Kopf. »Es macht mir nichts aus. Nicht im Geringsten.«

»Der Jungfrau sei Dank.« Sie stürzte zu dem Sofa und setzte sich hin, so plötzlich, als hätten ihre Knie nachgegeben. »Ich hatte solche Angst, es würde dich kränken. Für mich wird es auch so schwer sein, aber es ist der einzig sichere Weg. Und ich kann nicht länger warten. Es muss heute Nacht geschehen.«

Dieses Mal ließ sie es zu, dass er näher kam.

Er kniete sich vor sie und nahm ihre Hände in seine. Gott, sie waren so kalt. Sanft rieb er sie, wärmte ihre Finger.

»Komm schon«, raunte er, voller gespannter Erwartung. »Gehen wir.«

Ein verblüffter Ausdruck erschien auf ihrem Gesicht. »Du willst zuschauen?«

Er hielt ihre ineinander verschränkten Hände ganz still. »Zuschauen?«

»Ich, äh … ich bin mir nicht sicher, ob das so eine gute Idee ist. Dein Beschützerinstinkt geht manchmal mit dir durch und …«

»Moment mal – zuschauen?« Er merkte, wie ihm das Herz in die Hose rutschte. Als hätte jemand die Aufhängung in seinem Brustkorb gelöst. »Wovon redest du denn da? Zuschauen?«

»Wenn ich bei dem Vampir bin, der mich an seine Vene lässt.«

Plötzlich wich Marissa zurück, wodurch er sich ziemlich gut vorstellen konnte, was für ein Gesicht er gerade machte. Oder vielleicht war das auch die Reaktion darauf, dass er zu knurren begonnen hatte.

Ruckartig stand Butch auf. »Kein anderer Mann. Du hast *mich.*«

»Butch, ich kann mich nicht von dir nähren. Ich werde zu … Wohin gehst du?«

Er marschierte quer durch den Raum, schloss die Flügeltüre und versperrte sie. Dann kam er zurück, warf im Gehen seine Jacke auf den Boden und riss sich das Hemd mit solcher Gewalt auf, dass die Knöpfe absprangen. Er fiel vor ihr auf die Knie, legte den Kopf zurück und bot ihr seine Kehle an, bot ihr sich selbst dar.

»Benutz mich.«

Ein langes Schweigen entstand, währenddessen ihre Blicke miteinander rangen. Dann wurde ihr Duft, dieser herrliche reine Geruch, immer stärker, bis er schließlich den gesamten Raum überflutete. Ihr Körper begann zu beben, ihr Mund öffnete sich. Als ihre Fänge sich verlängerten, bekam er sofort eine Erektion.

»O … ja.« Seine Stimme war dunkel. »Trink von mir. Ich muss dich nähren.«

»Nein«, stöhnte sie, Tränen schimmerten in ihren hellblauen Augen.

Sie wollte aufstehen, doch er hielt sie an den Schultern fest, drückte sie auf die Couch. Dann schob er sich zwischen ihre Beine, presste seinen Körper an sie. Sie zitterte unter ihm und versuchte, ihn von sich wegzudrücken. Er umklammerte sie … bis sie plötzlich die beiden Hälften seines Hemdes mit den Händen umschloss. Und ihn ganz fest an sich zog.

»Genau so, Baby«, knurrte er. »Halt mich fest. Lass mich deine Fänge tief in mir spüren. Ich will es.«

Er legte ihr die Hand um den Kopf und brachte ihren Mund an seinen Hals. Eine Welle reinster sexueller Energie entlud sich zwischen ihnen, und beide keuchten auf. Ihr Atem und ihre Tränen berührten heiß seine Haut.

Doch dann schien sie wieder zu Sinnen zu kommen. Sie wehrte sich heftig, und er tat sein Möglichstes, um sie festzuhalten, wenngleich er wusste, er würde den Kampf gegen sie rasch verlieren. Da er nur ein Mensch war, war sie ihm physisch überlegen, obwohl er viel schwerer war als sie.

»Marissa, bitte nimm mich«, ächzte er, die Stimme heiser und beinahe flehentlich.

»Nein …«

Ihm brach schier das Herz, als sie aufschluchzte, aber er ließ sie nicht los. Er konnte einfach nicht. »Nimm, was in mir ist. Ich weiß, dass ich nicht gut genug bin, aber nimm mich trotzdem.«

»Zwing mich nicht dazu.«

»Ich muss.« O Gott, am liebsten hätte er mit ihr geweint.

»Butch …« Sie sträubte sich gegen ihn, schob ihn von sich weg. »Ich halte es nicht mehr … lange aus … lass mich gehen … bevor ich dir wehtue.«

»Niemals.«

Es ging so schnell. Laut stieß sie seinen Namen aus, und dann spürte er einen brennenden Schmerz seitlich am Hals.

Ihre Fänge in seiner Halsader.

»O … Gott … ja!« Er lockerte seinen Griff und umschlang sie, als sie sich in ihn verbiss. Als er das kraftvolle, erotische Saugen an seiner Vene spürte, rief er ihren Namen. Die Lust überrollte ihn, Funken stoben durch seinen ganzen Körper, als hätte er einen Orgasmus.

Genau so musste es sein. Sie musste von ihm nehmen, damit sie leben konnte …

Unvermittelt löste sich Marissa von ihm und dematerialisierte sich direkt aus seinen Armen heraus.

Mit dem Kopf voran fiel er in die leere Luft, wo sie gerade noch gewesen war, mit dem Gesicht voraus auf die Sofakissen. Er drückte sich hoch und wirbelte herum.

»Marissa! Marissa!«

Blitzschnell warf er sich gegen die Tür und rüttelte daran, aber das Schloss gab nicht nach. Und dann hörte er ihre gebrochene, verzweifelte Stimme auf der anderen Seite.

»Ich werde dich umbringen … Gott helfe mir, ich bringe dich um … ich will dich zu sehr.«

Hilflos hämmerte er gegen die Tür. »Lass mich raus!«

»Es tut mir leid …« Ihre Stimme versagte kurz, dann wurde sie wieder fester, und diese Entschlossenheit fürchtete er mehr als alles andere. »Verzeih mir. Ich komme danach zu dir. Wenn es vorbei ist.«

»Marissa, tu das nicht …«

»Ich liebe dich.«

Er schlug die Fäuste gegen das Holz. »Es ist mir egal, ob ich sterbe!«

Das Schloss sprang auf, und er stürmte in die Eingangshalle. Die Tür, die nach draußen führte, fiel gerade ins Schloss. Er rannte los.

Doch als er in den Innenhof kam, war sie bereits verschwunden.

Lesen Sie weiter in:
J. R. Ward: MENSCHENKIND